江觉迟 著

雪莲花

人民文学出版社

图书在版编目(CIP)数据

雪莲花/江觉迟著.—北京;人民文学出版社,2019
ISBN 978-7-02-015178-3

Ⅰ.①雪… Ⅱ.①江… Ⅲ.①长篇小说—中国—当代 Ⅳ.①I247.5

中国版本图书馆 CIP 数据核字(2019)第 076019 号

责任编辑　陈彦瑾
装帧设计　李思安
责任校对　杨益民
责任印制　徐　冉

出版发行　人民文学出版社
社　　址　北京市朝内大街 166 号
邮政编码　100705
网　　址　http://www.rw-cn.com

印　　刷　三河市宏盛印务有限公司
经　　销　全国新华书店等

字　　数　251 千字
开　　本　890 毫米×1290 毫米　1/32
印　　张　12.25　插页 1
印　　数　1—30000
版　　次　2019 年 5 月北京第 1 版
印　　次　2019 年 5 月第 1 次印刷

书　　号　978-7-02-015178-3
定　　价　49.00 元

如有印装质量问题,请与本社图书销售中心调换。电话:010-65233595

序：一切都有源头

（一）

我的孩子们经常会问我："老师，能与您相遇，这个福气是谁给的呢？"我说："是缘分给的。"孩子们便问："缘分又是谁给的？"我说："是所有心地善良的人给的。"孩子们非得打破砂锅问到底："所有心地善良的人又是谁呢？您能说一位吗？"

好吧，亲爱的孩子，请先听我念首诗吧，再让我说说这诗里的故事，一切便有源头。

裁襟励子

古来女传古人编，今事惊人今应传。

方讶宁馨为可畏，尤夸女士足称贤。

新襟能剪懿行著，画荻堪名妇德全。

来日骚坛知必颂,抛砖引玉我徒先。

这首诗歌颂的是一个"爱与诚信"的故事。里面的主人公名叫苏蕙华,来自"桐城派"故里——安徽省桐城市。苏蕙华女士出身富家,自幼受到良好教育,知书达礼,德才兼备;嫁与桐城名士江百川,二人琴瑟和谐,相敬如宾,婚后育有三子:兴汉、羽仪、兴皖。

一天,长子兴汉从私塾读书回来,对母亲说,私塾先生家孩子出生一百天,师母要给孩子拼做一件五彩围兜,尚缺一块红绸布,他已答应回家找一块带去。苏蕙华女士听后,翻箱倒柜寻找红绸布,但遍寻无着。最后,她的目光落在自己一件心爱的红绸嫁衣上,当即拿出剪刀,剪下一块衣襟递给儿子。儿子惊呆了,懊悔自己惹了祸,不愿接。母亲摸摸儿子的头,亲切地说:"孩子,拿去吧,这没有什么,说过的话应该算数。"

在解放前,按照桐城当地习俗,女人的嫁衣是有特殊纪念意义的,它被视为全家的吉祥之物,若被剪破,会给全家带来不吉利,一般人不敢为之。苏蕙华女士却毅然剪下了一块嫁衣!后来红绸布交到兴汉师母手里。师母从布料的颜色、剪口、针脚看出这是刚从衣服上剪下来的,怕是兴汉年幼不懂事,瞒着家人做出来,便去追问。最终得知实情,先生一家为此特地登门向苏蕙华女士致谢。苏蕙华女士说,我这样做是为了教育孩子:一要尊重老师(尊师重教),二要说话算数(言而有信),三要成人之美。一襟而全三教,我倒要感谢你们呢!

此事后来在地方上流传甚广,被编成《裁襟励子》一文,记录在《桐城县志》里。当时各地文人也纷纷赋诗称赞,因此而兴起的颂赞热潮,历年不减。

是的,苏蕙华女士便是我的祖母。"裁襟励子"的故事,便是发生在我祖母身上的真实故事。

亲爱的孩子,也许这就是我们相遇、相知、相依为命的缘起吧。

(二)

是啊,我们每行一个地方都不会错,总有一些根源让我们到达。就像十五年前的那个夏天,正是因为一次不走常规路线的旅行,我来到了麦麦草原。这次旅行让我看到那些远离国道的僻远山区,人们的生活与外界完全不同。由于交通不便,他们几乎与世隔绝,过着极其贫困的生活。尤其是孩子们,失学非常严重。我们家自祖辈开始,上下几代人均从事教育工作,可能是出于对教育的一份热忱吧,我决定留在当地,创办草原学校。主要就是寻找那些散落在草原山区的失学儿童,以及没有父母的孩子,为他们提供一个生活和学习的场所。

刚开始我对这份工作信心十足,但真正深入草原生活,才发现,那并不是有信心就能够坚持下去的。

首先是寻找孩子,非常不易。记得刚开始的时候,我是由当地的一位青年带路,我们几乎天天都在爬山。翻不完的山,一座连着一座。雨季开始,这些大山危机四伏。山路经常是断的,一些被泥石流冲断,一些被溪水淹断。很多路段上面淌着雨水,下面冒出地泉,一脚踏进去,半裤筒的黑泥。而巨大轰隆的溪涧经常会因水流的壮大而改道,把整条山道淹没。水流太宽、太急,人的重力大不过奔腾的水流速度,除非是马和人组合的力量,小心翼翼,同行者相互扶持、依靠,紧紧相握,才能过去。

山区的道路基本都是这样。大山之巅的高山牧场呢,又是另外情景。因为海拔高,天气非常不稳定。刚才还艳阳高照,转瞬就会电闪雷鸣。大雨裹挟着冰雹,砸在人的身上嘣嘣作响,气候也急剧降冷,人经常会被这种极端的气候折腾得疲惫不堪。

一次,我前往一处偏远牧区接孩子,因为感冒未好,途中又遇大雨,突然出现严重的高原反应,后脑勺剧烈疼痛,像是有把锋利的钢锯,有节奏地锯着脑壳里的骨头。我用手拼命地敲打后脑勺,恨不得撕开头皮,把那根作痛的骨头敲下来才好。而呼吸,就像被人故意地捂住鼻孔,不让喘息。陪我同行的青年见此,慌慌往我嘴里塞进一把人丹。但无济于事,呼吸越来越短促、困难,身子已在虚脱,开始发飘。我怀疑自己快要死了。在将近昏迷的状态中,我听到身旁青年在慌慌问:"你要不要留几句话?"我知道他指的是遗言。我要留什么呢?虚脱的身子让我无法生出太多感想,唯一想到的就是要让家人知道我在哪里,所以我只能断断续续地告诉他,我家的电话是多少多少,我姐姐的电话是多少多少……

在草原工作的前五年,我的生活和工作,基本就是这样。

直到后来,身体患上重病,我不得不丢下学校和孩子们,离开草原回内地治病。

这期间,父亲离我而去……拖着一身病痛,我为父亲守夜,一整夜地望他。他的头顶上方,清油灯整夜地亮着,父亲睡在清油灯下。那时,我感觉大地从地心深处喷薄出的冰凉,扑在我身上。

好后悔,没有最后陪陪父亲!我听到母亲在隔壁房间整夜地哭。我在想,是不是从此不回草原,留在家里好好陪着母亲?我朝父亲跪下身,从香炉里渐渐浮起的青烟中,我望见父亲双目微闭,像是安详地睡去,又像是在等待。他在等待什么呢?是等我回来听他再一次叮嘱吗——曾经多少次,在我想家,或想离开草原的时候,他便在电话里叮咛:"孩子,想想你的祖母,她的裁襟励子,她的言而有信——我们这个家庭,就是以诚信传家的。所以不要轻易说放弃,草原上的工作,要做,就应该好好地做下去。"

(三)

就这样,等身体稍好一些时,我又回到草原,投入了一份全新的工作——参与政府的文化扶贫工作。我以为,不再教孩子,只做文化工作,生活是不是就会发生改变。至少会让我摆脱过去的那种帮扶的困境,或者淡忘那些需要放下的人。比如月光。

但是我错了!随着深入更偏远的山区搜集文化,我所遇到的是又一个被复制的世界——和几年前我刚上麦麦草原时差不多的世界。它锁住了我的脚步,我需要停下来。在这里,我将重新开启过去的帮扶历程:走进每一条山沟,寻找每一个孩子。虽然这与之前稍有不同——过去是我个人在做,现在是参与、配合政府工作——但情感依旧！

我任教的是一个偏远牧场的小小教学点——桑伽小学。桑伽草原地势高，平均海拔四千米。没有电视、网络、手机信号，生存环境相比过去的麦麦草原更为艰难。只是我和孩子们依然如同过去，在这片草原上相互依靠，艰难而温暖地生活着。

后来的草原工作，除了参与政府的文化扶贫和教育扶贫，我还参与了脱贫攻坚中的扶贫调研工作——利用假期和家访的时间，深入偏远山区，针对特困家庭进行摸底排查。复杂而漫长的走访过程几乎耗尽了我的心力，直到我的身体发出最终的警告——是的，我的身体终究不允许我长久地住在草原上了。

两年前，迫不得已我又一次离开草原，再次回到内地治病。从此之后，只能断断续续地回草原，一边坚持工作，一边又不得不经常回内地休养，一直到今天。和孩子们在一起的时间再也没有以前那么多了。每次离开时，因为不知道还能不能回来，我总是一个人望着逐步发展起来的草原，泪流满面。那份欣慰、感慨、纠结与不舍，用什么言语也说不出，用什么方式也不能表达。

在特别想念的日子里，我经常会翻开过去的日记——一摞摞日记，我数了下，竟有五十二本！这是多年以来我在草原上，每个夜晚，在昏暗的灯光下写出来的。其中和孩子们在一起的那些时光，那些生活的点点滴滴，每每看起来，总会让我热泪盈眶。

是的，我要把这种思念延续下去——《雪莲花》的创作，便是我重读日记的时候，用心灵开启的写作路程——我要再次翻开人生的页面，让大家来看，我和孩子们如此相依、快乐，又如此纠结、困难；让大家来看，我们已经长大的孩子，他们的生活，他们的爱与希望。所以在这里，亲爱的孩子，不论是过去还是现在，每一处都有你们的身影，每一处都是我们温情脉脉的回忆。

是的，我亲爱的孩子，我要由衷地感谢你们——是你们的陪伴，让我的人生变得如此丰盈、温暖、有意义。我也要由衷地感谢曾经给予我帮助的朋友们——安庆的甲乙老师、合肥的孙叙伦老师，以及为孩子们提供了稳定的学习和生活，在那些艰难的岁月中，给予我个人极大的生活帮助的老乡——唐先生。我想，在最困难、最孤独的时候，你们给我的一滴水，也是河流！

是的，正是很多这样的爱心人士，很多这样的关爱，在一路温暖着我的生活、写作。

感谢你们！爱，会让世上每一个孤独的孩子，眼睛里有光！

2019 年 4 月 8 日于安徽桐城

目　录

引　子

　　有一种感受你可曾体会——如果你所牵挂的人正在承受贫困和苦难,而你在快乐地生活,你会感觉那不是快乐,是受罪!只有你和牵挂的人携手,你们共同承受苦难,这时的苦难也就不是苦难,而是默默地相依。

　　多年前,汉族女老师梅朵从内地来到西部高原支教,在麦麦草原创办了一所碉房学校,寻找、救助那些流失于草原山区的孩子和没有父母的孩子,给他们基本的教育和生活上的照料。在帮助梅朵办学的草原青年月光、班哲的共同努力下,他们找到了二十七个孩子,第一个孩子叫阿嘎,第二个孩子叫苏拉,还有那最调皮的小尺呷——麦麦草原上翁姆女人的孩子。而翁姆女人因为误吃了梅朵出于好心送给她的药丸,生下一个特别的孩子——五娃子。对此,梅朵一直怀着深深的内疚……

　　后来,梅朵因为健康原因,不得不丢下碉房学校和孩子们,离开草原回内地治病。暌违三年,当康复的梅朵回到草原,五娃子已经三岁多,翁姆女人患了重病。于是,五娃子就留在了梅朵身边,他是梅朵找回的第二十八个孩子。

再次回到麦麦草原,梅朵的碉房学校已经解散,孩子们已分散各处,她的帮扶工作将从哪里重新开始呢?草原山寨的人们,生活依然艰辛而又贫困吗?已经长大的孩子们,会回到梅朵身边吗?还有远方的月光、身边的班哲,谁是梅朵最后的情感归宿?

雪莲花,生长于四千米以上的冰川,从孕育到盛放,要历经五年时光。一株雪莲一生只开一次,一次只开一朵。多么漫长的孕育,多么珍贵的盛放,一如艰苦中吐露芬芳的草原人,又如心头蕴藉的思念、生命深处的挚爱……

当你读完梅朵与草原的故事,或许会有那么一瞬,在月光下,在感动中,你的泪光,已晶莹成一朵盛开的雪莲花。

第 一 篇

1. 月光

时常,我想起一句话:漫游的人对于远方、对于理想,比他对自己的身体、脚步更为信任。也许正因为这样的信念,才让我走过了很远的路,结识了很多的人,同时也经受了太多复杂的事。

当那些复杂之事难到以我的心智大致也无法解决的时候,我就会去寻求草原上那些德高望重的老人,请求他们的答案。当然,大多会得到老人们这样的答复:你会知道怎么做的!那口气的肯定,也像一个漫游的人对于远方的肯定——只要心有感应,就不会远。是的,无论怎样困难,能够得到草原人的支持,对于未来的帮扶工作也就增添了更多信心。在过去,很多时候是这样的。

如今想起帮扶中那些事,不论是遥远的还是近期的,总会历历在目。痛苦的回忆经常会有意地避开;得意和温暖的事儿,会像烧酥油茶那样,要不断地添火、加热,没完没了地享用。比如孩子们。阿嘎、苏拉、米拉、达杰、格桑、多吉、那姆、小尺呷和他的阿弟五娃子……和他们在一起的那些日子、那些温暖的回忆，如同月光，逢上失眠的夜晚，总会悄然地映现在心上。

回想起来，孩子当中，最为冒失的要数格桑。我寻到时，他已经十四岁。有点早熟，说话非常大胆。各种能说或不能说的玩笑，他都要说出来。每次见有年轻的男子来我们学校办事，他准会凑上前，不论人家什么情况，总要说："你和我们梅朵老师耍朋友（谈朋友）吧。"惹得办事的人很尴尬。我也挺生他气的，批评他。一批评，他便满脸委屈，一副闷闷不乐的模样。后来有位女同学悄悄向我汇报，说这孩子常在私下与她合计：我俩给梅朵老师找个阿哥嘛，这样她就不会离开了，生几个娃娃，和我们在一起。当时我听了，心往下一沉。因为身体越发不好，有天我在碉房外狠命地咳嗽，被这孩子看到，问怎么了，我说心口痛，哪天我要回家去。不想这孩子从此记在心上，他是想用这样的方式留住我呢。

有个孩子，平时最喜爱表现自己，且方式有些特别。经常会故意把生字读错，或明知故问地向我提出一些问题，引起我多多关注他。时间长了，他出错时我就会朝他头上轻轻敲一下，说你真笨！他却特别享受这种被"惩罚"的过程。每次出错之前，总会把头早早地伸过来，我们对此心照不宣。

小尺呷是孩子当中最难管教的，特别调皮。上课时经常会故意离开座位扰乱同学，怎么说服他也不听。所有办法都用尽了，实在迫不得已，我只好又去寻求老人们出主意。老人们给我的答复依然是："你会知道怎么做的。"我垂头丧气地返回学校，心想这些老人是把我的心智估计得太高了,其实我对小尺呷根本没辙!一日,受麦麦乡政府的邀请,我去参加草原上一年一度的耍坝子(草原上的一种群众性的节日)活动。当时气氛相当热烈,有震撼的音乐,嘹亮的歌声,热情的锅庄舞蹈。我无比享受地欣赏一番,回来后就有了主意——调教小尺呷的主意。这孩子天性好动,尤其热爱歌舞,平日一听到音乐,两只小脚就跟筛米似的抖个不停。

周末之夜,我调好学校的音响,把平时的课间操音乐换成热烈的锅庄曲调。我站在操场的礼台上领舞,劲头十足。孩子们则在台下跟着跳起"大锅庄"。一时间,强劲的音乐把校园变成了狂热的舞场。我们都在随着音乐尽情摇摆。但有一个孩子——小尺呷,我罚他站在礼台上方,面对台下所有狂欢的孩子,不准他跳舞。这孩子鬼聪明是多多有了,知道我想用这样的方式惩罚他,便佯装不在意,同我僵持。

我们继续狂欢,音乐声震耳欲聋,孩子们在热烈的乐曲带动下完全释放了天性,一边高歌一边狂舞,场景越发奔放。我边跳边窥视小尺呷,见他脸色刚才还佯装不在意,慢慢地却有些把持不住,两腿开始轻轻地点动。我警告他说:"不许动!"他立马仰头望天,装作无所谓的样子。我心下窃笑:看你还能坚持多久!继而调换一段更为强劲的曲调。这时,我开始一边跳舞,一边用高亢的嗓音唱起当地的草原劲歌。所有孩子立马跟着齐声欢呼。我再用眼角余光瞟一下小尺呷,见他脸色已经涨得通红,两腿虽然想竭力控制不动,但那体内好动的天性已经由不得他来控制。他终是憋不住,朝我投来请求的目光。我凑近他,问:"你想跳舞吗?"他先是竭力地抑制情绪,但实在抑制不住嘛,最终只好说:"老师,我错了!"

后来上课时,只要小尺呷一捣乱,我总会附在他的耳边低声问一句:"你不想跳舞了吗?"这办法果然有效,慢慢地小尺呷倒变得乖巧了很多。

那时,咳嗽越发严重,贫血厉害,身上的肉不能碰,一碰到处痛。有天,我在上课,发现有三个孩子不见了。到处寻找,却找不到。后来到很晚的时候,至少九点钟,三个孩子灰头灰面地赶回来。身体虚弱外加过度担心,叫我没有气力责备他们,只能自顾坐在教室的门槛上。孩子们站在门槛外,每人手里拎一包东西。我问他们:"你们跑哪里去了,这拎回的是什么?"语气非常不好。仨孩子一个在微微笑着,另两个则显得有些委屈。不久,就是我自己特别难过了,脸面伏在门框上泪流不止。不知用了怎样的语气,我在责备他们:"你们跑那么远进山,要是遇上老熊怎么办?要是迷路了怎么办?好,就算这些东西能把老师的病治好,那要是你们都没了,老师吃好了还能做什么?"

原来,孩子们是听大人说,有一种藤条的根茎可以治好我的贫血,他们因此进山寻找。其实他们并不认识这种根茎,最终挖错了……

再难叙述!这样的回忆让人温暖又无限惆怅。已经过去多年,如今他们分散的分散,长大的长大。而我,再次回到麦麦草原,再次遥望远方那高耸的白玛雪山时,感觉似乎丢失了它。

这天,我在旧时的碉房里收拾行李,一位青年站在房门外,不动声色地问："老师，您好不容易返回草原，这又要离开吗？"

"留下来，又能做什么呢？"我反问，面对眼前的青年，心中有很多话，又不知从哪里说起。这青年便是格桑，是我所有孩子中年龄最大的。那一年，他本来已在县城读初中，但因为自幼失去父母，无人看管，读初二时他便退学，流浪在草原上。后来被我遇见，劝回县城继续读书。之后他便以我的碉房学校作为家了，每逢假日必要赶来学校，直到最终他考上中专，离开草原去外地读书。而我的碉房学校也在他离开之际解散了。

后来，仿佛我一直都在病着，不是身体的就是心灵的。我想这世上最为幸福的人应该是翁姆家的五娃子。我的母亲竟也这么认为。当我从草原领走翁姆女人的第五个孩子，带回家去，母亲对这个浑身散发着酥油味道的草原孩子充满疑问——他为什么不能更傻一点呢，那样就可以托付给医院了。但母亲仍然是疼爱他的，因为他在母亲那里显得出奇的乖巧。不像在我面前，总是会莫明其妙地闹腾，无休无止。我记得母亲曾说，人的身体就像河流，经历是那河水。没有河水时就会干涸，河水暴涨时就会溃堤。她天天企盼，她的孩子要像温顺的河流，出入平安。甚至对天祈求，要把我也变成五娃子的模样。那样的话，至少可以听她的话，不会离开家了。

其实，是的，如今我已经无法辨识，家对我来说，到底是母亲生活的地方，还是孩子们成长的地方。也许它们近在咫尺。

格桑也在问："老师，您的家在哪里？"

我看着他，不知他问这话到底什么用意，因为我记得几年前就跟他说过了。

格桑却很坚持，重复问："您的家在哪里？"他在等待——必须由我亲口再说一次！

"如果从地理上划分，我的家在长江沿岸的一座小城。"我只好这么回答。

格桑跟着问："长江，您知道它的源头吗？"

"当然知道，能识字的人都知道，在青藏高原。"

格桑便大声说："老师，那源头的地方和您共着一个家呢！"

我愣住。

格桑脸上闪过一丝胸有成竹的笑意——他定是早已设计好了："长江最上面的地方，是西部高原文化的发源地。按我们当地县志上记载，它发源于青藏高原一带。后来一路顺着大河往下流走，到达金沙江、大渡河、雅砻江……这些地方的高原文化，在今天也是多有特色。"

"高原文化，你是指藏戏、民歌、锅庄这些吗？"我问。

格桑点头："就是。"语气充满感慨，"这是一片有着多多阳光的地方，也是您和娃娃们的家嘛！"

一听"娃娃们的家"，我心上由不住地冒出一股感伤，只能感叹："可是格桑，你是知道的，相隔这么久，虽然我已经返回草原，但我们的学校没了，娃娃们也已经分散了！"

格桑话里有话地说："就算这样，您也还有多多的事可以做的！"

我注视格桑，等他继续。

格桑便用征求的语气问我："老师，明天我要陪县文化委的领导去梨儿卡片区考察，您有兴趣一起去吗？"

提起县文化委，我才想起来，格桑初中毕业后即考上中专，中专是两年制，现在他已经毕业返回草原，分配在麦麦乡文化站——那就是有工作的人了！

2. 宁静的夜晚

为方便第二天出行，夜晚，我来到格桑的住处——其实就是格桑工作的文化站。这是一排紧挨着政府办公室的平顶碉房。因为格桑自幼没有家，乡政府出于照顾，就把这排碉房全部划给文化站了，一半用于办公，一半则作为格桑的家。这个家一共有五个大房间。最左侧是两间合并的文娱活动室。紧挨它的是办公室。办公室再往右走，第一间是厨房。第二间算得是客房，甚至说是小小的免费旅店也不为过。因为不管是来乡里办事的，还是那些走远路的牧民，如果到天黑还没离开乡里，多半是会住在格桑这里。客房里的床铺因此连接成排，同时可以睡六七个人。而在人多商量工作的时候，客房通常又会变成小会议室。第三间便是格桑自己的卧室。紧挨卧室的最右侧，是一个收藏室，里面存放着格桑自工作以来，从草原四方搜集上来的各种民俗宝贝——旧时的唐卡、瓷器、戏服、歌本子，等等，也算是个宝贝房间了。

我来的时候，格桑执意要把卧室让给我。我不同意，格桑便找了个理由，说："老师，我的工作多得很嘛，等一会乡派出所就要来人。我们要谈事，还要出去办事，您睡在客房也不方便。"

"有什么不方便！你们谈事，我还可以在一旁凑个热闹嘛。"我没有听格桑的,早早地把客房铺盖放下来。

不久,果然见乡派出所的尼玛所长进屋了。见我在,像是不便直言,把格桑拉到一边去,问他:"你确定今晚那两娃会动手吗?"

格桑分析说:"应该会。因为我听说,那个大娃明天要去县城。估计今晚他们会去拿,明天好带到县城去。"

"那我们现在就走,要赶在他们到达之前,抓到现场就好查了。"

听这二人的对话,像是要去哪里蹲守,但我分明还听到,他们说的是两个娃娃!

提到娃娃,我的心咚咚跳起来了。自从返回草原,我最不敢听人提及的就是"娃娃"这个词了。是的,当我再次回到麦麦草原,除了带回满腹的伤感,还带回了一种莫明其妙的病症——臆想。这让我一度敏感,谨小慎微,包括现在我得知他们要去蹲守两个娃娃——想过去,我的那些孩子,自我离开后,他们就被分散到草原的各个地方去了,这当中,会不会就有一个孩子,正在格桑要去蹲守的地方?

是的,我得跟过去看看!

格桑见我一心要跟他去,便像在哄孩子:"老师,我和所长今晚是准备蹲守一夜,您肯定不行的,那就去一下,马上回来啊。"

"我要一直陪着你们。"我说。不,是我脑海中的那个臆想在促使我这么说。

格桑想了一下,抽身从卧室拿出一件氆氇,塞给我:"夜晚的草原您也知道,温差大,有点冷,这个穿上吧。"

我们三人便迎着夜雾往乡政府下方的小河边去。

在小河上方，有一块平坦的土坝子。坝子上敞开地堆放着很多大大小小的石块。大块的二人合力也搬不动，小块的却是随手塞进包里就可以带走。之前人们对这些石块并不怎么在意，只当是一些散碎的岩画。但后来县里的考古人员发现，这是前人遗留下来的石刻。县博物馆正在考虑要圈起这块地，加以保护。正因此，便有人对石块提前打起了主意；并且又不知从哪里得知，让小娃娃去拿，即使逮住也不用负法律责任。

我们来到石刻附近，卧在一处草丛中静候的时候，格桑给我介绍了这些。这让我一时无法表述内心深处那种对于流失于草原的孩子的揪心。

一旁尼玛所长则在抱怨："我看嘛，现在的小娃越来越不像话了！"

格桑点头赞同，眼睛专注地盯着小河边的一条便道，语气充满期待："要是今晚能逮到两娃，就可以顺藤摸瓜，把那些拿走的石块都找回来！"

尼玛所长顾虑道："就怕小娃们嘴硬，到时又像之前那样，死不承认。"

"之前我们是没逮着，他们肯定不会承认。这回要是让我逮到现场，看我不揍死他们！"格桑愤愤地说。

话音落下时，就听尼玛所长紧切地"嘘——"了一声，招呼格桑："别出声，来了！"

我的视线被夜雾蒙住了，我看不到。尼玛所长用手指向小河边的便道，悄声对我说："在那里，你看，是那两娃，果然来了！"

"这两个兔崽子!"尼玛所长紧接着骂了一声。

格桑则要跳起身来,准备赶上去。

尼玛所长一把按住他招呼:"别急,等他们拿到石片子我们再上去。"

接下来不用说,借着夜幕,我看到有两个娃娃,一大一小,急匆匆地钻进坝子上的石刻堆。那个大点的娃是拎着背包来的,他在慌手慌脚地往包里塞石片子。小点的娃先是犹豫了下,之后蹲下身也拿了一块。

"住手!"尼玛所长出于职业习惯,大吼一声,朝两娃跑过去。

那大娃反应灵敏,一听叫喊声立马丢下背包,拔腿跳进坝子下方的灌木丛,往深处钻。尼玛所长一边吩咐格桑去逮小娃,一边跟着钻进灌木丛,朝里面追去。

格桑此刻其实已经抓住因为受到惊吓而处在发蒙中的小娃,二话不说就要揍他。

"别打他!"我慌忙喊格桑。

格桑这时已经气不过,拳头要朝小娃落下了。

"格桑你住手!"我慌忙赶上前阻止。

但气恼的格桑已经把小娃摁倒在地,一边要继续揍他,一边在发狠地说:"对这样的娃子,只有用这一招才灵验!"

"住手!"我一把推开格桑,扑到小娃身上,一把抱住他,"你要打就打我吧!"我朝格桑叫起来。

格桑震惊地盯住我。

"他这么小,懂什么啊,我们不能引导他吗!"我朝格桑嚷道,双手紧紧地护住小娃。当我清晰地感受到小娃因为害怕而在我的怀中瑟瑟发抖时,我的泪就跟着掉下来了。

格桑在一旁气得跳起来,恼火地对我说:"老师,您别以为他冤枉!他就是知道自己小,我们拿他没办法,所以胆子大得很。我现在只能用这种办法对付他!"

我望着格桑愤怒的脸,我能理解他此刻的心情。因为毕竟他是做文化保护工作,对于这些文物的情感与爱惜,就像我们对待自己的心爱之物一样。可是我无法安慰格桑,因为我的身体正在深切地感触到搂在怀里的这个孩子,他的孤独与恐惧。

"格桑,"我说,泪已经漫上脸面,"你不记得了吗? 在你像他这么小的时候,你也犯过错误!"

格桑被我问得愣住了。

"那一次,你从县城放假回学校,路上经过则西家的土豆地,你把则西的土豆悄悄挖了,还悄悄在地边挖个坑,烧了人家的土豆吃,惹得人家追到学校来,闹了一场。那时,老师有打过你吗?"

格桑惊在那里。

"还有一次,在小河边,你把苏拉的衣服弄湿了。虽然我知道你不是故意的,但苏拉说你是故意的。你觉得自己被冤枉,气不过,索性把苏拉整个人推进水里,害苏拉感冒好几天,课都没上成。这个事,我有打过你吗?"

格桑听得低下头去。

"还有很多很多次,你一见到有男子来我们学校,你就求人家找我谈个朋友。我知道你当时的心思,是舍不得我离开。但是次数说多了,肯定是要产生误会。那西边草原上的加加青年,不就是因为这个,有事无事都往学校跑,害得我和娃娃们上课都不安宁。那时,我有骂过你,嫌弃过你,打过你吗?"

格桑刚才愤慨和惊讶的目光,终是在我这回忆的点点滴滴中,变得柔和了。他不再说话,慢慢地转身,和我们拉开了一点距离。

我便双手拍拍怀里的小娃,招呼他:"好了娃,起来吧,别害怕了。"

小娃偷偷地看一眼格桑,见他已经站到前方去,不再是要袭击自己的样子,才放心了,就着我的双手,贴着我的身子站起来。

"娃,你拿这些做什么呢,是去卖吗?"我开始问小娃。

小娃不敢回话。

"这个能卖钱吗?"我再问。

小娃摇头。

"不能卖钱为什么还要拿它? 当它是玩具吗——它又不是玩具!"

"但是它可以换到变形金刚。"小娃轻声地说。

"什么?"我听得有些吃惊。

小娃又不敢出声了,眼睛瞟一下前方灌木丛中正在和尼玛所长躲闪的大娃,嚅动着嘴。

"哦呀,你想说什么都可以嘛。"我轻轻招呼小娃。

这时格桑就走过来了,紧跟着鼓励道:"你说吧,说出来就会没事了。"

小娃见到格桑,还是有点怯畏,不敢望他。

我便指着小娃的身子问:"你这个身上穿的衣服,是你自己的对吧?"

小娃懵懂点头,不知道我的意思。

"那我要是不经过你的同意,把你这个衣服强硬脱下来,我自己拿走,你愿意吗?"

小娃摇头。

"那如果是经过了你的同意,我再脱下它,你就不会生气,对吗?"

小娃愣了下,点头。

"也是一个模样的道理。这些石块是属于格桑、属于我、属于草原上所有人的共同财产,你一个人拿走,又没跟我们所有人说,也没得到我们所有人的同意,我们要不要生气呢?"

小娃想了想,点头。

"所以,这个阿哥刚才那样对你,主要也是被你惹得生气了,他不是故意的呢。"

小娃经过这一番引导后,神情才放松了些,目光追随在前方大娃的身上,终是这么说了:"他的表哥在县城,他说这个拿过去,大的可以换一箱泡泡糖,小的可以换一只变形金刚。"

我和格桑都被这话给惊住了。

这时,前方灌木丛中的大娃已经被尼玛所长追到,所长正带着大娃往我们这边走过来。

格桑便问小娃:"你是东边山沟嘎达家的娃,对吧?"

小娃点头。

格桑就招呼他："我知道你们家的。那等会你要随我们到乡里去一趟,把你拿石块是要换一只变形金刚的过程,细细说给尼玛所长听;然后我就可以送你回家去,好吧?"

　　小娃目光里流露出一丝感激,不好意思地低下头去。

　　我便跟着再引导:"以后嘛,这个大家的东西,你就不能再拿了,好吗?"

　　小娃轻声地解释:"我就是想换到一只变形金刚,才来拿了。"

　　"好吧,你抬头看看,前方那是什么?"我对小娃说。

　　"那个是,白玛雪山。"小娃回答。

　　"哦呀,你对雪山说句话吧,如果你能得到一只变形金刚,你以后就再也不会拿石块了,包括没有征得别人同意的所有东西,你都不会去拿了,对吧?"

　　小娃一听可以得到变形金刚,先是眼睛忽地亮了一下;但瞧瞧已被格桑还回原地的石块,亮光又被疑惑给遮住了。他肯定是在想,不拿这些石块去换,又从哪里得到变形金刚呢?

　　这时就听格桑心有灵犀地发话了:"哦呀小娃,半个月内,我肯定送你一只变形金刚,好吧?"

　　小娃这一听,眼睛真正地亮起来了,低声对格桑说:"阿哥,我以后不会再拿石块了。"

　　夜慢慢地深起来。如果不是刚才发生那一幕,现在的草原是多么宁静啊!我转眼凝望前方的雪山,刚才它还那么清朗地立在小河对岸,只是几股从河边升腾起来的流雾遮掩,我就看不见它了!

流雾升腾、蓬勃,沿着河流漫延。就像我此时的心情,它也在翻腾、忐忑,无法平静——过去那些年,我在草原上寻找孩子,救助孩子,为他们安顿,给他们教育;也可以说,是在救助生命,给他们生活、成长的帮助。但一个孩子的生命和成长,是和一个地方的文化水乳交融,和一个地方的水土分不开的。就像一棵树,长得再高也离不开土壤。而这片土壤,它还能再次接受我吗?它还能再次接受这个爱它,并且已经将心灵和情感融入了它的这个人的到来吗?

如果能,那么接下来这个人应该做的就是:留下来,为孩子们去守护属于他们心灵的那个文化家园。

3. 岩画里的世界

第二天一早,我和格桑便加入到县文化委的考察当中。我们和文化委主任堪珠老师,另有两位文化干事,五人带上糌粑、酥油、马匹,穿越大河沿岸断断续续的牛道,临水而行。堪珠老师这些年为搜集地方文化,上山下乡,东奔西走,落下了腿脚上的毛病,加上牛道特别难走,我们走走停停,竟走了两天时间才到达目的地。堪珠老师一路走一路感慨自身的力不从心,因为即将退休,他在担心,在退休之前能不能顺利完成政府下达的文化扶贫任务。

这位善良的文化委主任,原本是麦麦乡的民政干事。在我刚上麦麦草原时,我们就已经熟识。那时他作为民政工作人员,每次从乡里下来,总要到我的碉房学校看望孩子。有时是代表政府给学校送桌椅板凳,有时纯粹是个人,给孩子们送些文化书籍和糖果饼干。格桑正是在那期间结识堪珠老师。后来格桑中专毕业，本来可以分配在县里工作；但因为热爱文化，又舍不得离开草原，加上堪珠老师竭力推荐，才又回到草原，进入麦麦乡文化站工作。

我们到达梨儿卡地界后，爬上一片长满杂树的丛林山坡。站在山坡顶端，可以隐约听到远方的半山腰间，巨型挖土机正在咔嚓咔嚓地挖掘山地。而我们站立的这座山坡的南面，半边山已被挖空，到处散落着被打断的石块，形成一片凌乱的石场。格桑领着堪珠老师走进乱石丛中，他们同时朝残碎的石块俯下身，脸面贴在石块上，寻找着什么。

大约十五分钟过后，堪珠老师冲着一块岩石兴奋地喊起来："找到了！找到了！"但因为身体不太好，一激动就开始哮喘，气息被堵，咳嗽不止。

格桑来不及照顾他，紧切地招呼我过去。

我们竟看到了一幅人物岩画！虽然不十分清晰，但有大致的轮廓。像是两位古代的藏戏表演者。一位头戴宽大的红色帽子，身披五彩花氆氇的敞裰；一位脸上戴着蓝色的面具，身穿一种长袖、大襟、袒臂的衣袍，衣袍的腰间缠着五色彩带。

堪珠老师连忙从包里拿出一本县志，翻开对照一段文字，指着第一个人物跟我介绍说："从藏戏服装中，我们会看到不同级别的古代人物。你看眼下这位，他戴的这个宽大帽子叫薄独帽，身穿的五彩敞裰叫甲鲁服，这是专门为当地的一些有地位的长老特制的戏服。你再看他身旁的这位，脸上戴着蓝色的面具，身穿大襟袒臂的衣袍，这个就是保护长者的人,是个勇士。你再看这二人的姿态,长者在前,勇士在后,这肯定是在路途中,要去某个地方。"堪珠老师闭上双眼,一边投入观想一边说,"他俩这是前去拜访更高的长者呢,还是已经拜访完毕,从长者那里回程了……"

格桑瞧着堪珠老师一副身临其境的模样,便凑近岩画,想用手去摸它,但又生怕弄坏了似的,爱惜地说:"这真是太有意思了!"

沉浸地欣赏一会后,格桑突然两眼放光,大发感慨:"就这么一幅岩画,已经这么精彩,勾起这么多想象,那要是找到那个彩绘石窟,会是什么感觉——我们是不是就可以穿越到古代去,身临其境地和古人交流了?!"

"彩绘石窟?"我有些不解。

格桑目光晶亮,解释说:"老师,这是我们县志中记载的一个古代遗址。据说遗址中有大片石窟,里面全是岩画。您知道,一般岩画里表现的,都是古人当时的生活状态,是古人生活的一个鲜活的折射。要是我们能够找到石窟,古人的生活就活生生地呈现在我们面前了。那这个石窟,将是我们这个地区最大的宝藏。对于我们草原的开发,具有不可估量的价值!"

格桑越说越兴奋,不等我回应,又道:"老师您想吧,草原开发的重要亮点就是旅游。我们这个地区,旅游开发有什么呢?除了雪山草原这些自然景观,历史人文景观是更宝贵的资源!您看北边的敦煌石窟,一年给当地带来多少旅游创收嘛!"

格桑说完,见我惊讶地盯着他,很不解地问:"怎么老师,您觉得我说得不对吗?"

这时堪珠老师接过格桑的话说："没说你的思路不对。但我们可不能急功近利！寻找彩绘石窟主要是为了保护，不能让这么宝贵的遗产从自然中消失！"

堪珠老师的话正说在我的心坎上，我连忙点头。

堪珠老师将目光从我们身上移开，眺望远方那些高耸的雪山——说是雪山，这些年，至少是今年，整整一春也不见雪花，连雨水也很少，那些山峰上基本没有积雪了。

但见堪珠老师面朝雪山，大声对我说："我们文化委一直致力于保护草原上的传统文化，这些年已经有了一些成效。但就现在看来，私人老板的商业开发非常凶猛，个人的脚步是很难追上他们挖土机的脚步的。你看嘛，这里的山就已经被私人老板悄悄挖去了一半，因为我们发现了岩画，政府及时赶过来挂牌保护，私人老板的开发才被制止。但是草原文化的范围太大了，虽然这里有幸被保护，却不能保证其他地区都会这么有幸。就说那彩绘石窟吧，如果不尽早把它找出来，落在糊涂的商家手里，就有可能在还不知情时已被摧毁！现在政府非常重视文化保护。我们只要用心摸索、寻访，就能及时地发现、保护它。刚才格桑说的旅游开发，我们文化委的思路是，不能片面开发，要按'先找到，后保护，再提升'的步骤，进行保护性的开发！"

堪珠老师这番话，让我既佩服又感慨。确实，他提到的那些担忧，作为长期工作在草原深处的人，我完全能够体会。而昨晚发生的那件事，也让我意识到，相比过去对于孩子们生活上的帮扶，文化上的帮扶恐怕更为重要。我期待能够投入草原文化的帮扶中去。

堪珠老师听了我的感想,眼睛一亮,兴奋地说:"你对草原文化的帮扶理念,和我们政府的文化保护政策,正好不谋而合嘛!不如你也参与进来?"

　　"我可以吗?"我惊问。

　　"当然可以!"堪珠老师语气急切,"不但可以,还非常欢迎嘛!我这么跟你说吧……"堪珠老师开始用一种循序渐进的引导语气,问我,"两会期间,国家提出全面建设小康社会,这个你是知道的,对吧?"

　　"知道,知道。"

　　"小康社会,标志性的指标就是农村人口全部脱贫,对吧?"

　　"对……农村人口全部脱贫,您是说,麦麦草原已经开始脱贫攻坚了吗?"

　　"对,我们的脱贫攻坚项目,分为易地扶贫、教育扶贫、文化扶贫、产业扶贫这几大块。文化扶贫这一块,工作人员缺口比较大,正需要人。"

　　"我只是一个义工,一个支教的老师,真的可以参与吗?"

　　"真的可以!"堪珠老师语气肯定地回答,"我们县贫困人口众多,脱贫任务艰巨,县政府已经提出,全体在职或自由从业人员,只要条件允许,都可以投入脱贫攻坚当中。我看嘛,你的条件完全够格!第一,你过去在内地是做文字工作的,对于文化搜集、整理更为专业。第二,你在草原上已经生活了很多年,对我们当地文化比一般人更为了解,工作起来更为顺手。第三,主要是草原上像你这样能够胜任文化搜集、整理工作的人不好寻找。我相信,如果有你助力,麦麦片区的文化扶贫工作肯定能够做得更好!"

一旁格桑听了,连忙对我说:"是嘛老师,参与这项工作意义重大! 简单一点看,这是在做文化帮扶工作,但往深处看,这是在保护草原人心灵上的家园。您想吧,当一个娃娃长大,他却再也回不到属于他们心灵的那个家,那样的帮扶还有多少意义?"

格桑说这话,是生怕我不应承呢。

而我已在往深处思考了:"堪珠老师,能让我参与政府的文化扶贫工作,我当然乐意。但毕竟我是个人,您要给我充分的自由,让我去做既急迫又力所能及的工作。"

"你想做什么?"堪珠老师连忙问。

"我想先做前期的文化搜集,就是把草原各地的宗族文化、民风民俗、藏戏歌曲、古书经典,进行搜集整理。刚才您也说了,如果不尽早把它们找出来,落在糊涂的商家手里,就有可能在我们不知情时,已经被摧毁!"

"哦呀,你的思路是对的!"堪珠老师点头赞同。继后,想了下,从包里拿出一份文件递给我,"这文件你可以看看。国家对于文化扶贫这块是有资金支持的。你要是加入进来,生活方面我们会给予补助!"

格桑见堪珠老师已经说到生活补助,知道这事可以成了,便不失时机地插个话,对我说:"老师,堪珠老师那边已经确定,您这边也就确定了吧! 那以后嘛,您到草原搜集古书经典,要记住看下名字,如果能找到一个解放前的老本子,叫《康藏文化备考》的,赶紧帮我拿回来! 那里面对于彩绘石窟的位置是有详细记载的;找到它,我们就可以找到彩绘石窟!"

堪珠老师拍拍格桑的肩,提醒他:"别忘了小子,和彩绘石窟一样,所有搜集到的文化都是我们的宝贝!"

这位把文化当成生命一样爱护的老师,他说的话,总令我心服口服。只是,在草原上生活这么多年,经验告诉我:草原地域广阔,民情复杂,搜集文化可能会有无法预料的难度。

我便对堪珠老师坦言:"不过您也知道,现在能通公路的地方基本都被开发了。只有那些交通不便、被大山深谷保护着的地方,还能寻到一些原生态的文化踪迹。但深入这些地区,没有同行的伙伴,就我一人单打独斗,时间会比较慢,效率跟不上。"

堪珠老师听我这一说,一时不知如何回应了。

倒是格桑跟着接了话:"也是嘛,原本我们麦麦乡还有一个人才,就是阿嘎嘛,他也是读过书的,可以协助我们工作,只可惜暂时也指望不上!"

格桑一提阿嘎,我的心就堵住了。

冬天过去,当我再次返回草原时,阿嘎已经初中毕业。原本他和班哲已向政府申请,要在草原下方的峡谷里再创办一所学校;但最终因为峡谷周边几次突发泥石流,政府很不放心,班哲自己也觉得挺危险的,只好撤销申请。无奈,班哲又到拉萨唱藏戏去了。他用办学校的钱在拉萨成立了一个民间的藏戏研究机构。他有他的见解,因为随着经济开发,藏戏同样亟待保护,他是想努力把这份民族文化延续下去。而阿嘎,要我怎么说呢!他心中对于亲人的思念,他的理想,他窝着的心思，就像他的信念一样坚韧，义无反顾——他相信自己最终会见到阿爸，所以在班哲撤销办学申请后，他便以不同寻常的途径离开草原，寻找阿爸去了。

格桑无比遗憾地对我说："确实嘛，老师，您的孩子当中，就数阿嘎最懂事了，但暂时是指望不上。"

我听了，面色难过，心有不甘，目光像一支箭，射向远方那些雪山，声音变得有些发狠，道："总有一天，我要把阿嘎找回来！"

格桑点头，安慰我说："哦呀，我想他肯定也是多多想家的。幸亏我们还有别的伴儿，像苏拉，成绩好得很，未来也可以帮到我们。"

一旁堪珠老师听到苏拉，就表扬起格桑来："你嘛，正在资助苏拉娃上学吧？不错，没有辜负梅朵老师曾经对你的帮助！"

格桑连忙解释："您这是夸奖我了。供苏拉娃读书是政府派给的'结对扶贫'，是我应该做的工作。"

堪珠老师欣慰地说："那也是你主动向政府申请的名额嘛。按你现在的经济情况，工资也不多，没有买房，又没有父母支持，政府是不会给你分派'结对扶贫'的。"

格桑真诚地说："您快别说了，这是我应该做的。如果没有梅朵老师当年的帮助，哪有我现在的工作嘛！"

堪珠老师朝格桑满意地点点头，沉思了一会，对我说："哦呀，刚才你提出一人单打独斗，效果缓慢，这也是事实。对，我得给你找个伴儿——我的一位老同学的女儿，那女娃也是多多热爱草原文化，又是自由职业，时间多多有的。要是有她来协助你，搜集工作也许能进展得快一些吧！"

“但是……”我为难地盯住堪珠老师，“但是堪珠老师，五娃子怎么办？”

堪珠老师的目光，因我的话变得有些凝重。

我只得避开，低下头去，小声解释：“搜集文化需要四处走动，这样会有风险。不是我个人害怕，是五娃子，我总不能带着他同行。可他一直是跟随我的，即使回家乡我也会带在身边。您知道……不是他离不开我，是我……”我的声音越说越小，最后被自己咽进了肚子里。

时间，像在这一刻凝固了，一如面前残存的岩画凝固在岩石上。而岩画只是直观上的静默而已，隐约中，它似乎已在流动、延伸，释放出深厚而神秘的气息。至少对于堪珠老师，此刻是这样的。但见他侧身挨近岩画，再一次细致地端详，连声感叹，神情里尽显心疼、爱惜。

之后，他转身对我说：“要不五娃子就让我带到县城去，暂时住在我家里。”

格桑连忙朝堪珠老师摆手：“不行不行，堪珠老师，五娃子就留在文化站吧，正好我也住在文化站，就由我来照管。”

堪珠老师顾虑地问：“你能行吗？”

格桑朝堪珠老师拍起了胸脯：“怎么不能行嘛，想当年我们的梅朵老师，一个人带着二十七个娃娃，都挺过来了！”

堪珠老师想了想，点头同意：“哦呀也是，五娃子是大地的娃娃，就像一棵草儿，丢在哪里都可以生长。”

4. 金卓玛

只能暂且丢下五娃子。小小的五娃子,睡着的时候极其安静。面色像一碗清水,呼吸轻微得几乎听不见,长长的睫毛似凝结在脸面上,气息安静得让人心虚,害怕他再也醒不来。但是只要一醒来,尤其是见我在身边,他立马就像一头攒足了劲头的小牦牛,无休无止地闹腾。也许正因为这睡时醒时的极度差异,才让我时时刻刻地感觉,他的安静是那么令人担心。

而我只能趁他熟睡时离开!我想别的任何人也不能让我丢下他的,但是格桑不是别人。过去,格桑一直是把我的碉房学校看成家的。我和格桑的情感,格桑和孩子们的情感,彼此也已经像血脉一样融在一起,变成一家人的模样。所以五娃子在格桑这里,便像是生活在自家阿哥身边一样了。

堪珠老师很快把我引荐给他同学的女儿——金卓玛。这姑娘出生在"团结户"家庭。阿爸是藏族,生在与麦麦草原毗邻的桑伽草原;阿妈是汉族,西宁人。因为阿妈姓金,夫妻二人便给女儿取名金卓玛。

我们第一次见面是在梨儿卡河畔,金卓玛临时开办的小客栈里。走一天的路,我有些风尘仆仆。见金卓玛时,她则显得极为平静,少有一般客栈女主的那种殷勤待客的劲头。时值早春,客栈里没有客人。金卓玛端正地坐在客堂中央的木桌前绘画。见我进来,她向我提了下画笔,意思是她正在作画,让我等着。她就着木桌,摆出一副挥毫泼墨的架势,笔锋游弋一阵,便有一道彩虹跃然纸上。之后,她注目欣赏,像是被自己的画作陶醉,连连发出感叹:"哦呀,你也是个天才嘛!"洋洋自得,沉迷其中。我已经感应,她浑身散发出一股仿佛牵连着前世今生的,混沌、深暗、纷繁又奇异的复杂气息。第一感觉:她像神婆,那么年轻、美丽的神婆!

想想,我不由笑了,找个地方坐下来。目光在客堂里溜索一遍,立马就被四方墙壁的绘画吸引住。那绘画场面气势恢宏,有雪山草原、森林山寨、田野帐篷、牧人牛群,有锅庄舞会、说唱逗乐、婚丧嫁娶,各种民风民俗,一时难以尽数!在绘画的上端,矗立着一座恢宏大殿。透过大殿敞开的门楼往深处看,里面最为醒目的是一位装扮华丽的长者,头戴金沙宝冠,端坐在大殿上方的宝座里。宝座下方立着大群俗官装扮的人。一位藏戏表演者站在殿堂中央的戏台上,身上穿着和我上次在梨儿卡看到的岩画人物差不多的戏服。

我一时被震撼其中。

金卓玛得意地问:"这些都是我亲手画的,你觉得怎样?"

"我还以为是专业画家的佳作!"我恭维她说,心中则在思量,能画出这么纷繁绮丽的壁画,她也算是奇才。

金卓玛毫不谦虚,大声说:"那就是画得很好嘛——不好才怪,这些都是按照我们当地县志里的记载画出来的,我的手只是帮忙执笔而已。"见我惊讶,金卓玛补充解释,"这些画的都是县志里记载的彩绘石窟里的景象。"

我再一次听到"彩绘石窟"!看样子不仅是堪珠老师和格桑,热爱草原文化的人都知道它吧。而我竟然在金卓玛这里目睹了它的风貌,虽然只是复原图,却依然壮观,魅力十足!

金卓玛自然看出了,兴致勃勃地说:"身临其境了是吧! 我这可是按照记载一笔不少地画出的。你知道,文字描述无法让人身临其境,画出来,给人的感观就会更生动、鲜活!"

"最重要的,通过画面我们更容易得到启发。"我说。

金卓玛兴奋道:"确实,参照画面,寻找的思路会更加清晰。我嘛,还真的从画面上寻到彩绘石窟的大方向了——肯定就在我们接下来要去的地方!"

"什么地方?"我好奇地问。

金卓玛却卖个关子:"一路颠簸过来,你肯定累了。今晚就好好休息嘛,多多积攒气力。明天,我带你去一个神秘的山寨。"

5. 小牦牛

第二天,金卓玛果然早早就起床了。我简直是一夜未眠,心中一直在想:金卓玛将会带我去怎样的神秘之地? 以我的经验,能够称之为神秘,肯定是交通不便的地方。那样的话,是不是又会遇见一些特别的孩子? 就像第一次上麦麦草原,遇见阿嘎、苏拉、小尺呷……我总也说不好,这一夜未眠,到底是因为那个神秘的山寨,还是别的。

清晨,金卓玛领我上路,我们穿行在陡峭的山道间。雾里的山道像一架插入云霄的天梯,我们基本不是靠步走,而是攀爬。大约中午时分，身旁浓密的雾气才开始慢慢地流散。我们进入一片茂盛的黄杨树林。这个时期的黄杨树，枝条上已经破出点点柔绿。它们安静地立在山道两侧，裸露的根系像一条条粗壮的大蛇盘踞地面，足可见它们的树冠有多么高大。在更高一点的地方，一棵可以称之为树王的千年黄杨树下，我们突然听到大树背面有孩童的嬉笑声。那大树之粗壮，竟像一扇拱形大墙，把孩子们的身体隐藏起来。

听到孩童的声音，我的心为之一动。金卓玛则已经循着笑声跑过去。

我却不敢举步，不敢轻易打断孩子们的笑声——我希望这样的笑声就像山间的溪流源源不断，而不会因为陌生人的介入被戛然打断。也许，对这笑声的依恋、沉迷与执着，是我思想上生出的一种病。是的，我已经说过，当我再次回到麦麦草原时，除了带回满腹的伤感，还带回了一种莫明其妙的病症——臆想。这让我一度谨小慎微，优柔寡断，包括收养翁姆家的五娃子。

我还记得，在刚刚返回草原的冬天里，我在溪涧边的路上遇到翁姆女人。她瞧见我，浑身缩成一团，紧紧搂住怀里的孩子，不说一句话，匆匆离开。她是在拒绝见我！而她怀里搂抱的便是五娃子。我时刻都在担心，三年前已经怀孕的翁姆女人误吃了我送给她的药丸，会不会伤害到这个孩子。所以即便得不到翁姆女人原谅，我也要去看望她的孩子。担心会被再次拒绝，我只能去找已经工作的格桑，让他陪我一同去翁姆家。不想这时翁姆已经病了，肚皮里长出一块拳头大的瘤子。听说到州府医院挖过一次，但之后又长出来，怕是身体再也扛不住。当时，我看到曾被她时时刻刻搂在怀里的孩子——五娃子,看他趴在地上,正做着各种奇怪动作。我心头难过极了。格桑却显得十分平静,对我说:"老师,我们不明白他在做什么,但大地是知道的,他是大地的娃娃。"我没法不认同格桑的话,但最终还是补充一句:"除大地知道,内地有一种医院,他们也会知道。"格桑盯住我。我便在心里说:"这么小的娃,阿妈却无法照顾,那就交给我吧,由我来带。"但出口却不果断,又这么说了:"这娃子太小了,不方便远行。等他长大一些,我要带他到内地的医院去看病。"格桑作为我最大的孩子,过去在所有的假期里,我们朝夕相处,他当然能看懂我的心思——这是为难和犹豫呢。但听格桑语气感慨,提醒我说:"老师,对于娃娃的情感培养,那是越小越好呢。长大了就会生疏,再想贴心相处也就难了。"

于是,之后五娃子就留在我身边了。高兴时他喊我阿姐,开窍时他喊我阿妈,糊涂时他朝我瞪着眼尖叫,生气时他还会朝我挥起小小的拳头……

强迫自己把思绪从回忆中摆脱出来,却看到金卓玛已经扑入大树背面。见她一闪而过的俏丽身影,我想起这位衣装时尚的女孩,她其实是位地道的藏族姑娘,皮肤紧实,身材修长,如果让她穿起藏袍,系上五彩帮典——我想象她已经款款而上,正和孩子们一起唱歌跳舞——恍惚间,那又是我了!

但我终究还是不想打断孩子们的笑声,这种矛盾复杂的心情,想必金卓玛难以体会。

所以我远远地唤她:"金卓玛,我们走吧。他们可是小牦牛一样,别打断他们的……"

我想说"笑声"二字,但还未出口,却见金卓玛从大树背后跳了出来,面色严厉,质问我:"你说什么? 你说他们是牦牛?!"

金卓玛满脸盛怒。她以为我在骂孩子们呢,把他们比喻成牦牛,这就好比我们内地骂人说"你是猪"一样!

我不知作何解释。

金卓玛撇开孩子冲到我面前,一副义愤填膺的气势,斥责我:"我曾为你所做的一切感动,又有堪珠老师嘱托,才这么配合你做事。没想到你会这样看待孩子,你真让我寒心!"

真是不出口则已,一出口就抛出狠话——这位姑娘果然气势逼人。

"说什么呢金卓玛,你放过牛马吗? 在牧场上生活过吗?"我紧切地问,想做些解释。

金卓玛脸色涨得通红,朝我嚷:"我是没有放过牛马,也没有在牧场上生活过,但我听得出,你骂他们是牦牛!"

我哭笑不得:"哎,金卓玛,你没放过牛马,也没住过帐篷,你怎知道小牦牛是多么可爱!"我竭力与她解释,"我在说孩子们是小牦牛,不是牦牛。就算是牦牛,牦牛是多么温顺、多么憨厚的伙伴,为什么我要借它来骂人呢?"

有点绕了。向来我也不擅辩论,我的语言表达能力差极了。不像金卓玛,说话跟抛弹珠子似的。她又抖出了一件事:"我还听说,你要把草原上翁姆家的五娃子带回内地去。他是草原的孩子,他的根在草原上。你带他去内地,生活在陌生的地方,他不是'被生活'

了吗？你这是在剥夺他的生存权利！"

"金卓玛，你言重了。我并不想把五娃子永久地留在内地，只想带他去看病。但是他还小，你明白吗，我们还无法对他进行心理治疗。他那样的病，需要时间，也许……"我突然哽住了，心里在想，也许是一辈子。

金卓玛见我语出一半断了，倒又觉得自身语气也有些过分，却仍然坚持着一脸的霸气，道："不跟你说了，看在堪珠老师的分上，不跟你计较。走吧走吧！"挥手往下走。

不多时，金卓玛就把刚才的事全给忘了，心态恢复了平静，给我介绍说："再翻过一道山坡，前面就到了西坡寨。"

"就是昨晚你说的神秘山寨吗？"我问，有些迷惑。

金卓玛摇头："哪有这么简单！我们只是到西坡寨去请向导，让他带路，前往密林深处的桑伽草原，那里有个哥坝寨。"

"哥坝寨？这名字听起来好新奇嘛！"

金卓玛点头道："就是，顾名思义，那是一个以父系文化为中心的地方。"

"我们不是要去寻找彩绘石窟吗？"我问，其实也是故意抛个话，探下此番出行的大方向。

金卓玛果然语气严肃地提醒我："石窟肯定是要寻找，但是寻找它的意义在于什么嘛？"

"在于它里面的壁画，记录着草原过去的古老文化。这些文化有很多至今仍有延续，所以寻找历史遗迹和搜集现存的遗留文化要同步进行!"我说。

"对!你都清楚嘛,还故意问。"金卓玛嗔怪,想了下,才开始着重地解释,"哥坝寨的宗族文化是西部高原文化的一部分。宗族文化其实就是地方生活,生活中产生的说唱艺术、藏戏锅庄等,在哥坝地区非常盛行,所以要想更为全面地搜集高原文化,哥坝寨是绕不过去的!"

6. 知识就是酥油

当天我们便在西坡寨找到一位采药人——旺堆,请他带我们穿越丛林密道,前去哥坝寨。为什么不走正规的山道,金卓玛的解释是:现在外面的旅游开发过于严重,桑伽草原上的哥坝人担心受到外面侵扰,为保护当地的宗族文化,他们不欢迎陌生人进入哥坝寨,尤其是像我们这样想要走访宗族文化的人。

桑伽草原的哥坝寨其实地处两省交界之处。高原上,一般跨越两界之地,地势总归险恶无常。因为地势隔绝,两界恍若两种世界。就像麦麦草原和桑伽草原,虽然都地处横断山脉,但山脉地域广阔,走向庞大,加上山高谷深,地貌复杂,造成两边草原的语言、生活、文化,相互都有差异。

旺堆领着我们翻越垭口,进入大山深处。行走不多时,我们就跌进了莽莽丛林。到处都是团团簇簇的灌木,越往下走,灌木越发茂密。最后就挨近了原始森林的边界,四周全是高大密集的树木,感觉不到人烟的痕迹。只有森林间的小动物,雪鸡、红雉什么的,因为被我们惊扰,时不时就会噗噗地飞起来。我们深入其中,默默地穿行了大半天,才又渐渐地绕出原始森林,看到那些粗大密集的寒杉林和层层叠叠的青冈林已经被各种杂树取代。再下行一段路程,竟然还看到了小片的草甸坝子。顺着草甸坝子前行一段路程后,就到了一条小河的岸边。岸边树木葱郁,种类繁多,火桦、黄杨、沙棘、核桃、野杏,高原上应有的树种似乎在这里都能找到。猛然抬头看时,就见前方的丛林里,一些沙棘树的枝干上,零零散散地挂着用白色经幡捆绑着的方木箱和塑料桶,不知里面装的什么。

我正要询问旺堆,却见金卓玛已经介绍起来:"这是拴在树上的亡灵。它是哥坝人的特殊标志,说明我们已经深入了哥坝的中心地带。"

"拴在树上的亡灵?"我问,之前我也只是略有耳闻,从未见过。

金卓玛一边走一边给我解释:"拴在树上的亡灵,是典型的父系社会的葬俗,但凡这样的亡人都是父系社会的后裔,现在的哥坝寨人正是。据说他们的祖先原本生活在西部高原地带,拥有自己独特的宗族文化。后来为了寻找更好的生存资源,他们的祖先就顺着河流一路迁徙,上百年后才来到现在这个地方定居。但是说真话,这里山高路远,也不是什么更好的生存之地嘛。所以我估计,促使他们迁徙的,可能另有原因。"

说话时,我们已经进入哥坝寨的一个自然村。这时天已经黑了,什么也看不见。旺堆安排我和金卓玛住进他的一个亲戚家。这亲戚家的男主人叫纳森,是地道的哥坝人。但因为娶了外寨的女子,思想就比别的哥坝人要开放一些,愿意接待我们。而据旺堆介绍,纳森算得是哥坝寨最有学问的人,曾在县城读过初中,会说汉语,还能用汉字写信,眼下正在哥坝寨做着临时看管山林的工作——就是护林员。身为哥坝寨的知识分子,纳森对自己的族源很有一些了解,这正是旺堆安排我们结交的原因。

第一晚住在纳森家,我们就针对哥坝寨最终要不要搞旅游开发的问题,展开了激烈的讨论。

我的主张是保护性地开发;纳森则抱着模棱两可的态度。

倒是他的老婆快言快语,冒出一句牢骚话:"不开发路就不会通了。每次回阿妈家都要绕很远的山路,真是麻烦。"

纳森听后便有些来气,当着我们的面冲他老婆发话:"你一个女子家懂得什么,烧茶去。"

旺堆朝纳森使眼色,意思是要尊重女性,因为来的就是女客。一旁又怕我尴尬,贴着我的耳边小声解释:"他们这里和外面不一样,这里是男人说话的地方。"

我点头,表示理解。

倒是金卓玛对纳森的态度有些反感。我看她当即绷紧了脸,但竭力地克制一阵后,又觉得这是人家的地盘,也不好多话,只好按捺情绪,对开发的问题表达了中立意见。

旺堆则对开发不发表言论,岔开话题向我们介绍,他的两个孩子都送到内地最好的学校读书去了,一年的费用,包括学习、住宿、生活、往返开支,一个孩子需要两万元,因此他得不停地进山采药。只有多多地采药,才能维持孩子们读书。怪不得这一趟行程他给我们开出了很高的价钱。

金卓玛不知是真的不了解，还是故意，她问旺堆："我们藏族娃娃上学不是免费的吗？"

旺堆说："那是公办的，公办学校都免费。"

我补充道："一般慈善学校也都是免费的。"

随即就想起了麦麦草原，想起了我自己的碉房学校。曾经那么艰难地维持，最终它还是散了！想想不免有些难过，心就像被针尖扎了一下，隐隐作痛。

但听金卓玛继续和旺堆理论："草原上既然有那么多免费的地方可以上学，你何苦还要自己花钱，把娃娃送到内地那么遥远的地方！"

旺堆语气坚定地说："就像那些有钱人要把娃娃送进贵族学校，我们的娃娃也要接受最好的教育。未来的社会嘛，没有知识是不行了——知识就是酥油！"

金卓玛可能从未听过这种说法，两眼盯着旺堆。

我只好在一旁解释："他说的意思，知识就是力量。"

难得他一个采药人都能发出如此感慨！金卓玛便不想继续谈论学校，转过话锋道："好了，我们谈正事吧，谈谈哥坝寨的宗族文化。"

纳森一听宗族文化，敏感起来，疑惑地问："你们这一来，是不是要破坏我们的宗族文化？"

金卓玛便以政府工作人员的语气，竭力地说明："阿哥，不是破坏，是保护和提升呢。你应该知道，社会在发展，哥坝寨早晚会有变化。这里又是深度贫困地区，是政府脱贫攻坚的主战场，所以不单是文化扶贫工作要做进来，其他扶贫工作也都要实施起来。至少我也算是热爱文化的人,对文化的保护不会急功近利。扎西梅朵又是在草原上支教,帮助那些没有阿爸阿妈的娃娃,她对我们这里有着深厚的情感,当然会站在我们的立场上想问题,这就好比我们自己人在保护自己。"

一旁旺堆连忙跟着附和:"就是,就是,纳森阿哥,你知道外面的梨儿卡吧,就因为被心急(急功近利)的人管着,听说那里有很多山都被炸平了!"

纳森一听山也会被炸平,一时被骇住,端起茶碗咕咚咕咚喝下一大碗酥油茶。正如旺堆所说,知识就是酥油,而酥油就是力量,他喝饱酥油茶,这才慢慢稳定了情绪。继后,便以严肃的语气对我发话:"你要是想了解我们的宗族文化,这可不是一天两天的事!我们这里山高路远,道路曲折,要想走遍整个地区,不是一时半刻就能走完!你们抱着考察的心态进来,做些表面性的采访工作。一个事,原本就抱着好奇心,看得不够全面,再由着自己的想法写下来,一半是你们的走访记录,一半却是你们的想象,搅和在一起就变成我们哥坝寨,这样可不行!"

金卓玛听纳森这么一说,倒也觉得在理,认真地问他:"那依阿哥之见,我们应该怎么做呢?"

纳森想了下,说:"真要做好这件事,你们就必须长久地住下来。生活久了你们才有真实的感受,然后真实地记录我们!"

金卓玛一听长久生活,急切问:"要多久嘛?"

纳森细细地计算一阵,回答:"我们这里有十八条山沟——我是指有人居住的山沟。有一半山沟寨子都不通公路,很多地方只能骑马,步行。每条山沟都很深远,一天是走不到头的。这样的话,时间是不好计算了!"

金卓玛一听时间不好计算,急了:"时间太长我可不行,我是有客栈的。马上梨花就要开了,我是要接待游客的。"说时,转过脸,若有所思地盯住我,低声问:"如果你一个人留在这里,你会不会害怕?"

想我在草原上已经生活这么久,糌粑吃得了,酥油茶喝得了,帐篷住得了,食宿方面完全适应,还能怕什么呢? 于是我肯定地回答:"除了少去你这样一位得力的伴儿,其他倒也不会担心。"

金卓玛一听就释然了,对我说:"那你要留在这里!"不等我回应,又跟着说明,"纳森比我更熟悉自己的地盘,汉话又说得好,至少在这里他比我更合适当你的助手,你跟着他更好。我嘛,等旅游旺季过了再回来!"

7. 考验

次日,金卓玛和旺堆一同回西坡寨去了。我被安排住在纳森家,休息了几日,纳森却没有要带我走访的意向。他每天变着花样儿支吾这个事。第一天他说,要到遥远的乡里办事,三天后才会回来。第四天他说,峡谷底端的青稞需要锄草,走不开。过了五天,锄草完了,他又说要翻耕一片闲置的田地,很大一片,不是一天两天就可以耕完,所以没时间领我去走访。

我才不会被他绕住呢,提出要去帮他一起耕地。纳森惊住了,他不相信我会耕地。一个外地女子,怎么可能呢,怎么会呢!

他是不知道,其实早在五年之前我就尝试过耕地的活计。记得那是寻找我的第十一个孩子时,在一位哑巴牧民家。那时,因为语言障碍,草原人对我的工作并不十分了解。他们不知道一个从遥远地方过来的女子,到底会有多大能力帮到孩子。所以进哑巴家时,遭到了拒绝。哑巴的老婆是得包虫病死的,丢下两个孩子。哑巴一人拖扯着孩子们生活,家庭非常贫困。但由于无法用语言交流,哑巴对我并不信任,拒绝我,并朝我嚷个不停。谁跟他比画、解释,都不行。我感觉这事都有些无望了。

在离开他家的土院时,我看到院子中间有块草籽地。望望,并没有想出什么主意。但引荐我到哑巴家的牧民多吉却安慰我说:"他这块地过几天是要翻耕,到时他会借我家的牛,我再来劝劝他。"

不知怎么的,我无意间说了句:"那就让我帮他耕地吧。"当时也就是信口说说,多吉却认真地问我:"你怕不怕牛?"我说不怕,牦牛多温和呢,从没见它攻击过人。多吉就说:"那好,我今天也要耕地,你来学习怎么样?"我说好,便去尝试。但跑过几圈"双牛抬杠"的耕地,累得要命。无奈,甩手不想做了。多吉瞧着我的狼狈样子窃笑。这倒又叫我有些不服,硬是爬起身,跟着继续练习。就这样又跑过了很多圈,最终功夫不负有心人,总算可以像模像样地把持铁犁,站在田地上!

几天后我和多吉又去哑巴家。别的什么也没带,只赶来两头牛,我开始帮哑巴耕地。哑巴吃惊得嘴也合不拢,又是叫又是笑,像是看到一件莫大稀奇的事。在哑巴的惊叹声中,我成功地把住铁犁,嘴里

"却！却！"地使唤双牛，佯装很有气势的样子，开始耕地。其实当时我那双手，早被身体内部使出的暗劲摩擦得红肿，皮也破了，灼痛不已。哑巴瞧得有些心疼了，赶到我身边，朝我"呀呀"地叫着，示意我停一下，去喝口茶。多吉一旁心领神会，帮着哑巴解释："他哑话什么你知道吧，他说你是一位能干的女子，能叫人放心！"

后来不用说，哑巴很放心地让我带走他的小儿子，就是我的第十一个孩子——所达。

想起所达孩子，我的眼前便映现出那个浑身清清瘦瘦，像是怎么吃也无法吃得饱满的小男孩。他喊我阿姐呢，这称呼倒也有源头。第一次我从哑巴家带出孩子时，见他穿戴单薄，自然是要领他到县城添置衣裳。进一家服装店，给他换新衣的时候，这孩子有点别扭，不愿在我面前脱下旧衣。我拉过他，说："脱吧，我就是你阿姐一个模样，是自家人，你在阿姐面前还要害羞吗？"这话对于我只是随口说的，是小事，说说就忘了。但对于所达却是很大的事，好像一生都要记住。后来他就坚持喊我阿姐了，从不改口。

想起这个事，我的心就被回忆拖走了，由不得喊一声："所达！"

我在喊所达，却听到纳森的声音，在笑着提醒我："哦呀扎西梅朵，你喊所达，它们可不会答应，它们也不叫所达嘛。你要喊'却！却！'它们才会拉走铁犁。"

我才反应过来，我这是掉进臆想中了！眼瞧纳森，他正在耕地呢，双手把持着铁犁，口里在"却！却！"地使唤双牛。

"纳森阿哥，请让我试试吧。"我凑上前去。

纳森根本不信，他又笑起来："你们这些外面的女娃子，就是什么都好奇嘛！给你……"纳森给我让出一只手的空间,我立即抓上犁把手。纳森一边控制铁犁,一边瞧着我目光闪烁。现在不是我好奇,倒是他好奇了。我使出浑身解数,紧紧地把持铁犁,努力跟上纳森的步骤。纳森却在暗中与我较劲呢,他是要考验一下真假。他在使着花样儿,不按照套路前进,突然把绳套往左一拉,使得拉犁的两头公牛方向一偏,拐了。纳森身体灵活地随着公牛的步伐挪过身去,他想利用突发不规则的路线甩下我,然后就可开心地笑话我了。但我紧紧地抓住铁犁不放手,顺着他的步伐也迅速挪过身去。我随着他左拐右绕,同进同退,最终没有被铁犁的重力甩下来。

一垄地耕完后,我已累得大汗淋漓。纳森见此停下来。两只牦牛已被他解套,放在地角边吃草。纳森主动给我递过茶壶,我倒满一碗酥油茶,咕咚咕咚喝起来。纳森没喝,他在专注地盯着我。

"扎西梅朵!"他声音响亮,"我从你刚才把持铁犁的劲头上知道,你是好样的!"

我朝着他笑。

他沉默了一会,突然问:"你是真想搜集我们的宗族文化?"

"哦呀,这是县文化委的安排。"我解释。

纳森一听文化委,问:"是哪位领导?"

我说:"堪珠老师你知道吗?"

纳森点头:"就是文化委的堪珠主任吧。"

"是他。"

纳森笑起来:"他是主任,又不是老师,你怎么喊他堪珠老师嘛?"

"哦,我这是对主任的尊称呢,我们一般对热爱文化和研究文化的人都尊称老师。"我解释。

纳森答一声:"懂了,我其实是很佩服真正热爱文化的人。"

"那堪珠老师就是这样的人,我就是受他的嘱托才来这里的。"我趁机强调。

纳森点头道:"哦呀,不是私人的,有政府的支持,我就放心了!前面,我跟你们说走访需要很长时间,这一方面是事实,另一方面也是想吓唬你们——看你们有没有这个耐心嘛。哦呀,那位金卓玛果然就害怕,跑了。"

"阿哥,她是有客栈的,确实也走不开呢。"我解释。

纳森哈哈笑了两声,继后便吐出心声:"真要搜集文化的话,让我这么生硬地领着你到处走访也是不行,会遭到抵触的!我们这里太封闭、太落后,又重男轻女。你是一个女娃子,又是外地人,即使他们不烦你,也不会跟你说真话的。你得换个方式和我们的人交流。"

我盯住纳森,等他继续。

纳森就道:"那金卓玛不是说了,你在草原上帮助娃娃多年。这样就好,我们这里也有很多娃娃需要帮助。你就先来做这个工作。只有给别人看清楚了,你是在用心,在爱护我们,才会得到我们的信任!"

提及孩子,我的心立即就被拨动了一下。

纳森却生怕我不答应,紧切地解释:"要是换作别人,我是不会这样说了。但你的身份不一样。你帮助我们草原娃娃,我当然是要支持你嘛。"

"哦呀阿哥,谢谢你!"我确实是被纳森感动了,心中充满希望。

但听纳森语气又严肃起来:"不过我也跟你说个实话,你就是得到我们哥坝人的信任,工作也还是有些复杂,有些难做!"

"阿哥指的是哪方面?"我问。

纳森沉默片刻,犹豫片刻,道:"在我们草原的另一边,有个裹坝山寨。我们和他们的关系有些复杂。谁也说不清我们的事。你要是想扎扎实实地了解我们,也必须了解他们才行。因为我们两边虽然在生活方面差异不大,但宗族文化完全不同,却又生活在同一片草原上。说相同嘛,也有不同;说不同嘛,也有相同。这就复杂了,会让你的走访工作也变得很复杂!"

"那怎么办?可有什么便利的方法?"我朝纳森投去困惑的目光。

纳森其实胸有成竹呢,但听他直言:"现在嘛,不管是哥坝寨还是裹坝寨,能够主事的人就是我们草原的齐麦乡长。我看你什么也别想了,就去找乡长。只有得到他的支持,你的搜集工作才会顺利。"

8. 我们的困难,难到天上

就来简单地说下哥坝寨和裹坝寨吧。

哥坝寨其实也可称之为哥坝部落,坐落在大雪山的东侧,是典型的以"男性血缘"为纽带的族群,也就是外界人所说的以父系为中心的族群。族群内部规定,每个小家庭中,只有男性才能继承财产。若家中仅有女性,其出嫁后,财产将会并给族内最为亲近的男性家庭。

邻近哥坝部落的裹坝寨,分布在大雪山的西侧,则是以"双亲血缘"为纽带的族群。即女儿、母亲及父亲都可以继承家族财产,也就是外界人所说的男女平等,或以母系为中心的族群。

在过去,哥坝寨的女子是难有机会参加宗族内部的组织活动的。除了生儿育女和日常劳动,女子们多半难以掌管家庭。而在裹坝寨,男女基本是平等的。父亲可以说话,母亲也有说话的权利;若家中只有女子,可让外族男子入赘,以此继承家族财产。

两寨之间因为族规不同,也造成了一些认识上的差异,因此产生纠葛。且两边的草场都处在大雪山的下端,中间没有河流及山梁阻隔,地界不是十分明确。自然两边的牛群也没有那么规矩,总会有意无意地越过只以石块围拢的地界。有时是哥坝的牛群不小心跑进了裹坝的草场,有时是裹坝的牛群误入了哥坝的草场。

三十年前,哥坝寨有个牛场娃叫赤豹,在自家草场上放牛。赤豹的牦牛管不住自己的蹄子,或说嗜酒的赤豹管不住自己的嘴,一边放牛一边喝得大醉,没法管住牦牛。吃着吃着,牦牛就越过了地界,被裹坝寨的一个男娃发现。这男娃叫达达,当下拴住赤豹的牛。赤豹自然是要讨回来。达达不愿放牛,指着赤豹大骂一顿。赤豹气上心来,当即朝达达挥起拳头。达达毫不示弱,说:"你摆个架势吓唬谁,有本事你就过来!你们家的牛都过来了,你还不敢过来吗?"

这话当真激怒了赤豹,立马朝达达的地界跑过去,两边就这样打起来。最终是以赤豹受伤收场。之后赤豹派人给达达传话，要他上门道歉，因为毕竟达达是有防卫过当之嫌。达达却认为是赤豹越界打人在先，拒不道歉。两家因此结下怨恨。后来赤豹得病去世，这怨恨就延续到他的两个儿子——大吉和其加——的身上了。

这是后来纳森给我补充介绍的。

这期间，虽然冬天早已过去，但天气依然是阴冷的。纳森领我前去哥坝人和裹坝人共处的桑伽乡政府。说来也怪，哥坝人和裹坝人虽然族规不同，但在政府面前倒也和平共处。

走进乡政府办公室，便见一位五十多岁的汉子，正在和一位干部模样的人争执。纳森轻声与我招呼，说干部模样的人是县教育局临时下派的扶贫调研组主任，叫更嘎，年长的便是齐麦乡长。

但听更嘎主任正对齐麦乡长抱怨："齐麦，教育局的脱贫文件早就已经下发，我不知你底下的办事人员到底有没有用心执行。县里其他乡镇的教育工作都做得很好，就桑伽乡一直落后！我看送上来的统计报表，别的乡镇学校失学率都在逐步下降，桑伽乡的桑伽村小，怎么越扶贫失学率越高嘛！"

齐麦乡长面带委屈，向更嘎解释："主任，不是桑伽乡落后，是桑伽村小情况太特殊，教育脱贫的难度比其他乡镇大出很多！"

"越有难度就越要攻克嘛。要想真脱贫、脱真贫，就要做好代际教育！不然就算现在脱贫了，未来也有可能会返贫。我们调研组曾经统计过，那些返贫的家庭，大多是接受教育不高的家庭。所以上面才把代际教育列为'阻断贫困代际传递'的基础项目。但要做好代际教育,首先就要狠抓'控辍保学'工作,要做到学校里有学生,不能让娃娃失学,流失在草原上!"

"这道理我当然明白,但桑伽村小失学率高是有特殊原因的。针对这特殊原因,我建议还是先抓好桑伽草原的易地扶贫工作,之后教育工作就会跟着好起来。"

"易地扶贫对于桑伽草原的牧民就是移民搬迁。这个工程浩大,是需要时间的;教育却等不起,孩子们正在成长,他们等不起!"

"确实,我们的孩子已经等不起! 不过主任,说句实话请别介意,你是刚从县里调下来,对于桑伽草原的具体情况到底有多特殊,你并不了解。"

"正因为不了解,我才来找你嘛。你们有什么难处,说出来,我们调研组也好早做应对的准备。"

齐麦乡长回一声"哦呀",陷入思考。许久后,他开始用深重的语气介绍——

"其实桑伽草原的这个村小,在三十年前就已经开办了。但在那时期,要想让草原娃娃自愿上学,实在困难,所以开办不久学校就停课。后来很多年也没开课。中间是九十年代的时候,又开课,但没过多久再一次停课。这当中反复地开课、停课,折腾了好多次。后来索性长期停课。也是最近几年才又开课,有了学生。因为政府管吃管住,学生娃渐渐多起来,但老师却渐渐少了。主任,你也在草原地区工作过一段时间了,多少也会了解,桑伽这么偏僻的地方,难处真是太多了。首先是地势太高,我们这里平均海拔都在四千五百米,又没有电视、网络、手机信号,吃的更不用说,实在匮乏嘛。在这么荒凉的地方办学校,公办老师总是待不住,像流水一样,今天来,明天走。我们也是看在眼里的,就和牧民们商量,安排孩子们到县城去上学,吃饭住宿全是免费的,只要人到就可以。但管着草原的族长却不同意。"

"你是说那个桑伽族长吧?"更嘎主任插话问。

"哦呀,就是他。"齐麦乡长回答,"他的观念是:娃娃们不能离开草原。如果政府能在草原上开课,娃娃就上学;不在草原开课,娃娃就回家放牛。我们无奈,只得再次组织开课。但总也找不到长期任教的老师。现在的学校里只有一个老师,还是桑伽族长托朋友调过来的。所以不管上面的扶贫政策有多好,对于主任刚才说的'必须先有学生',这个观点我还是不赞同。至少对于桑伽村小,前提就是必须先有老师。没有老师,就留不住学生。这是造成桑伽村小失学率高的重要原因。教育局要想做好桑伽乡的教育扶贫工作,首先就要给我们增调老师。"

更嘎主任这一听就笑起来了:"齐麦,我听说之前县里已经给桑伽村小增派过五批老师,这是其他所有村小都没有过的待遇!"

"但是人呢?我统计了下,上面调来的,最长的就待了半年,都是找各种理由又调走了。唯独一个找不到理由的,就连工作也不要,干脆辞职走掉!"

"听你说这么多,最终还是转回了原点——都在依赖易地扶贫是吧!"

"我不是这个意思。不管是易地扶贫、教育扶贫,还是产业扶贫,所有扶贫都得一起抓,作为一乡之长我当然知道这个! 现在我主要是想说,在这个扶贫当中,我们的困难,难到天上——桑伽乡地域广阔,人口分散,当地族长又不积极配合,动员工作复杂难做,搬迁进展要比其他地区缓慢很多,这也造成我们的脱贫过渡期比其他地区更为缓慢。时间越缓慢,教育就越流失。在低海拔、生存环境较好的贫困地区,即使移民工作难做,至少他们的学校是有老师的,还可以开课,不会耽误娃娃学习。但桑伽乡自然环境恶劣,生活条件差,留不住人。在漫长的移民等待过程中,学校里没有老师,娃娃们无法上课!"

齐麦乡长这一番实质性的解说,听得更嘎主任说不出话了。两人都沉默下来。

齐麦乡长转眼看到纳森和我正局促地站在办公室门口,走也不是,留也不是,这才想起有客人了,就问:"纳森,你找我有事吗?"

纳森便开始简要地介绍搜集文化的事。

齐麦乡长没有心情听下去,耳朵在听,眼睛却在瞧着更嘎主任。

就听更嘎主任这样说了:"桑伽乡情况复杂,齐麦,我们明天要抽出一天时间,好好研究一下。今天我还有事,就先走一步。"

齐麦乡长点头答应:"好,那我们明天再好好研究!"

9. 青烟冉冉

等教委主任离开后,齐麦乡长便带着纳森和我走进乡政府的食堂。我们围着一口锅庄坐下来。这时我才细细地打量起这位乡长。但见乡长身着一件半旧不旧的氆氇袍子,袍子左边的衣袖像是被人为地撕开了一道裂缝。透过缝隙，可以看见乡长的手肘上有一道齿形的伤痕，像是被牙齿咬过不久，伤痕正在结痂。我正瞧着这道伤痕纳闷，抬头时，却见乡长也在瞧我，刚才与更嘎主任谈工作时那股子执拗之气，已经被温婉的微笑代替。怕我冷，乡长这是特意把我们带到食堂来。纳森看样子是经常拜访乡长的，他已经盘坐在锅庄旁，熟练地给锅庄添火。一壶酥油茶架在锅庄上面，随着柴火越烧越旺，紫铜茶壶开始突突地响起来，青烟冉冉。

齐麦乡长招呼纳森为我倒茶。纳森先是恭敬地给乡长添满一碗，随后给我倒上。他自己却来不及喝，一边忙着添柴火，一边等到我和乡长喝浅时，跟着一点一点添加。

锅庄里的柴火被纳森细致地打理着，散发出暖洋洋的木炭气息，混合着酥油的香气，弥漫着整个屋子。

齐麦乡长喝罢酥油茶，开始问我："你叫扎西梅朵是吗？"其实也是明知故问，刚才纳森已经介绍过了。

"是，乡长。"我恭敬地回答。

"听说你在我们的草原上帮助娃娃？"

"是的。"我点头应声，目光依然不自觉地瞧一下乡长那被撕裂的衣袖。

齐麦乡长自然看出来了，依然是微笑。

纳森这时就帮着齐麦乡长解释："乡长这个嘛，是给那其加娃咬的。"

我惊望纳森，等他继续。

纳森瞧一眼乡长，得到默许后，便对我说："扎西梅朵，之前我在耕地时就已经跟你说过,三十年前草原上的那场争执中,赤豹得病去世,怨恨延续到了他的两个儿子——大吉和其加身上……乡长这个伤就是被其加娃咬的! 因为担心大吉心头窝着家族怨恨,会影响到小小的其加娃,前些天乡长把小娃子送进桑伽小学了。但这小娃却不愿上学,自个儿又跑掉。乡长得知后赶去追他,小娃子性急,不懂事嘛,挣扎中就咬了一口!"

我有些吃惊,直言问纳森:"阿哥,那事都已经过去三十年了。这么漫长的时间,还不能消除大吉心中的怨恨吗?"

纳森解释:"我们这边对于怨恨的规矩是,不管过去多少年,都得记住!"

我转眼望齐麦乡长。他在点头,并示意纳森继续。

纳森便接着解释:"乡长最担心的就是:只要记住,就难以了断。也许只有接受教育才能化开他们心中的怨气。乡长为这个,就要送大吉进草原上的扫盲班;但大吉早已经成人,他的思想只由他自己管着。乡长拿他没办法,只好把其加娃送进学校里。但这小娃和学校的缘分还是不够,竟把乡长给咬了!"

"桑伽小学,就是刚才乡长提到的桑伽村小吧?"我问。

"是。"纳森回答,"其实它只是我们乡的一个小小教学点而已,也许不久就要解散。那其加娃就是不逃学,估计也没课上了。"

"为什么?"我惊问,虽然刚才已经听齐麦乡长说过那么多,但我还是没有完全弄清桑伽小学到底为什么要解散。

纳森进一步解释:"因为学校里只有一个老师,学生娃却有几十个,一个老师实在教不过来。平时他们都是一个班级在上课,另一个班级就得自习。这也耽误了教学进度，造成桑伽小学每年考试成绩全县垫底。这就变成，上课或不上课，差别也不是很大。牧民们这一想，就更不想送娃娃进学校了。"

"桑伽草原的移民搬迁真的就那么难吗？"我问。

纳森反问道："哪个地方都一样嘛，你们城市不是也有拆迁'钉子户'的说法吗？"

纳森这一说，叫我一时答不上话了。

纳森则在继续："刚才乡长说的你都听到了，桑伽草原整体有七百多人，居住分散，移民工程非常大，另外桑伽族长平时做生意脑壳多多灵活，却在移民搬迁和孩子上学这两件事情上非常保守，不支持族人离开草原。乡长没办法，县里草原两边做工作，才把桑伽小学争取办下来。但是只有一位老师，娃娃却有几十个，怎么教得了嘛。我看……"

纳森的话匣子打开了，他还想继续说，却被齐麦乡长打断："纳森，别说这么多，扎西梅朵要是愿意，你带她到桑伽村小去看一看。"继而转口问我，"你愿意去吗？"

"哦呀乡长，刚才听您说那么多，我也正想去看看呢。"

齐麦乡长满意地点头，伸手拎起锅庄上的茶壶，要亲手给我添茶，被纳森及时地接过去了。

齐麦乡长便招呼纳森："喝，纳森你也要多多地喝酥油茶，这样才有劲头。正好有人给我送来了新鲜牛肉，你顺路带去桑伽草原吧。一份给学校里的秋贞老师，一份给桑伽族长。"

纳森一听桑伽族长，提醒道："乡长，族长帮牧民们卖虫草去了，一直在那曲。"

齐麦乡长问:"今年的虫草不是还没长出来吗?"

纳森回答:"乡长,他的虫草是去年没有卖完的。过了年的虫草都压色了,又都是小虫草,不好卖,叫族长拖到现在也回不来。"

齐麦乡长点头道:"哦呀,我是忘了。"

纳森挨近我,低声解释:"乡长不是忘了,是他的心都用在工作上了。你想吧,管着我们哥坝寨的人,那可不是一般人!"

10. 桑伽小学

辞别齐麦乡长后,纳森紧跟着给我解释:"本来我们到桑伽小学,是需要先去拜访桑伽族长的。因为除了乡长,桑伽草原的一切都是他说了算。但这次他不在草原上,那我们就直接去学校吧。"

便又由着纳森领路,我们骑马穿越山林,花去大半天时间,到达哥坝寨的一个远牧点。这里有一所草原小学。其实也称不上小学,正如纳森所说,这只是哥坝寨远在天边的一个小小教学点。

当我走进学校,我的目光是迷惑的。这与我先前的碉房学校又有什么区别呢!一排黏土夯出的平顶房,便是校舍。同样用黏土夯出的院墙,围成一个长方形,便是校园。简易的篮球架,竟和我碉房学校里的一个模样——都是由两根粗壮的树木支撑出来。操场也差不多,是自然的沙石地。老师呢,也是一位,齐麦乡长说的秋贞老师,就是他了。纳森介绍说,这秋贞老师可是见过大世面的,到过北京呢,是作为哥坝地区教育界的先进代表前去北京开会。他的突出事迹是：作为一名老师，他在老少边穷地区的教育战线上扎根三年，精神可嘉，因此被县里选为先进代表。在北京，他见过很多重要领导，还和大明星照过相呢。

我走进秋贞的宿舍，果然看到墙壁上端正地挂着两只大相框。一只相框是和重要领导的合影，另一只是和国内一线女明星的合影。听说女明星是作为慈善大使，和秋贞老师一起参加会议。照片上的秋贞，双目闪亮，脸膛放光。脖子上佩戴精致的珊瑚挂珠，腰间别着银光闪闪的藏银嘎乌。一身崭新的贡缎藏袍，一条丝质的灯笼马裤，一双高帮的牛皮马靴。好大的威武气质，把那衣装华丽的明星大使也给比了下去。秋贞很为此骄傲，便把合影放大挂在墙上。

等我转眼再看秋贞老师，现在的他，一身青灰色氆氇，一条黑色男裤，一双半新不旧的旅游鞋。头发有些凌乱。除了那双依然纯粹、闪亮的眼睛，其他外在的光彩，也只是落在照片上了。

平时，桑伽小学极少有陌生人到访。孩子们每天见到的脸面，熟悉得就像四周的雪山、草地、牛群一样，已经被孩子们深深地烙在脑海中。

长方形的脸面，肤色酱紫，有着一双闪亮眼睛的，是秋贞老师。

四方形的脸面，肤色焦黑，黑得像锅底的，是桑伽族长。

半圆形的脸面，肤色油润，总是穿戴一身贡缎衣袍的，是桑伽族长的老婆。

长期孩子们见到的就是这三人。至于桑伽族长的两个在内地城市读书的娃娃，孩子们并没有完整的印象，因为他们极少回到草原。

这其实只是秋贞老师给我介绍的。因为他的学生娃正在朝着他的小小宿舍挤进来,争先恐后,欲与我招呼;秋贞显得有点尴尬,才对我这么介绍。

但面前这些孩子,他们竟是这么的熟悉。是的,他们浑身释放的都是我熟悉的味道——酥油、糌粑、尘嚣、汗渍混合的味道。他们满脸惊喜,像是就会得到糖果一样。我突然有些难过了。这么遥远又偏僻的地方,一般外地人过来,总是要给孩子们准备一些吃的,糖果饼干之类的,而我却什么也没带!

"难道我不是专程过来看望他们的吗?!"我心里在谴责自己,望着面前这些脸蛋儿陌生、气息却如此熟悉的孩子,我低下头去,心里很不是滋味。

秋贞老师见此,还以为是他的学生打搅我了,连忙把学生娃往门外推,吩咐他们:"都回宿舍去,回宿舍去。"

可孩子们哪里肯走!他们扑在门里门外,是的,他们还没得到糖果呢!

他们当中,有位年龄稍大一些的女孩,已在急迫地寻我说话了。她的小脸红扑扑的,笑起来时,笑容像是长上了翅膀,朝着我飞来。"娘娘,你是新来的老师吗?"她大胆地问,汉语说得还算规范,让我能够清晰地听懂,这定是秋贞老师的功劳了。继而,也不等我回答,女孩又主动说出自己的名字,"我叫帮金。"她再指向身旁一个男孩,"他叫次结,是我的阿哥。"

那叫次结的男孩看起来很调皮,同阿妹一样不怯场,冲着我补充道:"我不但是次结,还是流浪的狗仔,流浪的次结!"

身旁孩子们跟着一阵嬉笑,朴实且有些调皮地嬉笑。却有个孩子,我见她非但不笑,面色还有些不安和紧张。小小的身子,悄然地闪到次结男孩的身后去,以为我不会发现,但我惊讶的目光早就盯上她了。次结男孩见自己这么努力地表现,也不能引起我多多重视,就循着我惊讶的目光回头张望。他很快就找出原因,便一把拖出身后的孩子,大声介绍:"她嘛,是苦脸巴巴,就是不会笑的娃娃。你要是强迫她笑一个,她肯定会像大风一样呜呜地哭起来!"

孩子们便由嬉笑变成哄笑了。次结男孩越发来劲,跟着又介绍其他小孩,这个叫达理,是东山沟的;那个叫泽仁,也是东山沟的;这个叫白玛,是牛场娃;那个叫多吉,也是牛场娃嘛。

但我怎么听都像他在说:"苦脸巴巴,苦脸巴巴,苦脸巴巴。"

是的,我的目光始终就没离开过那个不会笑的小女孩。

纳森一旁见此,终是以家长的口气,大声打断次结男孩:"小娃子,别这么心急地表现。"一边朝其他正要发言的孩子摆手,解释,"这并不是你们新来的老师,不是新来的老师!"想了下,又问秋贞:"怎么不见其加娃嘛?"

秋贞回答:"那娃已经逃学两天,跑到他阿哥大吉的草场上去了。"

纳森一听大吉,面色暗了,抱怨秋贞:"都逃学两天你怎么不去找回来。那大吉可是个调皮的青年,其加娃跟上他总让人不能放心!"

秋贞面露为难之色,像是有说法,见我在面前又不好出口。

纳森则招呼他了:"乡长对其加娃的担心是多多有了,明天我们得想办法把他找回学校。"

11．月色星光

夜晚，纳森说要到牧场去。他家有两个住处呢，一个在峡谷里，是农区的；他们家在桑伽草原这边也有牧场，有牛群，由他阿哥在管着。他和秋贞商量，让我就住在学校里，毕竟学校比牧场条件好一些。又和秋贞约好，次日早晨他会赶两匹马来学校，要和秋贞一起去找其加娃。

我便临时住在秋贞的宿舍里，秋贞自己则和住校的学生娃挤着住。因为政府管吃管住，所以不管路近路远，草原上的孩子都是住校的。他们在月光下睡着了。

草原的夜晚很安静。桑伽小学的宿舍里，除了微风吹拂窗棂发出轻微的有节奏的摩擦声，一切都显得那么平和、安详。倒是我这个远路人有些不安分。

睡不着。无论走到哪里，为什么总会遇见相同的场景呢——总是泛出幽蓝色清辉的雪山；总是飘浮着淡泊烟雾的草原；总是散发着酥油味道的孩子们；总是沙石夯出的碉房、校舍，木头钉起的课桌、书架，还有照亮它们的月色星光……

月色太过于皎洁，以至于夜色也被它击退了。月光照亮了一切，包括埋伏在我心灵深处那些回忆的残片——有些又不是残片，是像坟茔一样堆拢着的东西。这么皎洁透明的夜晚，让它注定无法藏身。当它被照亮的时候，我总是惶恐不安，也很无助。这是我心头埋伏得太深、永远也吐不出的心事。就像五娃子。很多时候，我感觉这孩子并不是那么明朗地奔跑在世间，而是被闷在我的肚皮深处。他奔跑，永远地奔跑在我身体内部，越跑越深。这让我时常想起远方城市里的一位朋友，他曾经说过的话：和一个特别的人生活久了，不是他会变成你，就是你会变成他。

"难道真会这样吗？"不知何时，我已经走出秋贞的宿舍，坐在篮球架下，面对一只温和又安静的流浪狗，我这么问它。

确切说这是一只狗妈妈。它圆鼓的大肚皮沉坠得像是里面的小生命就要直接地奔跑出来，这让我陷入猜想——它的肚皮里会兜着多少只狗宝宝？如果出生时，其中也会出现一只性格特别的小生命，狗妈妈是守护它呢，还是丢弃它？而我，是啊，趁着这次外出搜集文化的机会，是不是可以放下五娃子了？从此卸下包袱，把他留在麦麦草原，因为格桑和堪珠老师都说了，他是大地的孩子，就像一棵草儿，丢在哪里都可以生长。

我听到秋贞的脚步声，他也出屋来了。回想这一天来，我见到了秋贞老师，见到了他的学生娃——那个叫帮金的小女孩，她的阿哥次结，那些扑在门里门外的孩子们，达理、泽仁、白玛、多吉，还有那个不会笑的小女孩，苦脸巴巴……

几只流浪狗闲逛在我的身边，悠然自得的模样。它们一点也不害怕陌生人，即便是我这样的，由于心事重重，看起来并不友好的陌生人。

秋贞悄然地坐在我对面。他是不是担心我会寂寞，陪我说话来了？但他却不说话，也不望我。他怜爱的目光一直在注视着胖嘟嘟的狗妈妈,像是他自家看养的一样。

一会后,秋贞信心十足,笃定地对我说:"它会有五个娃娃。"

我很吃惊,跟着询问:"你能猜得这么准确吗?"

秋贞自豪道:"哦呀,它是在学校里长大的,是我喂养它长大。我们这里的狗狗,不管是家养还是散放的,它们都能找到家——我们的山寨、乡政府办公地,各种地方都是它们的家。"

"这个学校也是。"我补充说。

秋贞发出感叹:"唉,这个学校,也许马上就会解散了!"

我盯住秋贞,期待他继续。

他便解释:"这个小学的前世今生,你也已经听齐麦乡长说过了吧。没办法,政府无奈,我也很无奈,只能留在这里,已经三年了。"

听秋贞这语气,看来他也不是自愿的。那又是什么原因让他在桑伽小学执教这么长时间呢?

12. 我是新来的老师

第二天一大早,就见纳森来到学校。果然赶来两匹大马,他要和秋贞老师骑马出门,到草场上寻找其加娃。

"要是别的小娃也就算了。但其加娃是乡长特别担心的人,就必须找回来!"纳森这样对我解释。

"阿哥,我也想去,可以坐你的马吗?"我试探地问纳森,心里特别想去。

纳森想了一下,点头同意,但同时又招呼我:"扎西梅朵,你在草原上生活多年，肯定也知道很多规矩。我们这里的青年性格是有些直爽，思想也有些简单。他们是：如果投缘的话，头次见面就会成为朋友；再次见面，就会当成亲戚看待；反复见面，就要当作兄弟家人。这是我们的规矩。但那个大吉嘛，调皮得很。不管见着什么人，第一面就可以成为兄弟姐妹，说话也就不分轻重。等会儿他见着你，如果有什么冒犯的地方，你可不能介意！"

我笑起来，向纳森保证道："阿哥尽管放心。能介意什么嘛，草原上的调皮青年我也是多多见识过了。"

我们骑马上了草原。到大吉的帐篷时，果然见一青年，头发新潮，烫起了小卷花，一直披到肩上。双目狭细，目光则如冰霜一样雪亮。脸色被强烈的紫外线破坏得厉害，高原红变成了满脸的酱紫色。一身半新不旧的宽大氆氇，外套一件紧身小西服，显得有些不搭和夸张。

纳森小声招呼我："他就是大吉。"

这时大吉已经冲着我跑上来。他分明瞧见我们是一起来到他的帐篷，却单单迎上我一人，明知故问道："阿姐，你这是要到哪个阿哥家去？"

纳森见大吉冒失，没好气地回应他："我们到牦牛家去！"

大吉哈哈大笑："牦牛家嘛，这就到啦。不过这可是阿哥牛（指配种的公牛）的家！"

纳森嬉笑着说他："你也算得阿哥牛哇？阿哥牛的尾巴还差不多。"

大吉脸皮并不薄,笑着回应:"哦呀,要是能够留得住这位阿姐,哪怕是一天,就让我变成阿哥牛的尾巴,也不后悔嘛,哈哈!"

纳森严肃了口气,提醒道:"这是我们的客人,你就不能说点正经的?"

这位青年,玩笑开过头了,我得想个办法抑制他一下才好。于是我佯装生气,扭身要走。

大吉一看急起来,立马跑上前,张开双手请求:"哦呀阿姐,你别走嘛。刚才是吹牛的,吹牛! 到我的帐篷坐一坐嘛,我请你喝酥油茶!"

纳森朝我使眼色,暗示我进去。

这时大吉积极地掀开帐篷外帘,态度已经非常诚恳了:"阿姐进来嘛! 掀开的帐篷没人进,我大吉就是阿哥牛的尾巴也算不上啦。"

纳森挨着我的耳边招呼:"他的这张花花嘴在草原上早出名了。一般姑娘怕得很,不敢轻易进他的帐篷。我们进去吧,安慰他一下,才好说事。"

我们就进了大吉的帐篷。

说实在的,要说草原帐篷都是那么凌乱,我也从没见过比大吉的帐篷更凌乱的了,真像是阿哥牛住过的地方! 这时大吉倒显得有些不好意思起来。因为除了凌乱,酥油茶也是没有的。他刚才还说请我喝酥油茶呢。大吉突然就没了刚才帐篷外的那个神气劲头。真烧酥油茶吗? 锅庄和水壶都是空荡荡的。大吉面色尴尬了。

纳森又凑近我,有些夸张地说:"他也知道尴尬,这可是少有的!

你嘛,肯定是长久以来走进这顶帐篷的唯一女子,叫他慌张了,才这么特别,这么不一样!"

确实不一样了。等我进来后,大吉清冷的帐篷里立马就充实了忙碌的气息。我已经卷起衣袖,开始帮大吉烧酥油茶。拎起锅庄上的水壶,从一旁的水桶里舀进一瓢清水,端正地架在锅庄上方。再从锅庄一侧抓起一块牛粪饼,混着一把枯草,塞进灶口里。找纳森借了一只打火机,点燃。

利索地做完这一切后,我开始问大吉:"大茶呢,在哪里?"

大吉吃惊地瞧着我,拿出大茶。

"酥油呢,在哪里?"

大吉拿出酥油。

"牛奶呢,在哪里?"

大吉把清晨刚挤的奶桶拎上来。

"盐巴,盐巴拿过来!"这时我已经是在吩咐大吉了,跟着补充,"糌粑在哪里,也给我来一点——桑伽草原和麦麦草原都一样嘛,烧茶的方式和藏北那边草原有些区别。他们那边烧茶不会放糌粑,我们这边的口味就是要放进一点,这样喝起来味道才会更浓更香。"我一边干活一边解释,手脚麻利。

大吉吃惊地盯住我,瞧着我利索地烧茶。"说得这么细致,动作这么娴熟,这位阿姐真叫人刮目相看嘛!"大吉跳跃起来的目光像是在这么说。

只是半根香的时间,一壶热腾腾的酥油茶就烧出来了。纳森满意地朝我点头,呵呵笑着。但目光落在大吉脸上时,又变得严肃了。

"你的阿弟呢,他在哪里?"纳森问。

大吉喝着我烧的酥油茶,味道不浓不淡,又添加了些许糌粑。糌粑的香浓混合着酥油的润滑,正是我们共同熟悉的口味。他惊讶得连话都变得柔和了:"纳森阿哥,我嘛,是不想让他读书了。"

"为什么?"

"不行!马上秋贞老师就要离开。桑伽小学没有老师,没有老师还去上学做什么!"大吉解释。这话确实把纳森给堵住了。

大吉喝着酥油茶,面色得意。他以为这样就可以封住纳森的嘴呢。

果然,我看纳森朝大吉张着嘴,回不出话,场面真叫我着急了。看来如果不给出充分理由,这大吉是不肯交出其加娃了。

我的脑海开始有些混乱,有多个声音交织在一起。先是纳森的声音:桑伽小学只有一个老师,学生娃却有几十个,一个老师实在教不过来。再是齐麦乡长的声音:你可愿意到桑伽小学去看看,你愿去吗?继而又是昨天到学校时,那个叫帮金的小女孩,她的声音:你是新来的老师吗?

桑伽小学没有老师——你愿意去吗——你是新来的老师吗?三个声音就这样交混一处,像鼓动的浪潮,在我的脑海中一波接一波地翻腾。

情急之下我就脱口而出了:"我不是老师吗!"

大吉见我这样说,很吃惊,同时也怀疑:"你是老师,之前我怎么没有见过你?"

"我是新来的,新来的不行吗!"我说。

大吉突然兴奋了："如果你真是老师,那我一百万、一千万地支持其加上学嘛!"他立即把大拇指贴在舌尖上,发誓,"只要你是老师,我拿人品保证,一定让其加上学! 你也敢保证吗?"

"我就是不拿人品保证,我也是新来的老师!"我强调道。

但见纳森面色一阵惊喜,却又低声提醒我:"扎西梅朵,你说什么,你要留在桑伽小学吗?"

纳森这一提,我自己才惊住了。"不,"我说,"哦,大吉……"我说,内心已在叫屈,我这可是被大吉给绕进去了! 留在桑伽小学,这事出口草率,我根本也没预料自己会这么说,可刚才我分明是拿人品说事了!

13. 青年秋贞的理想

夜晚,我们已经带着其加返回学校。纳森看起来很高兴,策马去他的草场。我又住进秋贞的宿舍。这回秋贞变得比昨天更加热情——最新鲜的酥油拿出来了,最陈年的普洱拿出来了,最珍贵的核桃、鸡蛋也拿出来了。搅拌在一起,煮了一壶美味又营养的酥油茶。热气腾腾,他亲手为我倒茶,一遍又一遍。我已经喝得肚皮撑起,茶水快要从喉咙里淌出来,但秋贞还在一味地添加,说喝吧喝吧,这么好的酥油茶,是专门烧给贵客喝的!

我以为他是在说客气话呢,但最终他目光深切,这么问我:"梅朵老师,你是真的愿意留在桑伽小学吗?"

我困惑地反问:"白天我是拿人品说事了吗?"

秋贞坚定地点头,坚定地回答:"哦呀! 大吉、我、纳森,我们都听到了——你确实说了,你是新来的老师!"秋贞语气那么殷切,看来他是非常希望我能留下来。

我沉默了,不知怎么继续话题。

秋贞犹豫了下,主动问起我:"你可想知道我呢?"

我应一声:"啊?"思绪全被"留,还是不留"这样的问题给拖住了。

秋贞便自顾说一句:"要是你能够留下来,不说是学生娃的恩人,也是我的恩人!"

我盯住秋贞:"这话怎么说,秋贞老师?"

秋贞面色忧虑,不回话。许久后,但听他发出一声令人隐约不安的叹息。

我只有追问他了:"秋贞老师,你到底怎么了?"

"要是你能留下来,你就是我的恩人!"秋贞重复地念叨这句话,一边解释,"因为我不知道身为老师,我还能坚持多久!"

"秋贞老师……你有什么话就直说吧。"

秋贞目光投向夜晚的窗外,混入窗外的月光里。这叫他的双目也湿润得泛出了点点微光。

"说出来吧秋贞老师!"我再次催促。

秋贞就道:"知道吗梅朵老师,我今年已经二十七了。"

我点头,等他继续。

秋贞感叹:"从二十四岁开始,我就在这里,这一晃便是三年。在这么偏僻的地方,你以为我是高尚吧?"

我盯住秋贞。

秋贞面目已有些低落，自顾自说："我只是当初拿人品与人承诺，才不敢食言。"

一句"拿人品与人承诺"，像是一道紧箍咒，让我想起来：昨天我也那么说了，我要留在桑伽小学！这么想时，心不由晃了一下。转眼，但见秋贞的目光早已游向远方去了。

不知不觉间，秋贞已经沉浸在自己的倾诉中："我还是先和你说说桑伽族长吧。你已经看到，这里是世上最荒僻的地方。草场不好，沙化厉害，牦牛越来越难养。桑伽作为族长，他得为自己的族人找些出路才行，就领着族人专门到山上挖虫草，同时也贩卖虫草。这成了桑伽族人最为主要的经济支柱。

"我们家呢，原本生活在距离这里好几百里的那曲地区。我的阿爸过去在那曲也做虫草生意。但在六年前，收购途中被人抢了，险些就要丢命。这时幸好桑伽族长路过，及时救出我阿爸一条性命。之后我阿爸就和族长成了兄弟——生死之交的兄弟。我们两家也就成了一家人的模样。我那时刚刚师范毕业，分配在我们家乡的公办学校。后来就因为两家这个关系，族长请求我调到桑伽小学来，帮他教一年。你知道的，从条件好的地方调往条件差的地方很容易，只要当事人同意就可以，所以我就调来了。当时跟学校说的是借调，就一年，帮着桑伽小学过渡一下，等草原移民到位，我就走。

"因为一年时间并不长嘛，我就打电话招呼我的女伴，让她等我。后来教完一年，想要走时，没想到桑伽草原的移民工作还是没有进展，并且始终找不到接替的老师。而娃娃们都和我熟悉了，就像一家人的模样。族长因为之前跟我说的是一年,所以他心里特别希望我能留下,但又不好意思主动出口挽留。他就对我特别地用心,无微不至地照顾。就像现在,我为你烧这样的酥油茶。你知道的,草原人烧酥油茶也不讲究。一块酥油,一把大茶,一撮盐巴就烧成了,哪里会这样讲究。核桃和鸡蛋在这里更是多多奢侈了。可族长经常会给我送这些食物,酥油也是多多地送过来。我怎么会不知道族长的心思呢,但我还是想调回原来的学校!

"有天,族长来到学校,我们搞了个小聚餐。吃饱喝足后,其加趁着我和族长不注意,溜出校园要逃学。我抓回他一顿责备。他很不服,居然反问我:'老师,你不是说只在学校待一年就会走吗?怎么还不走!我们阿哥都说了,只要学校里有老师,齐麦乡长就不会放我走。除非没了老师。可我不想读书嘛。你早一天走我就早一天回家了!'我听小娃这话,当场就朝他虎起脸来,说:'其加,你别想离开学校,我们桑伽小学永远都有老师——我不走了,找不到接替的老师我就不走!'

"我这个话,当时只是针对其加一个人说的,主要是想唬住他,不让他逃学;但族长却冷不防地凑近来,接过我的话说:'秋贞,你说不走,可别对其加说,用你的人品承诺嘛。'我思考一阵后,就面对所有娃娃说,我要再教下去!因为人嘛,都是有情感的。已经住过这么久,我也不是牦牛,牵挂的地方肯定多多有了,舍不得离开。

"后来我就铁了心要留下来,继续教学。

"但是去年的时候,我阿爸身体出了问题。我阿妈之前身体就一直不好。可这时正是学期的一半,教一半书也不能丢下。我就打电话找我的女伴儿,让她先到我家照顾一下。我的女伴儿是诚心要和我过日子的,她就把自己的工作辞了,先到我家去。但随着阿爸病情越来越重,她一个人已经难以照顾两个老人!这叫我非常担心。有几次我特别想跟族长说,我要调回去。但一想到我走后学校没了老师,就出不了口。族长呢,我不出口他更不提了。我知道只要我一说,他是会让我走的,但我就是说不出口!"

说到这里,秋贞双手捂面停了一会,继而闷闷地道:"可最终我是要调回去的!"

"如果调不了呢?"我问。

"那就只能辞职了!"秋贞无奈地回答。

酥油茶在锅庄上突突地响着,冒出湿润的热气,像是我的眼角间也那么湿润了。秋贞这哪是拿人品承诺——他是在对自己的良心承诺!这也把我拖进了回忆的深渊。记得三年前,我也曾拿人品向月光承诺:要强壮地回到麦麦草原。如果逾期不回,除非是吐血死了,死了才不回返。但如今呢,我如果选择再次留下,定也不单是因为承诺、因为誓言,而是——我们都无法跨过良心的门槛!

不忍再听秋贞的话,我走出屋子,意欲回避。

但秋贞却紧忙跟出来,他倾诉的河流已经打开,无法停息。"梅朵老师,刚才我也说了,我的女伴是辞了工作在帮我们家。她为什么会这样支持我嘛,这事我还是要说一下。我的女伴是青海那边的,我们挖虫草时认识。她那时正在读初中,家里并不富裕,到高中时就读不起了。家里为给她读书,把祖传的玛瑙珠子卖了,凑钱读完高中。

后来考上大专又没钱了。这时有位内地城市的好心人资助她完成学业,后来她就有了工作。正因为过去得到好心人的资助,她知道我这也是在帮助桑伽草原的娃娃,所以特别支持,也甘心到我家照顾阿爸。她说了,爱心人士在帮她,她在帮我,我在帮桑伽草原,这就是爱心传递。她这么说我也宽心了。不过我的阿爸阿妈都病着,整个家由她一人揽着,长久了也不是办法。所以我只能离开,回家乡工作。我有一个心愿,到和她结婚的时候,送她一串玛瑙挂珠,要和她家卖掉的那串祖传珠子一样,货真价实!"

第 二 篇

14. 月光下的护身符

　　一个月后,我从哥坝寨回到金卓玛的客栈,带回了一些考察记录。最重要的,我也带回一个新生的希望:协助和接替秋贞老师。是的,那晚听秋贞一席长谈,之后我就有了想法,要留在桑伽小学。这也许是为了成全秋贞,但更多原因还在于:成全自己。

　　这时,金卓玛的客栈四周,梨花已经谢了。金卓玛见我安全回返,兴冲冲地烧了一桌子美食,河鱼、土鸡、牛肉、干松茸炖猪排。我们围着丰盛的饭桌大吃大喝。金卓玛说她身体里每一条血管都是空的,正在等着痛快地灌输酒液;又说她酒量很好,从来不知醉酒是什么意思。但最终她却把自己给灌醉了。

　　这醉倒的姑娘果然有些特别。不像一般人醉酒,总要想着办法折腾别人。她却把我撂在一边,仿佛我是空气,自个儿从抽屉里拿出一只可以录音的复读机,对着它清腔幽幽地唱起来。嗓音虽然不错,但唱出的调子却有些混乱。一会是山歌,一会是情歌,一会又是自编自唱。一首接过一首,每一首都会被录音,继而播放。听一遍,再接着唱。

这个夜晚,金卓玛歌声不绝。

她在唱:

> 山下的流水翻起了浪花,
> 不为别的,只为看看东边草原上,
> 那雄伟的雪山。
> 姑娘边走边回头望,
> 不是别的,是雪山下的青年,
> 把她的心儿拴。

她在唱:

> 山岩,请借我一条山路吧,
> 我要攀越世间最高的雪山,
> 会会山那边的青年。
> 山那边的青年,
> 是骏马的身姿,白玉的脸膛。

她在唱:

> 白天看见的那位青年,
> 已经牢牢嵌在心上。
> 夜晚望见天上的月亮,
> 心中就映出了他。

今天阿妈编织的丝带，

绣出了精美莲花。

本人舍不得穿戴，

明天要悄悄系他腰上。

夜，伴着窗外那一河奔腾的水浪流淌，金卓玛的歌声则像翻腾的浪花。它在扑打着河岩，也在扑打着回忆的人心底深处的暗藏。是的，听着听着，流淌在我耳旁的就不是金卓玛的声音了，变成了月光的歌声……

那一次，我们路过益西家的山寨，经过那座吊桥，见那桥下一河奔腾的浪涛，我胆怯，双腿哆嗦。上吊桥时，脚步还未站稳，人却一个趔趄仰面朝天翻倒下去。这时，就见一双充满弹性的手臂，在半空中接住我，叫我在河水的轰鸣中上下沉浮。上一阵，下一阵，沉浮好久我才发现，这是倒在月光的怀里了！我慌慌挣脱，面色涨红，满脑子胡乱；却听到月光的歌声，伴着一河浪涛响起来：

阿哥一样的河道啊，

你那么兴奋地奔跑，

是要走向哪里？

再好的地方哟，

也不如我的家乡嘛。

阿姐一样的浪花啊，

你那么兴奋地歌唱，

是要唱给谁听的？

最好的心上人哟，

是不是桥上的阿哥嘛……

那一次，我们投住在县城旅馆，夜光下，我们伴着苏拉轻轻的鼾声入睡。不知多久，蒙眬中，我却看到月光的脸慢慢朝我垂落下来……会怎样呢？我静静地等待。也许我的身子会像熟睡中的孩童那样，纯洁而绵弱无力，需要一个深厚的怀抱将它护在怀中；但最终，我听到月光的歌声，他在我身边轻轻吟唱：

载着一生的负担，我心甘情愿。

汗水和污垢中，那种油亮的脏，

只是你眼前的迷障。

你不能明白，我心灵的纯洁，

就像头顶上的天空，

那样的干净，那样的蓝。

哦，我的护身符，

我的神灵，我的心脏。

唉！就像，执迷回忆的人见不得旧景，思念家乡的人见不得夜晚的月光，现在，我是听不得金卓玛的歌声了。回忆叫人心绪迷乱，所以我只能佯装困乏，离开金卓玛。

推门进入内屋，却发现满屋子都是月光。

多么清幽的月光！它在静静地抚摸着床上的被褥、枕席，墙上的唐卡、壁画,桌子上方的书籍,和柜子下方的旅行包中,那串护身符念珠。它似乎也浸染了月光!虽然,我一直把它珍藏在密封的礼盒中,放在深处,从不外露,但只要目光触及行李,总会映现它的模样——它是由九颗玛瑙珠子,和着一些藏银粒子,被一条丝线带子串联起来。九颗玛瑙珠子,内敛的深灰色调,一半透明一半圆润。其间潜藏着一些水波图纹,恰好地展露出它的内部,那莫名深刻的隐含。这是已经陪伴我多年的信物!它光泽如新,不仅如此,九颗玛瑙珠子像是越发圆润了,散发出月色一样的光辉。

都说了,执迷回忆的人见不得旧景,可这满屋清幽的月色,它是由不得人了……玛瑙珠子,护身符,那样的夜晚——那是怎样苦难的夜晚呢……他担忧的手指抚摸在我的伤口上。"喇嘛拿加素切,桑结拿加素切,曲拿加素切,根堆拿加素切,喇嘛意当根秋曲拿加素切。"这是他的经声,他在朝着我的伤口嗡嗡念经,指尖同时滑落在我的脖子上,在我空荡的衣领间摸索。收回之后,便有一条丝线带子串联玛瑙珠子的念珠套进我的脖子……后来,他依然会为我念经。叮咛一样的经声,先是断断续续,不久即连贯成篇。却不再是我熟悉的话语,而是陌生的梵音。深奥的梵音,像夜晚的草原上,月光映照经幡,遥远,空寂,又不会断失它在风中,凛冽的召唤……

15. 久违的声音

我准备回麦麦草原,之后再去趟县城。主要是想同格桑和堪珠老师商量,暂且放缓搜集文化的步伐。因为与需要保护的文化相比,孩子们的教学已经断在当下,迫在眉睫!

在这之前,我还得给拉萨的班哲打个电话。自从冬天与他告别,直到春天他去拉萨,我们一直未曾见面。我记得三年前离开麦麦草原时,叫我最为担心的孩子便是小尺呷。在过去,他一次一次逃学,我一次一次追回。后来我生病离开草原,果然小尺呷就不上学了。他跟人跑去拉萨,这其中历尽周折,后来还是班哲到拉萨,才给了他安顿。

夜色深沉,我给班哲电话。纵然我们经久未联系,但彼此之间从来不会疏远。通话时,我们的第一句话,不是发出陌生的问候,比如你好,你好吗;我们只会从心间自然地流淌彼此最想表达的心声。所以我的声音有些失落,在对班哲发出这样的感叹:"班哲啊,没想到最终我们都没有实现当初的理想!"

"没什么。"班哲安慰我,"我们已经通过另一种方式,实现了。"

"哦呀,也只能这么安慰自己。"我说。

班哲那边便不作声,等着我的话。

我才问他:"小尺呷呢,他怎么样? 我听格桑说,现在是你收留了他。"

"哦呀,他得感谢你了。"班哲语气里跳跃着欣慰,"对于他这样的娃子,太多的书他是读不进去的。但不读书就是文盲,什么也不懂的。你给他读的书不多不少,正好够得着他将来享用。调皮的娃娃出路多,只是需要人好好去引导。我现在安排他开发藏戏方面的文化市场。藏戏产品开发和藏戏的商业演出,都是交给他在操作运营。他这是帮了我们,同时也让他找到了自身的价值。现在他可忙呢,北京、上海、西宁、拉萨,到处跑业务,劲头十足!"

"呃……这样啊!很好,很好……"听班哲这一说,我吞吞吐吐了。如此说来,小尺呷现在的工作性质也跟我搜集文化差不多了,需要到处走动!这让我无法再向班哲表达,接下来我特别想要说的话。

是的,我为什么要在这样时刻给班哲电话呢?因为小尺呷,他在班哲那里,而他的阿弟五娃子,被我暂时留在格桑那里。我如果决定去桑伽小学任教,就不会是一年两年。那总不能永远把五娃子留在格桑那里吧。现在我打电话,是想探问班哲,有没有可能在我任教期间,让五娃子跟着他的亲人——他的阿哥小尺呷。

但是现在,班哲的话打断了我原本就不该有的想法。

就听电话那边,班哲像是开起了玩笑,但其实不无抱怨:"梅朵,你来电话时总会惦记这个那个,就不会问问我……过得好不好?压力大不大?"

"就是真有压力,你也不会跟我说的,是不是班哲?"我这么反问他。

班哲那边像是蒙了一下,一时接不上话。

我总是要用这样突击的方式打断他的想法。因为现在我并不想听他说压力,只想告诉他我的压力。

"那么你呢,现在哪里?"班哲只好这样问。

"我……"忽然地,我又无法说出自己的想法了。

"过得怎么样?我可以见到你吗?"班哲跟着追问。

我不应声。

班哲便搬出小尺呷来了:"你嘛,第一句话就问小尺呷,这也是多多挂念他。调皮的小尺呷,他长高了,也成熟了,不是过去的模样。你想不想见到他? 我们一起去看望你可好?"

"你不是说,小尺呷现在很忙吗?"我反问他。

只是片刻的犹豫,班哲便回应:"梅朵,有很多事电话里说不清。我们见面再说好吗? 正好我也想离开拉萨一段时间。"

"可是班哲,我到桑伽草原来了。"

"桑伽草原,那是哥坝山寨那边的草原! 那地方比我们麦麦草原地势还要高,你怎么会去那里? 你到那里做什么? 你为什么声音不好? 是不是更高的海拔叫你难受了? 我听出来,你的声音有些不好……"班哲发出一连串的问话,语气急速。

他还想再问下去,被我打断了:"班哲,你不用担心,也别问了。我只想告诉你,桑伽草原上有所小学,那里缺少老师,我决定留在那里!"我这么说。

班哲久久没了回声。我听到话筒里传来急促的喘息声。

"好吧班哲,这件事回头我会好好跟你解释。但现在我要赶时间,我得走了。"我跟着要挂电话。

"别……"班哲那头急了,"你肯定有事了! 我要去找你!"

16. 请把谢谢留在心底

我开始回麦麦草原。沿路乘车、骑马、徒步,颠簸了一整天,直到傍晚时分才赶回草场。还没到达麦麦乡政府,远远地就望见格桑带着一个孩子,拎着一篮子衣物正往河边走。

他们是到河边洗衣来了。而跟在他身边的孩子，竟是之前要拿石块去换变形金刚的那个小娃！

我快步往前赶。这时格桑也已经看到我，远远地大叫一声："啊，老师回来了！"连忙放下篮子朝我这边跑来，一把接住我的背包。他刚刚接过，又被赶上来的小娃灵活地抢过去，背起来了。

"哦呀小娃，你这是跟上格桑阿哥了吗？"我问小娃，手抚摸起他的头。

格桑便在一旁笑着替小娃回答："他嘛，我那么揍他，他却还是要黏着我，没办法，天天跑来要帮我做活。我要是拒绝吧，还不忍心，那就给他一个表现的机会嘛。对，老师，您这么快就回来啦？"

"怎么，你不欢迎我回来吗？"我故意反问。

格桑不好意思地解释："您说啥子嘛，我当然盼您早早回来和我一起工作，现在我手头的事情真是太多了！"

"哦，那五娃子呢，他给你添麻烦了吧！"

格桑点点头，实在地说："他在哪里不都是要添麻烦嘛，给我添还是给您添都一样，我们一家人嘛。"

"哦呀，谢谢了。"我说。

格桑却一把拉住我的手了："老师，我有一个事求您。"

我点头，同时也有些惊讶，不知格桑求我什么。

格桑就道："今后，不管遇到什么事，您不要对您的孩子说谢谢，可以吗？"

我被格桑的话怔住。

格桑目光深切地望着我："是的老师，我不会忘记，过去您一直叮嘱我们:说谢谢是相互尊重,是应该有的礼貌。但对于您的孩子,您以后就别说谢谢——我们能做一些事情时,是证明我们已经有了这个能力。过去您帮我们的时候,不是也说:只是有能力做到而已——献出力所能及的爱,是人的一种良知,所以要把谢谢留在心里,变成良知去传递。"

格桑向我道出这么一番感悟,让我的心既欣慰又沉重。欣慰的是格桑真正地长大了;沉重的是,五娃子怎么办? 良知,是我过去针对孩子们拿出的一种心灵引导。但如果良知变成负担,又因为良知,我们不忍心放下,这时,我们又该怎么办呢?

我跟随格桑来到小河边。一边帮他洗衣,一边思考等会见到五娃子,我要怎样向他道出我的想法。

格桑要洗的衣裳有点多。我看主要还是五娃子的。内衣、外衣、袜子,还有两双小鞋子。格桑一边洗一边打趣地说:"要我说嘛,五娃子就是一条鱼儿投胎的,他太爱戏水了。我们的酥油茶他都可以当成水泡泡吹一吹。看这一天衣服湿的,换都有些换不过来。"

"所以你就给他又买了这么多吗! 我看出来了,你现在洗的,都是我没有见过的衣裳。这得多少钱呢?"

"便宜,便宜。"格桑连忙解释,"我是托人在成都的批发市场买回来的。县城店里一件的价格,那里可以买三件嘛!"

格桑长得人高马大,却是一位极其细心的青年。就像现在,为五娃子买衣裳,他在精打细算;就像过去,我要离开草原,别的孩子只知道不舍,他却多出一个心思,要帮我找一位阿哥,生几个娃娃,这样就可以长久地留在草原上……

不想再沉入这样的回忆中了，我只好起身离开。

格桑已经快手快脚地洗完所有衣裳，朝着我追上来。

17. 深暗的河流

我们回到乡政府时，天已经黑了。远远地，我便看到文化站碉房的屋顶上，站着一个孩子。虽然夜幕叫他变成了模糊的剪影，但我一眼就认出来，那是五娃子！

格桑瞧着屋顶，一边走一边给我解释："老师，自从您走后，每天傍晚这娃都要在房顶上站一阵子，说是等您回来，下雨也拦不住。这可苦坏了我嘛，一下雨就要赶着去给他撑伞，哦呀！"

格桑语气里尽显怜惜。这怜惜之声先是诡秘地、静悄悄地在空气中流转，不久就形成漩涡，顺着一个方向——五娃子立身的方向——朝我袭来了。连同五娃子，我们顷刻就被卷入一股混沌的激流。

激流，它开始鼓动、翻滚、奔腾、咆哮，吞噬我的身体。它让我双目陷入昏暗，看不到方向，也无法脱身。我知道这恍惚之间的侵袭并非幻觉，它有源头——是那潜伏在我身体内部的心魔，它在作祟。是的，我的心间正盘踞着一个心魔。我不知它何时潜入我的身体——是不是一次次的离别、告别和永别，在我的心间挖出一道道深暗大渊，最终滋生了它？但它是那么的阴幽、诡异，像夜空那样深暗，深不可测；又像星云那样变幻，空虚无形。经常，它会突发地现身，又会诡秘地消失；会迅速地膨胀、扩张到无限，又会像一只巨兽张开饕餮大口,瞬间吞噬一切。

正是这个心魔,它推动我奔上碉房的顶端。

夜幕中,我一把拉过五娃子,抱住五娃子。我们紧切地搂在一起。我不用多么感动地看他,他也不用多么想念地看我,我们只用怀抱感受对方的存在,彼此默默地依偎着。

也不知多久,等我低头寻望,格桑已经离去了。我搂着五娃子坐在屋顶前沿的台地上。五娃子抬头望天,小手向着夜空摆动。"嘎玛,达娃。嘎玛,达娃。"他在指点着。

我很想对他说:"亲爱的孩子,我再也不会离开你了!"但是潜伏在我心头的那个心魔,它却在这样说:"我要走了,小孩,我要长久地离开你!"

夜光下,我注视五娃子,眼角间已经渗出泪水。

五娃子浑然不觉,他依然抬头望天,在不厌其烦地数着,"嘎玛,达娃,嘎玛,达娃,嘎玛,达娃……"不久后,他的小手点向我的眼角,盯着我眼角间的点点晶亮——那是泪珠,它开始顺着我的脸面滚下来。五娃子便在数着,"嘎玛,达娃,一颗,两颗,三颗……"

我只得强迫自己合上眼,用手抹去泪珠。

等我再睁开眼,却见五娃子双目突发生硬了,目光变得无比锋亮,浑身也跟着狂躁起来。像是有股从外扑入的强大气流,它卷起五娃子,让他以腾空之势摆脱我的怀抱;继而,他猛然举头朝我胸口撞过来!他小小的双手,突发变得强大有力,十指像被捕捉的螃蟹,凌厉地撕扯我的左手——正是它,刚才抹去了我的泪珠。

也许在五娃子的眼睛里,这泪珠是多么的晶莹美好,而我却抹杀了这样的美好！

　　我听到五娃子一边撕扯一边持续地尖叫："嘎玛！嘎玛！嘎玛！你还我嘎玛！"我看到自己的左手在这孩子疯狂的撕扯中，像根没有知觉的木头，任凭孩子的指甲和牙齿，尖利地、深切地刺入我的皮肉——是不是只有这样，我的心才会更好受一些？可我的大脑神经正在承受剧烈疼痛，这终是刺痛了盘踞在我心头的那个心魔。是那心魔，它支使我的右手紧紧地挟制五娃子小小的身子。这时我的全身，一半处于僵持状态，一半则在挣扎——它真像一条深暗的河流，一边深不可测，一边恶浪滔天！

　　我听到五娃子的尖叫越发强烈，不，是怪异、疯癫，他发出怪异疯癫的尖叫。而我，在最疼痛，又最无言动怒的时候，我的心魔就开始怂恿我：要用最恶劣的语言，伤害致使我痛苦的对象——我的孩子。并且，也要用从疼痛中激发的力量反击他。正因此，我的右手已经由不得我来控制，它正在更加紧实地挟制五娃子。是我心间已经扩张的心魔，它给我灌输了强大的气力，叫我很快就把五娃子挟制住了。我死死地把持着右手，紧紧地扣住五娃子，不让他动弹。

　　这时的五娃子，多像一条落入了圈套的蛇啊——他像蛇那么的柔韧，拼命。他在我的怀中扭拧，反抗。我俩在黑夜里相互抑制，扭打，伤害。小小的五娃子，先是攻击，后是反抗，再是挣扎，最终他气力用尽，疲倦地瘫倒在地。我这才放开手，见他竟像一件衣袍蜷缩着卧在地上。我朝他跪下身去，挨近他，目光穿过他的脸面，飘晃在别的地方——那是桑伽草原的方向！我开始面对这个孩子，自顾自说：

"唉,孩子,你说吧,你叫我怎么办? 你的亲人不能陪伴你,桑伽小学又那么缺人,我又拿人品承诺过了,所以我是要走的!"

正当我处在这样的痛惜中,却听到身后格桑的声音传来:"老师,我是寻您说话来了,没有打搅您吧?"

我转身,慌忙回应:"没有……"

格桑朝我弯下腰,却没有搀扶我。他的手穿过我,朝着五娃子伸去。他抱起浑身已在瑟瑟发抖的五娃子,面向前方,对着天地说话:"如果这娃冒犯了爱他的人——天地啊,那就是你容不下他了。这世上如果连你也容不下他,他还能去哪里呢?"

我把头扭向别处,垂得很低,不愿碰触这位青年的目光。他的话语已经那么令人心碎,我不愿再看到他的目光,那会叫我崩溃的!

双手捂起脸,我特别想放声大哭。

但听格桑在问——是在追问:"老师,刚才您在说,您要走,是去哪里?"

"我,"我不敢抬头,我的声音,已经变成了恳求,"格桑,傍晚在小河边时,我就想告诉你一件事……"

"难道您想留在桑伽草原?"格桑问。他竟然已经预料到了! 刚才他说寻我说话,定是为这个事。

"是的。"我回他,开始向他讲述桑伽小学的前世今生。

格桑还没听完,就完全理解了。我听他认真地对我说:"老师,我支持您!"

18. 暮色沧桑

班哲果然在三天后赶回了麦麦草原,是和他在那曲做生意的阿哥金格一起回来的。

我们再次相聚。依然是在班哲家的草场上,在黑帐篷里,却已经不见班哲的老阿爸。想起当年金格结婚,我和月光赶来参加婚礼。那时,他们阿爸满脸荡漾着真心实意的笑容,对我说:"汉梅朵,这些酥油你带回去,让娃娃们好好吃上一顿。我们家的班哲就是吃着酥油长大的。"老人家的音容笑貌,就像还在昨天,就像还在耳边。

现在,金格已经为人之父,有了两个孩子。因为生活负担加重,金格只能离开草原,到遥远的那曲做虫草生意。本来他是一时难以回家,这次是被班哲硬给拉回来的。

像是他们阿爸从未离去,夜幕来临的时候,金格把最小的娃娃抱到我面前,这么对我说:"瞧吧扎西梅朵,我们阿爸临走时招呼过,我的娃娃,眼睛像月亮,如果想念阿爸,就可以看看我们娃娃的眼睛。"

我凑近小娃,注视她。胖嘟嘟的小娃,乌溜溜的大眼睛,清澈、透亮,眯着的时候像弯弯的月牙;笑起来时,果然像出山的月亮。

"哦呀,这么美的眼睛,月亮也比不上了!"我不由感叹,却见金格把脸面埋在娃娃的胸口上,不再说话。

"哦呀阿哥,别再难过嘛,阿爸只是出远门去了。所有人都会出行,阿爸只是走得远了一些。"我安慰金格。继而不知怎么的,自身也跟着跌入了伤感,"我的爸爸也一样,每个夜晚,只要抬头望夜空,月亮总会告诉我,爸爸在天上……"

班哲知道是他阿哥无意中触动我了,便拉我走出帐篷。

"梅朵,"他说,"我有好久没在夜晚的草原上行走,你陪我走走吧。"

我不应声,随着他去了。

我们穿行在夜气升腾的草原上,越走越远。肯定是我的脚步,终究无法摆脱那么熟悉的场景——曾经班哲给我指点的,那雾气蒙蒙的草原深处的场景。那里,有一条小河,有一座木头搭建的小桥。小桥对面的草坝子上,传说是格萨尔王当年战斗过的地方。那儿,也是班哲的家——是它锁住我的脚步,叫我不敢前行。

我迎着草坝子坐下来。

班哲只好也挨着我坐下,一边声音低沉地招呼:"其实我不想停在这里,我的家不在这里。你知道吗,我们阿爸,他已经把我们的家带走了!"

语气是那么的悲伤。我能深切感受到埋伏在班哲心中的疼痛。刚才他那么竭力地让我回避,现在是他自己无法躲避。我们的痛是一样的。就像多年前父亲的离开。那一刻,我感觉大地从地心深处喷薄的冰凉,扑在我身上。我听到自己的心裂开的声音,小小的心脏,蓄积天崩地裂的力量,剧烈,粉碎,茫然不知所向……

我注视班哲,内心正在努力着寻思:我要如何才能安慰他呢!但突然间,我却朝他叫起来:"班哲!你看,你的鼻孔!"在月光下,我看到有一条紫黑色的虫子,从班哲的鼻孔里悄然地往外爬,但爬出半天,也见不到它的尾巴!

班哲并不觉得奇怪,他肯定是习惯了,连忙抬起头,把脸面向着天空昂起,那条紫黑的虫子就随着鼻子的扬起,又缓缓缩回他的鼻孔里了。

我一把抓住班哲,声音有些颤抖:"班哲,你,怎么会突然这样流鼻血?"

"没事。"班哲并不在乎,语气里多出几分调侃意味,"朋友都说我是一个忧郁的人,总爱低头唱戏。这鼻孔正好纠正我,它让我应该抬起头来,看到天空。"

"别开玩笑班哲,这样的流淌有多久了?"我慌慌问。

"没事,只是火气,压力造成的。"

"压力?难道是藏戏方面给你带来了压力?"

班哲点头。

这让我沉默了。班哲的这种压力我深有体会。堪珠老师就曾委托我做文化帮扶。他把搜集文化寄予我身上,可最终我也不知哪天才能完成任务,这份精神上的压力,我和班哲是一样的。

但听班哲在问:"你已经决定要去桑伽草原?"

"是!"我回答,语气坚定。

班哲就不再问。

"只是五娃子,我这样拖着他东奔西走总也不是办法,他需要亲人的陪伴。"我说。

"但我无法带他去拉萨,小尺呷现在是我们公司的顶梁柱,他太忙了,管不了五娃子。"班哲实话实说。

"是啊,上次与你通话时我已经知道了,你和小尺呷都不容易!"

"主要还是孩子们,需要有个稳定的安顿,这个压力很大。"班哲补充说。

"班哲,是我让你为难了！我终究是无能的。若不是你,我的孩子们不知会流落在哪里。这几年,我时刻都在担心他们,想念他们。刚回草原的时候,我听格桑说,大点的孩子都被你收留,带去了拉萨,那时我就特别想去找你们,无奈被县里安排去做文化搜集。我就想,孩子们跟着你,我的心才会安定……哦呀,小尺呷、米拉、拉姆、卓玛、西嘎娃,他们都在做什么?"我急切地问班哲。

"分工有序!"班哲得意道,"现在我个人是专门投入藏戏研究。相关藏戏的文化开发都是由孩子们在帮着去做。米拉娃不是擅长绘画嘛,就安排他以画面的形式展现藏戏,另外我们团队里所有广告绘图也是由他完成。小尺呷你已经知道了,这娃虽然调皮,大脑却多多灵活,一切商业操作就由他在顶着。拉姆和卓玛喜欢跳舞,身材也好,又很活泼,就成了团队的表演人才。那最老实的西嘎娃,如今也变成了能干的姑娘,活路做得好,又很勤快,我们在拉萨的一大家子,饭食全是由她包揽的!"

"哦,哦,班哲!"我瞧着班哲,很想给他一个大大的奖赏,但又能怎么做呢!最终我只能说,"哦呀班哲,那我对你就不能只说感谢,是大恩不言谢了!"

班哲笑起来:"大恩?是你给孩子们的,还是你给我个人的?"

我听得有些模糊。

班哲就道:"我还以为,只要把你的孩子们安顿好,就会减轻你的负担,没想到你又要到桑伽草原去!"

"班哲……"

"算了吧,我也不完全是因为你才这么做的,主要是为孩子。"顿了下,又转口,"但也许这样的工作是做不完了——你一直就在前方为我铺展一条走不完的道路嘛。"

"对不起,班哲。"我想这么说。

但话没出口,反倒是班哲在说:"哦呀,我终是对不起你了,五娃子没办法带去拉萨,你看怎么办嘛?"

我连忙安慰他:"不怕班哲,格桑和堪珠老师都说了,他是大地的孩子,就像一棵草儿,丢在哪里都可以生长。"

19. 我将为你一路歌唱

把所有孩子都关注一遍后,我就要提到阿嘎了!是的,我总是不敢轻易提及这个孩子。就像是:你爱护最深的孩子,他也伤害你最深。因为太深太深,你轻易就不敢提了。

"那……阿嘎呢?"我突然这么问班哲,"他到底在哪里?"

班哲一听阿嘎,目光晃荡了下,言语便有些支吾:"他嘛……哦呀,他已经找到阿爸,我们是不用担心他了。"

"你肯定有他的地址对吧!"我紧切地盯着班哲。

班哲一边回避我的目光,一边反倒在问:"难道你现在有空去看望他吗?"

"现在当然没空。"

"那就等你有空时,我再给你地址……哦呀,那我明天也要走了。"班哲话锋一转,道出告别之言,看样子是不想继续谈及阿嘎。

我只好就着他的话问道:"你才回来两天,就要这么匆促地离开吗?"

"只要见到你就好。不管怎样担心,我也只能永远支持你……"班哲说,说说又止了,目光里像是飘出了雾气,又像是混入了月光。

这是一种久违的情绪。它似是遥远、空无,且又犹断犹续。它将我的心弦轻轻地拨动了一下,又一下;而身旁这熟悉的草场,它也让我由衷地倾覆,将我拖入更深的回忆。

"好了班哲,你还记得吗? 多年前的那个草原之夜,你在雾露中弹奏小木琴,唱那么深奥的藏戏。"我说,注视班哲,见他的目光,如同月色倾泻向我的脸面,便越发地感慨,"当时,我听你的声音——轻轻拨弄的琴弦,地气散发一样的微妙之声,犹断犹续,似是空无,像是源于千年之外。那份灵性,像是你也变成了千年之外的生物,变幻莫测,恍惚不可接近!"

这时的班哲,果然就显得有些变幻莫测——但听他冷不防地冒出一句:"那已是从前。当藏戏变成商业表演的时候,我的灵气就已经散尽了。"

我们因此都不再续话,陷入沉默。

流雾在草丛间无声地升腾,散发。在远一点的草坡上,月光照耀着成片的经幡。夜的草原安静得也像星空,旷大、寂静,除了微风,除了班哲的歌声——他终究还是唱起来了。

却不是藏戏,是一首几天前他刚刚谱写的新歌。听他,正在清腔幽幽地唱起——

阿姐！你说好了,梨花盛放时节,你要回家。

你说好了,云霞散尽时,不再牵挂。

那些孩子,阿妈,开在冰砾间的,并不好看的雪莲——

你说好了,你要当它朋友一样,挥挥手,慢慢将它遗忘。

每一次,当路走到尽头,拐弯处你才发现,

人生本是一条直线,是弯道将它延长。

所以你说:感谢每一道弯!

好吧阿姐,你可以把走过的路程,当成修行。

也可以把鞭子,当成是风。

不过,回家吧亲爱的阿姐,别再借着行云独自徜徉。

回家吧心爱的阿姐,我可以为你一路歌唱!

月光,并没有因为班哲真诚的歌声而变得温情脉脉。相反,越是夜深,它越发清明、透彻,水银一般泼洒在草地上,致使近处的坝子、帐篷,远方的河流、山峦,在我们的视线里一览无余。这清凉的夜色,可以把我们的目光带到很远的地方,却无法让我们模糊彼此心间的想法。

月光下,班哲已经唱完歌曲。他先是忐忑地注视我,见我回避他的目光,便指着远方的两座青峰,带着启示口吻提醒我:"梅朵你看,前方有两座青峰。"

我不应声。

班哲继续:"如果往高处看,它们是两座青峰。但如果把视线放低一些,你会发现,它们其实是连体的,是一条山脉上的两座青峰。"

我知道班哲此刻想要表达什么,我是不会应他话的。

班哲停顿了会,还是继续:"我记得格桑小的时候,是个冒失的孩子,当年我到你的学校时,他一把拉住我,这样说:'你和我们梅朵老师耍朋友吧。'我问他为什么会有这个想法,他说:'我想给梅朵老师找个阿哥,生几个娃娃,和我们在一起……'"

"他是怕我离开草原,他对谁都这样说的。"我紧忙打断班哲的话。

"但如果是两个人的力量,一切事都会简单一些。就像有那么多孩子,他们住在我那里,就只有阿爸;住在你这里,就只有阿妈——同时有了阿爸阿妈,孩子们的家才是完整的。"

借着孩子,班哲在向我表述他的心声,他说得多么努力!

可是我的目光不会逗留在前方的青峰间,它钻进青峰背后的一座雪山上,这叫我回答班哲的声音变得既含蓄又坚定:"班哲你看,前方那青峰的后面,还有一座雪山,你看到了吗,那青峰后面还有雪山……它和青峰,不共一个山脉!"

虽然我说得含蓄,但班哲还是听出来了,他就不再说话。

他低头,沉默。许久后,抬头,凝望前方。前方,青峰背面的那座雪山,在清冷的月光映照下,泛出幽蓝色的光辉。夜的薄雾自青峰间流散,缓缓飘向前方。慢慢地,它遮住了雪山。

这时,班哲忽然朝我发出奇怪的声音:"我知道,即使被夜雾遮挡,你仍然可以看到它!"

"班哲,你在说什么呢?"

“那座雪山！无论天阴下雨，夜雾迷茫，即使闭上双眼，你都能看到它，不是吗！”

“班哲？”

“雪山，它圣洁，高高在上；它轻世，永远不可抵达。是的，它在你心中，那是月光！”

“班哲！”

“不是吗梅朵，它是雪山，它也是你的月光——你把对月光的情感，依附在雪山上！”班哲语气里裹着怨气，“为什么会这样？”

这叫我怎么回答呢？我无法回答。

却听班哲在自问自答：“因为你知道，草原冰川，森林湖泊，我和你的孩子，这里的一切，再也没有什么你不能跨越。唯独雪山，就像他一样，让你无法抵达！”

“好了班哲！我到这里来，是看望你来了，不是来和你争执呢。”

“我没有和你争执，我只是要说个事实。”

“可是你让我伤心了……”

班哲就不再出声。

起风了。前方青峰间的那片流雾随着风的方向，又开始缓缓地向着我们这边移动。雾气已经扑上我的脸面，叫我由不住地打起哆嗦。班哲这才起身，用手护着我的肩，“好吧，”他说，“你放心，我的事，就让我的阿哥来成全我。”

班哲说这话是什么意思？听得人好糊涂！

班哲却推着我往前走：“我们回去吧，夜深了。”

班哲第二天就走了，我也返回格桑那里。

但只过去三天，金格却匆匆忙忙跑来找我了。一见面就拉住我的手不放，向我道出他的家事。

"扎西梅朵，你可知道，先前我其实是有三位阿爸的。其中一位出家，一位早年离世，最后就是你已经见过的阿爸。我们这样的家庭在外界看来是有些特别，但这是我们的传统规矩。并且，到我们这一代，已经不是这样了，你知道的对吧！"

"是啊，阿哥，你想说什么呢？"

"但是班哲，他昨晚向我提出，他要和我们共一个家！"

我盯住金格，不知他具体要说什么。

金格就把话挑明了："这糊涂的小子，他想和我延续阿爸那样的婚姻！"

"不会吧！"我大吃一惊，"如今都什么年代了，这事太荒诞！"

"可他后来跟我说出一个原因，叫我也难以决断嘛。"

"这样的事还会有原因吗！"我更加吃惊。

"他说，草原上的传统文化亟需保护，我们这个特殊的家庭也是传统的一部分。所以他想在自己身上有所传承。他说今生他是不想娶女子了，但很想和我们挂个虚名，就是从我们身上延续这个关系。他还强调说：保证只是挂名。扎西梅朵，你说这叫什么事嘛！他是可以做到，那我们的颜面呢，又往哪里放！"

"这糊涂的人！保护传统文化也要区别对待，而且以这种方式也太极端了，他怎么会这样想！"我真的惊愕了。

"就是嘛，太过分了！扎西梅朵，我知道，他对你一向是很尊重，我过来就是想请你帮我劝劝他:这件事,我不答应!"顿一下,金格又强调,"再请你转告,他一日不娶女人,就证明他一日不断这个念头,我们家也就一直跟着他担心。他要是还会顾念这个家,就应该让我们安心!"

20. 夜,深得不见底色

可能是格桑给文化委打电话了,堪珠老师在第四天忽然来到麦麦乡。一到格桑这里就催问我搜集文化的事。这叫我怎么说呢,我还是先来为他烧个茶吧。五娃子一见我烧茶,熟练地帮我拿来大茶和盐巴。这些日子他住在格桑这里,也已经熟门熟路了。

夜幕已经降临,但在月光的映衬下,草原的夜晚并不黑暗。清冷的月色混着高原上的天光,映照着文化站的碉房。堪珠老师静默地坐在厨房的椅子上。厨房中央搁着一口生铁烫花的小锅庄。锅庄下柴火正在暖融融地抽着火苗,上面的大铜壶里,酥油茶冒出了浓郁的奶香。

堪珠老师双目微闭,叫人看不出他的神色。格桑则沉默地坐在堪珠老师的下方,怀里搂着五娃子。我半跪着身子往锅庄里添加柴火,一块接一块地塞进去。这使得锅庄越烧越暖,厨房也变得越发暖热,叫人有些喘不过气来。

肯定是因为这过度的暖热,才致使五娃子情绪狂躁吧。小家伙突然挣脱了格桑,在屋里四处跑动。格桑担心五娃子捣乱,只好哄着他,抱他进内屋睡觉。

我在不断地往锅庄里添火。脸面紧挨着灶口，恨不得把头也伸进锅庄里去。哪怕烫坏容颜，也是不敢轻易抬头，和堪珠老师的目光碰触。

　　这时就听堪珠老师在招呼我："哦呀梅朵，你也歇一歇。"

　　我只好停手，但仍然不敢抬头。

　　"这里真是暖透了，年轻人也受不住吧。我这个快要退休的老人更是透不过气——这把老骨头，是不是再也无用了！"堪珠老师盯着锅庄感慨。

　　这叫我不敢应话，害怕应话——堪珠老师发出这样的感叹，分明是在抱怨我不能按照他的意愿完成工作。那就是，他已经知道我要留在桑伽小学的事了，定是格桑告诉他的。

　　如果是这样，对于我的选择，他肯定也已经有了心理准备。我心里这么想，脑海中已是热浪翻腾，就好比一位刚刚走出校门的女大学生，心中充满理想，且一定要把理想公布于世。

　　于是我的声音开始真切地、缓慢地回荡在厨房里："堪珠老师，请听我解释。桑伽小学其实只是一个过渡的教学点。要不了多久，随着脱贫攻坚的全面展开，草原人移民走了，一切就会结束。但是在还没有结束之前，他们需要老师。这过渡时期的教育非常重要；如果中途断了，对于孩子的影响将会非常大。因为随着草原的发展，总有一天孩子们是要面对现代文明的。到那时，如果他们什么也不懂，面对外来冲击就会束手无策，那又怎么保护自己的家园呢？只有不中断教育，以学习去引导孩子，让他明白什么是传统文化、什么是现代文明，懂得两者之间的关联；之后再去用思想、用心智，保护文化，这才是最为及时的帮助。堪珠老师,其实就一句话,与需要保护的传统文化相比,孩子们的教学已经断在当下,迫在眉睫!"

堪珠老师听我这么漫长的一段表述后,只问一句:"那当初不是你自愿要帮我们搜集文化的吗?"

我连忙向他解释:"堪珠老师,其实做任何事,开始都难以达到完美。很多时候,倒是走了弯路才让我们看清前方的直道。就像您提出的文化帮扶,起初我们的想法是一致的。但到了桑伽草原后,我感觉除了直接搜集传统文化,对于当地原生态的生活方式,更是迫切地需要去维持、保护。尤其孩子,更需要去正确引导他们。但引导就需要沟通,沟通就需要学习,所以我才想到要去教学。但这并不是说我就放弃文化搜集,我只是暂时放缓了搜集的速度而已。在学校工作有一个好处,有暑假、寒假、虫草假。您放心,我会利用这些假期去完成搜集工作。"

堪珠老师这一听,才微微点头了。想了下,又忽然问一句:"五娃子,你打算带走吗?"

其实还在路上的时候我就为五娃子想好了出路——堪珠老师自己都说了,他是大地的孩子,就像一棵草儿,丢在哪里都可以生长。所以才有之前回格桑这里时,我和五娃子发生争执的那一幕。是的,只有亲眼看到五娃子,我的心魔才会被激发,我的心才会那么坚定、疼痛,又彷徨。当然了,现在我需要说出来!

"堪珠老师,桑伽草原海拔太高,环境恶劣,条件比我们麦麦草原艰苦多了。我是担心,如果带上五娃子……"我说,接下来的话又不知如何出口。

堪珠老师一针见血地续上了："那边是正规的公办学校。五娃子这么闹腾，怕是带上也不方便，会影响到其他的娃娃吧！"

　　我羞愧又难过，低下头去。

　　这时，格桑反身回来了。

　　"可他的阿妈在一周前走了。"格桑突然这么对我说。

　　"什么?!"我浑身一震。

　　"她身体里的那个瘤子把她带去天堂了。"格桑解释。

　　我沉默了。翁姆女人一走，就意味着五娃子从此不再是单亲，而是孤儿！这叫我怎么办呢？

　　如果不带走，他总不能长久地留在格桑这里吧，毕竟格桑也还要工作。

　　我只能盯着格桑，用目光把这个纠结传递给他。

　　格桑装作不经意，站起身，提起锅庄上的酥油壶，先给堪珠老师倒一碗，等他喝空了，又给他再倒一碗。

　　堪珠老师就朝他发话了："你小子这个茶倒个不停，是要堵住我的心思嘛！"

　　格桑才笑起来，给堪珠老师解释："梅朵老师要是真想去，就让她去吧。您刚才也说了，那边有很多娃娃，确实不能让娃娃们学习受到影响。我这边的工作不是教娃娃，就要好一些，五娃子还是交给我吧。"

　　堪珠老师听格桑这话，就转眼望我。

　　我则已经朝着格桑大声解释了："那太好了格桑，我只是刚刚进学校时不方便带上这娃，毕竟是陌生地方。等一切安稳了，我再回来接他。"

格桑朝我摆手："老师，您别着急，这娃跟我也有一个多月，有情感了。他要是走，我还舍不得嘛。"

说这话，我当然知道格桑是为了安慰我。因为五娃子那么特别，他在哪里都会闹腾。所以格桑并不是真心想留五娃子，他是真心想替我分担负担呢。

当我这么想时，我眼角的余光突然瞄到一抹小俏的身影，在门外一晃，不见了。是五娃子！刚才格桑不是已经把他送去睡觉了吗？我连忙起身，跑进隔壁房间，一看这娃，他正躺在床铺上睡得好好的。一颗忐忑的心才又稍微安定了些，我又返回厨房。

我和格桑、堪珠老师，三人一直谈到深夜。当我们快要睡觉的时候，突然间，从最右边的收藏室里传来噼噼叭叭的响声，像是有众多瓷器碰撞在一起，发出混乱又响亮的破碎声。

我和格桑立马朝收藏室跑去。当我们推开收藏室大门，我们都惊呆了。五娃子正站在收藏室中央的桌子上。但见他手抓脚踢，正在肆意乱砸。那些彩绘的唐卡、白亮的瓷器、古老的歌词手稿，已被五娃子疯狂的手脚弄得一片狼藉。而瓷器早已碎得一地，唐卡也被撕成了几段。此刻，他正抱着一沓手稿，撕扯捆在上面的哈达。就像之前他猛然举头撞击我一样，他的小小双手是那样的扭曲、顽固，像一台失控的机器，那么拼命地撕扯。他看不见我们，也看不见天地。

"这娃肯定疯了！"格桑震惊地说一句，浑身因愤怒而颤抖，我意识里感觉他是要奔过去，要把五娃子也当成地上的碎片一样，撕碎他。但格桑埋下头去，闭着眼，咬着牙，艰难地克制一阵后，他一步一步朝着五娃子走去。我无法猜测接下来会发生什么。这样的娃子，此刻他做出如此毁灭性的举动，他已经把我的思绪抽空了。

是的，如果有人说，他的爱心体现在——他会永远对那些特殊的孩子报以微笑，不管是在孩子发病的时候还是安静的时候——我是不会轻信的。是人都难以做到这点，除非他是神仙！他是吗？至少我不是。因为我看到自己的双手已经变成两把锋利的匕首，就快要朝着五娃子飞过去。

格桑接下来又会怎么做呢？

我见他朝五娃子走去。五娃子一只脚踩在桌子上，一只脚悬挂在桌子外面。格桑挨近他，朝着他伸手，拉一下他那悬空的小脚。只是稍微那么一晃，五娃子就落在格桑的怀中了。

格桑抱下五娃子，把他往我面前一推，说："老师，对不起，您带他走吧！"

第 三 篇

21. 紫色的蝴蝶

半个月后,我带着五娃子来到桑伽小学。

在拿到课程表之前,秋贞老师提醒我说:"我们先去拜访一下桑伽族长吧。你到这里来,未来和族长接触的时间也就多了。"

我记得第一次拜访齐麦乡长时,纳森曾说,桑伽族长在那曲卖虫草。于是问秋贞:"他不是在那曲吗?"

秋贞解释:"两天前刚好回草原了,还没来得及到我们学校。"

"哦,既然他是桑伽草原的管事人,我当然要去拜访。"我说。

秋贞点头,早已为我备好了一件氆氇袍子,招呼我换上。"你知道初次见面,给人带来亲切印象的是什么吗? 就是让他在你的身上寻得到他所熟悉的气息——穿起我们的氆氇袍子,就是不说话,桑伽族长也会信任你的。"秋贞这么说,他真是一位细心的青年。

"这个袍子你是借来的吧?"我问他。

"哦呀,你放心穿,这个是依照你的身材借来的。"秋贞招呼。

我朝他笑起来了:"你还不知道吧,我在草原上这么多年,我有自己的袍子呢。"说完就从背包里拿出一件来。

秋贞又惊又喜:"哦呀,看来我是什么都不用担心你了!"

就由秋贞领路,我带上五娃子,我们从桑伽小学出发,骑马,穿越四道山梁坝子,来到桑伽草原正中央的一条山沟——桑伽族长的山寨。这时我看见,不是族长,却是纳森,早早就等候在山寨前方的草坝子上,迎接我们来了。

"好久不见,辛苦了扎西梅朵!"纳森一把抱住我,一边说,"你来了就好,我们的宗族文化还等着你来搜集嘛。"话是说完了,手却没放开,还在抱着我。不用说,他是特别希望我能长久地留在这里。

他的老婆站在一边,看得咯咯笑起来,提醒他:"纳森,你又不是口香糖,怎么还黏上扎西梅朵了!"

五娃子迎着纳森老婆的声音,朝她走过去,仰面盯住她的脸。

纳森便放开我,招呼五娃子:"小娃,这是你的庄孜阿妈。"

五娃子轻声喊出两个字:"阿,妈。"

"哦呀,喊阿妈也可以!"纳森快活道,"你要是做我们的娃娃,我会天天给你糖果吃!"说完,真的从怀里摸出两颗糖果来。但是五娃子接过了,目光却仍然盯在纳森老婆的脸上,我顺着五娃子的目光看,却看到纳森老婆的脸上,在那左眼的下方,有一块紫色的蝴蝶模样的胎记,指尖一般大小。之前我也是见过纳森老婆的,但并没有注意到她的这块胎记。现在顺着五娃子的视线,我突然想起来,草原上的翁姆女人,她脸上也有着这么一块大小的印记——却不是胎记,是烧茶时不小心烫伤留下的疤痕。

我心中就不知是温暖还是紧张了,这要看五娃子的反应。如果逢缘,五娃子喜欢,未来庄孜阿妈就会是五娃子最为亲近的人;如果逢上不吉,这伤痕正好唤醒五娃子体内潜伏的那个小小魔兽,庄孜肯定会受到五娃子的攻击。因为包括秋贞在内,大家都还来不及真正地认识五娃子,当然不会有防范。

幸好,正当我心情忐忑时,五娃子却主动凑上前去,小手尝试地碰了碰纳森老婆,向她表达亲切。纳森老婆便一把搂过五娃子,愉悦道:"好乖嘛,这个小娃儿。"

看样子她也是多多喜欢五娃子的。我一颗忐忑的心才算平息了,向她投去感激的目光。

这时,远远地就听到山寨里有个男声,"哦呀!哦呀!哦呀!"地招呼着,手托哈达朝我们走来。肯定是桑伽族长了。我是第一次见族长。但见他的模样,和其他草原汉子大致也没什么两样。紫亮的脸膛,锋锐的目光,中等偏高的身材,粗壮、魁梧。一身宽敞的氆氇袍子,更叫他多出一份厚实。当然,如果不是他的脖子上那道深深的伤疤,隐约中透出些许阴寒之气,他也算得是一块磐石,历经风霜。一条洁白的哈达已经落在我的脖子上。族长的老婆和纳森的老婆已经围上来,簇拥着我前去族长的碉房。

很有意思的是,桑伽族长在那曲做生意,却不会说汉话。倒是秋贞成了他的翻译,见族长在对我一味地"哦呀,哦呀",便提醒他:"族长,您说扎西德勒,说扎西德勒就可以了。"

族长紫色发亮的脸膛上漾出了光芒,终是对我表出他的真诚:"哦呀,扎西德勒! 扎西德勒!"

这之后,我们进了族长的碉房。一看,屋里已经先到了好多客人,齐麦乡长也在。

齐麦乡长一见我便爽朗地招呼:"哦呀扎西梅朵,我们又见面了,欢迎你来到我们桑伽草原!"说完,又是一条洁白的哈达,落在我的脖子上。

"扎西德勒! 齐麦乡长!"我礼貌地回应。这时,桑伽族长的老婆已经把热气腾腾的酥油茶给我倒上了,一边招呼:"哦呀,请喝酥油茶!"又抓起一块坨坨肉递给我,问,"这个你可吃得来?"

我点头回她:"谢谢阿嫂,这个不但吃得来,我还多多喜欢呢。"

族长的老婆满意地笑着,又开始热情地给在座的倒茶。来了很多客人。男人们分别坐在客堂两侧的藏床上;女人们全部半卧着身子,直接坐在锅庄下方的地面上。族长老婆上上下下地给客人们倒酥油茶。一大壶茶不一会就空了,女人又开始再烧,往大壶里加水,加茶,丢酥油,用黄铜瓢在壶内不停地搅拌,手脚麻利。

喝足了酥油茶,便是齐麦乡长发话了,先问桑伽族长:"你回来,可去看望你的舅舅了? 应该把他请到家里来!"

族长回答:"乡长,我们舅舅腿脚不好,来不了。我回来第一件事就是去了舅舅家。"

齐麦乡长点头,再问:"哦呀,今年牛场人家的虫草都卖了吧?"

族长回答:"卖了。"之后则又皱起眉头,"那是大的,基本卖了。小的多多压色,不好卖。"

齐麦乡长感叹:"去年草原上小的虫草可是占得太多了!"

族长应话:"就是,一斤虫草差不多要三千条,太小了,又是去年的,很难卖出去。"

齐麦乡长表示理解。

族长便又解释:"每个牛场人家的虫草卖得都不一样。有两家的虫草实在太小了,一根没卖出去。"

齐麦乡长招呼:"那结账还是要平均。卖得多的人家不能全部结账,分出一些补贴没卖出的人家。"

族长答一声:"哦呀。"

齐麦乡长即道:"那明天把钱发下去吧。"

族长却不同意了,提醒道:"乡长,您是忘了?去年最新的一批虫草卖出后,钱都发给了他们。但是一个耍坝子结束后,他们把钱都花光了。到冬天他们什么也没有,吵着要我预支没有卖出去的虫草钱。您看,幸亏我没有预支,那些虫草现在根本卖不出去。这个教训大了。今年不管怎么说,不能这么早结账。钱揣在我的身上,那永远是他们的;早早揣在他们身上,要不了多久,肯定就像河水一样淌走了,那冬天怎么过嘛。所以今年的钱,我要到入冬过后才能发下去!"

包括齐麦乡长,满屋人听到族长这样的话,又都表示理解了,"哦呀,哦呀"地赞同。

22. 礼物

　　齐麦乡长把这次草原上最大的事——以政府身份迎接我来桑伽草原支教——完成后,他就骑着摩托匆匆离开,赶去办别的事了。

　　族长等乡长走了后,便开始询问秋贞:"我们的娃娃都还好吧?"

　　"还可以,族长。"秋贞礼貌地回答。

　　"其加娃有没有逃学嘛?"

　　秋贞瞧一眼纳森,回答:"跑过几次了,都被纳森阿哥找回来。"

　　族长带着赞赏的目光朝纳森点头,跟着再问:"那个帮金和次结怎么样?"

　　"他俩比其加娃好不了多少,也是逃学,有点管不住。"秋贞如实回答。

　　族长就发话:"管不住就交给他们舅舅。上学不是主要,跑出草原就麻烦得很。"

　　秋贞提醒道:"族长,他们的舅舅已经死了。"

　　族长才点头:"哦呀,我倒忘了!"接着问,"东山沟的达理呢?"

　　秋贞回答:"他还是可以的,听话得很,学习也很用心。"

　　"哦呀,学习好不好也不是最重要。人心团结,不离开草原就很好!"族长脸上露出欣慰的笑意,再问,"南山沟的多吉娃怎么样?一餐还是要吃很多糌粑吗?"

　　秋贞回答:"他嘛,胃口越发大起来,现在长得也越发壮实,肯定也有齐我的肩膀这么高了。"

族长脸上的笑意就完全铺展开了："哦呀就是！我们桑伽草原上的娃娃，就是要多多听话，多多强壮！"稍顿了下，继续发问，"北山沟的娃娃们怎么样？尼玛、白玛、多吉、嘎仁、洛桑扎西，都怎么样？"

族长虽然长期在外，但对于自己草场上的娃娃们，尤其是男娃娃，真是够用心了，个个都记得啊！

但听秋贞一个一个地汇报。最后说到洛桑扎西时，秋贞面色变得凝重起来："族长，洛桑扎西这娃子还是有些麻烦。两个月前他的阿妈跟人跑了。现在是阿爸也不知去了哪里，只有他的一个远房舅舅在照顾。但他的舅舅身体也有些不好，长久地照顾肯定不行，您说是吧？"

族长若有所思地点头，再点头，也不知这是在替洛桑扎西想办法，还是心不在焉。"那……"他犹豫片刻，问，"巴巴可还好？"

这时，我看到族长的老婆正在搅拌酥油茶的手抖动了一下，不知是不是不小心给烫着了，她"啊嘘"一声，慌忙抛出手里的铜瓢。那铜瓢咕噜噜在地上滚动了几下，落在秋贞的脚边。

秋贞连忙帮着拾起来，这也让他暂时避开了族长的问话。

族长就不再问。他的老婆接过铜瓢就出去了，一边自顾嘀咕："这个东西不能用，脏了！"

气氛陡然地变得微妙起来。大家似乎都被族长老婆的话拖进一股莫明其妙的烟雾里。我也是，因为刚才族长询问巴巴时，我想起来，她正是那个不会笑的小女孩。

族长已经把话题巧妙地转移到我的身上来。他让秋贞给我传话,接下来他想送我一件礼物。说完他即抽身走进内屋。一会后,他手捧一只曼遮走出来,小心恭敬地放在我面前。

这是一只镀金的紫铜曼遮。磨盘一般大小,形如宝塔。塔廊的空隙间填满了青稞、麦子。麦子当中又混入了各色珠宝,珍珠、碎银、琥珀、珊瑚,都可以看到。更多的则是五彩的玛瑙珠子。

只见秋贞双手向着曼遮伸展过来,帮着族长翻译,表达这样的心愿:"梅朵老师,因为你的心肠太好了,所以族长希望你能从这个曼遮中挑一件礼物,他要送给你!"

我一听就惊住了。"这可不行!"我不假思索地拒绝道。

秋贞则在坚持:"梅朵老师,你就随便选一个吧。我刚来时族长也是这样做的,送了我一件礼物。"

"那也不行!"我对秋贞解释,"你知道的,我们都不是因为这个才留下来!"

"肯定了!"秋贞点头,表示完全理解,但同时朝我凑近身来,低声对我说,"族长的意思我知道,你不收他的礼物,他会认为你不够诚心,可能随时都会离开。只有你收下,他才会放心——反正你礼物都收了,就不会走人。你看,你还是挑一个吧,就当是帮族长挑一颗定心丸了。等离开时你再还回来就好。但是现在,你要让族长放心,信任你!"

听秋贞这么一说,我无话了。

看来我如果不接受这份心意,他是不放心我嘛。这个桑伽!看起来就像山峦——既深暗又坦荡,还有着些许的天真!那就只能按照秋贞的说法,暂且收下,等离开时再还回来。

23．课堂

得到桑伽族长的信任后，我进入了正规的教学。

桑伽小学一共有三个年级：一年级，三年级，五年级。我从秋贞手里接过两个班级——一年级，三年级。秋贞自己则继续教五年级，直到五年级的孩子毕业才会离开。就是说，他准备再留校任教一年。主要是他不敢突然地放下学校，把全校课程都丢给我一人。因为毕竟桑伽草原海拔太高，我这刚刚上来，还需要时间慢慢适应。而高年级的课程有些多，他怕我一人连教三班，精力跟不上。所以他想把高年级的学生教到毕业，送入初中后，我的教学负担就会轻松一些，他也就可以放心地离开。

一年级是十九个孩子，三年级十五个。因为教室破损，正在维修中，我们暂时便把两班合在一起上课。孩子们年龄参差不齐。一年级有五个孩子均在五岁以下，算是幼稚园儿童，坐在教室的左边。我想，等五娃子开窍的时候，也要安排他坐在其中。三年级有八个孩子年龄都超过了十三岁，另外七个均在十岁到十三岁之间。这其中就有全校出名的"逃学大王"次结，和跟着他一起逃学的阿妹帮金；有在课堂上总是管不住自己的调皮孩子其加，和内向沉默的单亲孩子八珠；还有那位不会笑的小女孩——其加喊她什么来着——苦脸巴巴。

秋贞又特别强调：三年级最难管教的是其加，平时对他的教育就像调教小牛一样。最需要盯紧的是次结和帮金，这对兄妹已把逃学当成习惯,有时又当成一种游戏——会故意逃走,等着你去追他们。如果你不追,他们有可能会赌气跑得更远,也有可能又自动失落地返回来。然后是八珠和巴巴,都是最不好沟通的孩子。

终于,我再一次站上了讲台!

这时我看到自己——依然是亲切、温和、干练集于一身的年轻女老师,端正地站在讲台上。开课前,目光依然是习惯性地朝着教室四周寻望一遍,会把所有孩子的面目和表情都收进自己的思绪里——

小尺呷依然是一副调皮的面相,这节课他会不会又要捣乱,不专心听讲?

阿嘎呢,听课一向专注,专心到你可以当他不存在。这是个让人省心的孩子。

四朗小孩那目光,向来就没有从天性的忧郁中摆脱出来。他那雾气一样的双目,让小小年纪的他变得深邃,好像那双目里装着整个世界。

拉姆小孩,她今天是不是会有什么问题需要请教我呢?看她微微张合的嘴唇,正在向我传递这样的信息。

苏拉嘛,这孩子肯定是有心事了,有解不开的心事。她那紧锁的眉宇告诉我这一切。那就等着下课吧,下课后我会单独找她谈一谈……

是啊,每个孩子的心思我都看在眼里了,只是我自己,已经记不得此刻站在哪里——是站在过去的碉房学校呢,还是现在的桑伽小学?

114

桑伽小学的孩子们,用惊异的目光盯住他们的新老师,不知道老师为什么站在讲台上,双目倾注在他们的脸面上,心却不在教室里!

"老师好!"我听到这样的声音,整齐、响亮。

"同学们好!"我跟着响亮地回复。

但等我抬起头来,寻望讲台下方,却已是一张张陌生的面孔!不是阿嘎,不是苏拉,不是小尺呷……

只能努力地镇定情绪,把恍惚的心思拖回来,安顿在心间。我开始给一年级的孩子们发放图画本,先让他们自习——就是参照图画书里的内容练习绘画,然后给三年级的孩子正式上课。

这是一个令人愉悦的上午。教室之外的世界是彩色的。天空湛蓝,铺展着雪白的云朵。远方的雪山延绵成片。草原在临近雪山的那边,像是一块巨大的绿毡子,美丽而宁静。但在近处,河流边的草场却不安分,牦牛和放牧的姑娘正在草场上相互追逐。最近的地方,校园里的草坪上,凤毛菊和党参花正在大片开放,这正好调和了校园里的单调色彩。就像一年级的孩子们,他们小小的手指也已经染上蜡笔的色彩,正在把图画本上单调的白纸,用蜡笔涂成蓝色、青色、红色、紫色——蓝天、青峰、雪山、花朵的颜色。是不是这落在纸面上的色彩,它把五娃子的目光吸引了——室外,那只能用眼睛直观的花花天地,竟然可以这么生动地落在孩子们的本子上——五娃子定是被这样的奇妙变化吸引了,他踮着一双小脚,两只小手紧紧地抓住教室的窗台,张着嘴,头伸得像只小小的正在讨食的幼鸟,他在巴巴地望着窗口里,一年级的孩子们,他们手里的画笔。

我只好放下课本,打开教室后门,抱他进来,安顿他坐在教室最后的位子上。但五娃子真是太小了,坐进课桌里只能露出半个头来,两只小手也是抬得高高的,才可以够上课桌。学生娃瞧见,个个在抿嘴窃笑。我已把讲台上的图画书和一张白纸送到五娃子面前,贴着他的耳边,这么告诉他:"娃儿,这座位就属于你了。以后只要你想进来,你就可以从这道后门进来,坐在这个位置上。但前提是,你得安静地坐在这里,不能发出声响,哦呀?"

五娃子像个小大人的模样,点头答应:"哦呀!"

24. 你为何泪流满面

当天傍晚,我刚刚回到宿舍,秋贞找我来了。我知道他为什么找我,而我也正想和他商量——关于五娃子,我想安排他坐进教室里。这样的话,一是为了安全,二还可以让他耳濡目染,接受启蒙教育。

秋贞却对此举充满顾虑,犹豫了一会,说出他的担忧:"梅朵老师,我当然理解你,懂得你的个人情感。可还是有些不合适。他是个特别的孩子,会影响到其他孩子上课的。"

"如果他保持安静,就不会影响。"我在坚持。

"你能保证他安静吗?"

"我已经尝试过了,他很好。"

"那是因为图画课,他是被那些色彩吸引了。"秋贞直言,语气略显无奈,"梅朵老师,并不是我有私心,不瞒你说,我们孩子的学习成绩,对于桑伽小学很重要!"

"为什么?"我有些吃惊,"难道我们也要和内地一样,需要比拼应试教育?"

"那倒不是。"秋贞面色凝重,"桑伽小学是另外一种比拼。如果学生成绩一直在全县垫底,牧民们就会认为上课或不上课,差别也不是很大,就更不想让孩子进学校了。"

秋贞的话叫我心情低落。对于所有健康的孩子,我们的爱可以是一样的。但对于特别的孩子,就需要特别的爱。是的,只要可能,哪怕是一根针、一条线那么微小的机会,我还是想为五娃子尝试!

所以等我再次出口,声音几乎是在恳求了:"秋贞老师,你能给我点时间吗?我只是想尝试一下,因为都是孩子……"

秋贞就不再说话,反身回自己宿舍,取出一把锯子。

"秋贞老师,你要做什么?"我问。

"那个课桌太高了,我去锯掉一些。"秋贞说,一边往我的教室走去。

我跟着追上他,"别锯了,秋贞……"我说,忽然像是泪也要掉下来,"如果这孩子做不到呢……那就白锯了……但我永远不会放弃的,对这个孩子的教育,其实也可以不在课堂上。"

秋贞顿了下,还是锯起来。

我站在教室里,瞧着秋贞。看他把课桌和板凳利索地翻倒,然后拿出钢尺,丈量,压线,锯断。我的目光就跟着这样的场景溜走了……

那些木板虽然已经陈旧,但月光有一双木匠一样熟练的手,他正在呲喀呲喀地锯断,又在叮叮当当地拼接。最后那些木板就在他的手里变成一张张课桌和座椅。我和孩子们，阿嘎、苏拉，我们把课桌搬进碉房里，擦了灰尘，摆放整齐。回头再看月光的脸，他累得，已是满脸汗水……

而我为何满脸泪水！

我听到秋贞的声音响在耳边："梅朵老师，请别难过。你说得对，都是我们的孩子，五娃子也是！"

我别过头去——这位青年，他怎会知道我的心病，也像五娃子那样特别，一点也不能碰，一碰就会很痛！

帮着秋贞摆好课桌后，我们走出教室。这时夜幕已经笼罩校园，学生们按照规定的时间都回宿舍去了。

五娃子和我住在一起，就比其他孩子自由一些。他站在校园大门边的狗窝旁，用小手一点一点地掰开火腿肠，这是我每天为他准备的，但他不吃，拿来喂狗狗。每一只狗狗都会得到美食，一个也不会少。五娃子正在挨个地算着，喂着。一个，两个，三个。"对，你嘛，小花，你已经吃过了。"五娃子轻轻拍着一只试图抢食的狗宝宝，这样招呼，手里的美食则塞进另一只狗宝宝的口里。那"小花"有点失落了，滚着身子朝五娃子"呀呀"地叫起来，实在是萌人！这也让我看得心存欣慰。

"你看，"我对秋贞说，"这孩子并不特别，他和其他孩子都一样。"

秋贞便上前去。五娃子在逗着狗狗，他在逗着五娃子："娃，你来数数，这地面上有几只狗宝宝？"

五娃子点着小手数开了。

"九只。"五娃子回答。

我们看了看,是八只。秋贞就提醒他:"娃,你再数一遍。"

五娃子却不数,起身跑到大门侧面,又抱出一只,放在我们面前。

秋贞感动地笑了,搂过五娃子,朝着他的额头亲了一下。

月亮升起来了,照亮了校园。秋贞的目光,也像月光一样倾泻在校园里。他不望我,只望着五娃子,却是在对我说:"梅朵老师,我相信,等我走了,你会比我教得更好的。"

25．错觉

经常,桑伽小学的夜晚会变成这样:在飘扬着五星红旗的校园里,每个黄昏来临的时候,我们都会看到秋贞老师,他顺着木梯爬上学校土夯平房的顶端去——那是我们一年级教室的房顶。他坐在上面,面对东方的雪山默默地长望。有时仅仅是长望,一直不说话;有时则会对着雪山突发地大吼几声,嗓音粗壮,叫校园里的流浪狗们也要惊得乱叫一阵。再有些时候,他又不望雪山,只会朝着天空昂头,清腔幽幽地唱歌。这时,我们擅长跳舞的孩子们,帮金、次结、其加小孩等,就会不约而同地挤在一起,随着秋贞的歌声摇头晃脑,跳起草原锅庄。慢慢地,歌声会流淌到夜幕里去。如果逢上不好的天气,草原的夜晚,星星和月亮都会躲在云雾里。没有月光的夜晚,天空蓝得发黑,雪山也看不见。这样的时刻,秋贞仍然会爬上屋顶。但这时他什么也不做,只是望着天空发呆。

我知道,他思念成疾,归心似箭。

孩子们却不知这个。瞧他们的老师立在屋顶上发呆,时间那么长,又不寻望,又不唱歌,就有些等不及。大胆的帮金小孩这时就会悄悄地爬上屋顶去,站在秋贞的身后,故意弄出一点声响。只要秋贞不反对,默许她,她就会代替秋贞亮开歌喉。帮金小孩的嗓音着实好呢,委婉又清脆,犹如风中的银铃。惹得楼下的其加小孩好羡慕,总是忍不住要跟上附和两句。其加小孩一开唱,校园里的流浪狗立马兴奋不已,昂着脖子轰轰烈烈地朝他吼叫。于是,几乎所有孩子都放开了,挤到操场上来,又是唱歌又是跳舞。连最内向的八珠小孩也会尝试地抖动着小脚。

唯独巴巴小孩例外。她从不会跟随小伙伴们唱歌跳舞,也不会因为其加小孩故弄玄虚的嗓音展开笑颜。很多时候我发现,这孩子总是在刻意地躲避着我,回避我的问话。互动嘛,更别提了。

这样的时间过去了一年。

是的,又一年的春天来临了。这天,是周二的上午,四年级的第一节课是语文。我们学习生词。当然,在教生词之前我有个惯例,不会先对生词进行讲解,我要让孩子们凭借自己的想象去理解一个生词的含义。我在黑板上写出"理想"一词,转身面朝课堂,大声询问:"哦呀孩子们,今天让我们学习生词:理想。你们都来说一说,你们的理想是什么?"

话音落下,我瞧孩子们,他们却是你望我我望你,答不出话。

确实,如果不是课本上学习到这个生词,我也不想提前谈及它。我平时总是不愿和孩子们谈论理想的话题。因为对于远牧点的孩子们,谈论个人理想实在是有些过早,也有些过分。就像,你都不知道有飞机这个概念,你怎么想象坐上飞机的感受呢?

我听到次结已在嘀咕:"理想啊,我是知道也不知道,有点说不清嘛。"

我就问他:"次结,你的理想是什么?你就把知道的说出来吧。"

次结摸摸头,又答不上了。他并不知道自己的理想,似乎也从未有人跟他提及,所以他只好请求道:"老师,我可以想一下吗,明天再告诉您?"

我朝他笑起来:"理想是会脱口而出的。等你考虑那么久,说出的就不是理想了,是思想。"

我正准备询问下一位,次结紧忙道:"老师,我的理想是变成一只大岩鹰!"

全班哄笑。

管不住手脚的其加立马展开双臂,学着岩鹰飞翔的模样,在座位上摆弄开来,一边口中发出岩鹰扑翅的声响:"呼!啦啦——呼!啦啦——"

全班持续哄笑。

其加见势越发得意,生怕后排的娃娃们看不到,勇于表现,竟然爬上了课桌,"呼!啦啦——呼!啦啦——"他在兴奋地持续地叫喊,"呼!啦啦——呼!啦啦——呼!啦啦——"

他怎么就停不下呢!而我的目光已经随着这个孩子晃荡的身影模糊起来——这是多么熟悉的姿态……是的,我已经看到自己的手,它游动在黑板上,在抄写生字。小尺呷呢,抽身爬上课桌,闪身快速跳出窗口,又闪身快速跳回来。他像一只猴子迅速完成所有动作。课堂上孩子们哄堂大笑。我却不明白,回头看,孩子们个个都是安稳地坐在位子上。我转身面对黑板继续抄写。小尺呷等我一转身,故伎重演,再一次跳窗。这次没准备好,返回时只听他咚的一声,掉在课桌下,摔得四仰八叉。

"小尺呷!"我终于朝他厉声大喊,"你给我站出来!"小尺呷不服,不动身。我一步跨下讲台,一把揪住小尺呷,把他提上讲台来……

这时我听到其加在大声喊冤:"老师!老师!我不是小尺呷!"而全班孩子均被我的喊声骇住了。他们愣在那里,惊讶地望着我。我只得慌慌放开手,匆忙别过头去,竭力地克制。好一阵后,才把恍惚的思绪从回忆中拽出来。

课堂上,其加已经返回自己的座位,但仍然朝我睁着圆溜溜的大眼睛,不知所措。所有孩子都在交头接耳,议论纷纷。而我已经恢复了常态。我在咚咚地敲黑板,大声说:"安静!安静孩子们!"一边追问次结,"你为什么想变成一只岩鹰?"

次结这回不假思索:"因为岩鹰可以飞翔,比脚步跑得更快。"

南山沟的多吉听次结这一说,急忙跟着发言:"老师,我的理想是变成一只雪豹,一只强壮的雪豹!"

其加此时也立马明白过来,抢着答话:"老师,我的理想也是变成一只雪豹!一只强壮强壮的大公豹!"

这回所有小孩总算明白了什么叫理想,于是各抒己见。有小孩说想变成一头牦牛,因为可以挤奶,做黄亮亮的酥油;有小孩说希望变成一匹大马,因为可以骑着它去拉萨;帮金则说自己想变成一只画眉,因为可以唱出动听的歌儿。其加一听帮金的理想,神情立马又后悔了,呼的一下朝我举起双手。

"其加,你又想捣乱吗? 举双手,你是想回答问题呢,还是举手投降?"我故意问。

其加急得不行,说:"老师,我不是投降,是回答问题!"

"那发言要怎样举手?"我问。

其加就把左手缩下去了,大声解释:"老师,刚才我说错了,我的理想是变成一只强壮强壮的大画眉!"

全班一阵哄笑。

却听次结在反对他的阿妹:"不行! 你不能变成画眉! 我们是一个阿妈的娃娃。我是大鹰,你怎么是画眉?"

全班再一次哄笑。小孩们乐得不行,捧腹大笑,四仰八叉。

这时我发现有个孩子,巴巴小孩,面对这么欢腾的场面,她却无动于衷,垂着头,在玩弄自己的两只小手。我记得第一次见她时,其加说她是苦脸巴巴,难道这真是一个不会笑的孩子?

我走向她,朝她缓缓弯下腰身,轻声问她:"巴巴,你呢,你的理想是什么? 可以跟老师说吗?"

巴巴两只小手绞在一起,不答话。

这时,课堂上所有笑声都因巴巴而停歇,突然鸦雀无声,我们都在等待。

"巴巴,你看,帮金的理想,次结的理想,其加的理想,是多么有趣呀!"我在引导她。

"你看，老师也有理想呢……"我在用激发的方式，"你可想知道老师的理想?"

"老师的理想嘛，就是一辈子都能看到雪山，看到你们……"我开始苦口婆心。

但是巴巴就是沉默，一直不出声。

这时，只见其加又举起了双手，他是习惯了。

我便问他："其加，你又想说什么?"

其加大声回答："老师，我知道她的理想——她的理想就是做一块石头!"

这个理想真是太奇怪了，我有些惊讶，当即询问巴巴："是吗巴巴，你想做一块石头?"

不想巴巴这回倒是轻轻地点头了!

这堂课结束后我就找秋贞谈话了。关于巴巴的情况，我已是直接或间接地向他询问多次，每次他都避而不谈。这次我得坚持，因为我是巴巴的老师。要想走近这个孩子，打开她的心扉，首先我就需要了解她过去的一切，这样才能对症下药。

可当我再一次询问秋贞时，他却反问了一句非常有技巧的话："梅朵老师，你说吧，你到底是想知道巴巴为什么会有这样的性格，还是想知道她为什么会有这样的理想?"

这叫我怎么选择呢? 也许两个问题只需要一个解答，所以我说："我想知道后面的答案。"

秋贞就这么说了："这小娃，她的心底埋着一个深暗的秘密。她

124

想守住这个秘密。因为守得过于紧张,过于艰难,她就不知道笑了。她也从不会主动与人说话。之所以想变成一块石头,是因为她知道只有石头才不需要说话——梅朵老师,我其实也不知她的秘密,更无心去打探,因为那对于我就像风一样,但对于这小娃,却是命一样。"

秋贞的这番解答也像石头,坚硬、沉重,让人无力托付更多。是的,如果想不出一个切实的办法解开这个孩子的心结,那还是慢慢来吧。也许我们解不开的,时间能解开吧。

26. 蝴蝶阿妈

第二天下午,四年级最后一堂课是体育。在桑伽小学,孩子们的体育课既快乐也很单一。除打篮球外,大半时间孩子们会在操场上自由活动。通常,只要是四年级上体育课,我也会安排二年级的孩子共同参与。今天也不例外。昨天我教给四年级孩子一个生词:理想。为了更好地呈现孩子们的理想——准确说应该是呈现孩子们的美好心愿,我领着他们前去学校下方的小河边。那里有一条深入河道的沟渠,里面的土质多为陶土——那是孩子们的天然橡皮泥——挖出陶土,放入河水,揉成泥团,就可以捏出各种造型。我们今天的体育课因此别开生面——玩泥塑。不单是孩子们,我也会加入其中,赶着掺水和泥,为孩子们揉泥块,弄得满头大汗又满身泥泞,而刚刚揉好的泥块随即就被孩子们一抢而空。他们坐在地上开始想象,怎样才能捏出各自心中喜爱的造型。我抽身去小河边清洗手脚。

这边,帮金开始搓泥团,准备捏一只画眉。次结抬头寻望天空,他想捏一只飞翔的岩鹰。其加见帮金捏画眉,跟着也要捏一只,但是手却有些笨拙,总也捏不好。帮金很自豪,主动当起了其加的小老师,对着他指指点点。好不容易,其加总算捏出一只画眉的模样来。

这时五娃子呢,小手泥糊糊的,正在摆弄泥团。孩子们各自忙活,没人理会他。他自个儿想象着,摆弄着,把泥块揉成皱巴巴的泥团,不知像个什么。抬头,他盯住身旁的洛桑扎西,见洛桑扎西正在捏泥人——这小娃的阿妈跟别人走了,再没回来,小娃可能是想念阿妈,正在捏一个阿妈的形象。聪明的小娃,手指灵巧得很,想象力也很丰富。他先是双手反复地揉搓泥块,捏出一根纤纤细细的泥柱。五娃子认真地盯着他的双手,见他又捏出两根短短的泥棍,再捏出一个圆溜溜的泥球。五娃子目不转睛地瞧着,只见洛桑扎西先是把泥球安插在泥柱的顶部,又把两根短短的泥棍分别插在泥柱的两侧,还找来几片圆形的树叶,贴在泥柱的中段。"这是阿妈的裙子!"洛桑扎西得意地跟五娃子介绍,一边把做好的泥人高高举起来,一会上,一会下,对五娃子说,"你看,我的阿妈在跳舞呢。"

五娃子目光变得紧切起来,随着洛桑扎西的手上下挥动,他的目光也在上下紧迫地晃动。他肯定是担心了——他紧张的目光像是在说:"洛桑,小心点,别摔坏了阿妈!"

但见一旁其加把头伸过头了,嘲笑洛桑扎西道:"什么阿妈嘛,你的阿妈是个瞎子。"

洛桑扎西朝其加叫起来:"我的阿妈不是瞎子!"

其加表现出一副不屑模样,问:"不是瞎子,那眼睛呢?"

洛桑扎西就盯住泥人看。果然是了,他忘了给阿妈装上眼睛。

当即小心地把泥人放在地上,抽身往河边跑,他要寻找那种像星星一样的小石子,做阿妈的眼睛。

洛桑扎西走后,五娃子连忙抓起小泥人,捧在手心里,看一阵,塞进自己的衣兜里了。

其加看得大笑起来,朝着河边叫喊:"洛桑洛桑,你的瞎子阿妈又跟人跑了,她不要你了!"

洛桑扎西紧忙抽身赶回来,愤恨的目光瞪着其加,但他更为愤恨的目光则在瞪住五娃子。

"拿出来!"洛桑扎西朝五娃子喊道。

五娃子把手护在衣兜上,不放手。

"拿出来!"洛桑扎西重复喊。

五娃子仍然不放手。

洛桑扎西又气又急,声音凶了起来:"你到底拿不拿?"

五娃子用双目瞪住洛桑扎西,把衣兜护得更紧,看样子肯定不想拿出来。洛桑扎西终是忍不住,纵身扑倒五娃子,浑身朝他压下去,左手掰开五娃子的手,右手插进五娃子衣兜里,强行夺回小泥人。举起来一看,小泥人还是好好的!确实,两个娃娃即使是在粗暴地争夺,他们同时也在小心地保护着小泥人。洛桑扎西庆幸地爬起身,一溜烟跑了,生怕五娃子起身后又要同他争夺。

五娃子确实是起身了,但却没有去追洛桑扎西,而是一头朝其加撞过去。因为正是其加的报信,才让他失去了小泥人,所以他一边叫嚷一边撕扯,只是顷刻工夫,就把其加和帮金捏出的画眉全给毁了!

其加先是被五娃子这突发的攻击给骇住,但等他反应过来,他立马跳了起来,把五娃子打倒在地。"你这个瓜娃子(傻子)!瓜娃子!"其加边骂边朝五娃子挥起拳头,正要揍他,但拳头还未落下,早被五娃子咬了一口。其加痛得"啊哟"一声滚在地上。这时五娃子的身体里像是钻进了一只小魔兽,那魔兽正在作祟,它怂恿五娃子疯狂地叫嚷、撕扯、捣毁一切——他竟把地面上娃娃们精心捏出的小动物全部毁掉了!

几乎所有孩子都在哇哇大叫,同时他们的拳头也像冰雹一样朝五娃子飞来。

当我从河边惊慌地赶到现场时,见五娃子已被几个大孩子摁倒在地。他面目泥黑,浑身是土,双手双脚正在痛苦地划动,像只被捕捉的螃蟹,嘴里发出尖锐的呼喊:"嘎玛!嘎玛!嘎玛!"

直到我一把推开大孩子,搂他在怀中,他仍在挣扎,仍在呼喊:"嘎玛!嘎玛!嘎玛!"

所有孩子都听不懂五娃子的话,他们怒视五娃子,双目喷出愤怒的火花。

"嘎玛!嘎玛!嘎玛!"五娃子在持续尖叫,并在我的怀中拼命挣扎。

"好,好,娃儿,嘎玛,嘎玛。"我只能顺着五娃子的呼喊安慰他。

"嘎玛!嘎玛!嘎玛!嘎玛!"五娃子更加尖厉地叫喊。

"好了娃儿,好了,嘎玛,嘎玛!"我陪着继续呼应。

五娃子身体里的小魔兽更加发狂,爆发一股怪异之力,让我来不及防护,他的双手就从我的怀中挣脱出来,反过来一把揪住我的头发,一边撕扯一边叫喊:"嘎玛!嘎玛!嘎玛!"

"嘎玛,嘎玛……"我仍然跟着呼应,同时双手更紧地抱住他,不敢松开,任他揪住头发,不觉痛,也不会有泪,只用力坚持,陪着他一起叫喊,"嘎玛,哦呀,嘎玛……"

孩子们见五娃子这么极端的举动,反倒被惊住了,一个个站在地上不敢出声。巴巴小孩捂着脸一直在哭。先是大声地哭,见大家都不出声,她的哭声才又小了。我听到这孩子一边哭一边在轻声地呼唤:"阿妈。阿妈。"这声音提醒了我:嘎玛——阿妈,五娃子是不是在呼唤他的阿妈呢?

其实这是所有孩子的天性,不管他们的阿妈是在地上还是天上,当苦难来临的时候,阿妈都会是孩子心中唯一的依靠。

我只能更紧切地抱住五娃子,贴着他的耳边叮咛:"哦呀好了,好了娃儿,嘎玛在这里——阿妈在这里呢!"

五娃子听我这么说,愣了一下,目光飘忽,依然叫一声:"嘎玛!"

"阿妈!"我纠正他。

"嘎——妈……"五娃子声音开始低落。

"哦呀,阿妈!"

五娃子小小双手随着我的声音,开始从我凌乱的发间缓缓滑落,伸向地面,抓起一团泥,递到我面前,"阿妈。"他说。

"哦呀阿妈,让我也来为你捏一个——阿妈!"我边说边快速接过泥团,放下五娃子,俯身跪到地上,一边搓揉泥团,一边问五娃子,"好吧娃儿,告诉我,你的眼睛是什么模样?"

五娃子朝我眨起了眼。

"哦呀,阿妈的眼睛,也是这个模样。"我说,手在迅速地转动,一边再问,"你的鼻梁是什么模样?"

五娃子指指自己的鼻子。

"哦呀,阿妈的鼻梁,也是这个模样。"我说,手更加迅速地转动,再问,"你的嘴唇是什么模样?"

五娃子朝我嘟起小嘴。

"哦呀,阿妈的嘴唇,也是这个模样。"我说,手已经飞速地转动,再问,"笑起来时,你是什么模样?"

五娃子不假思索地鼓起两边腮帮,小嘴角翘出了月牙的形状。

"哦呀,阿妈笑起来时,也是这个模样!"我说,抬起头,"好了娃儿,你看,阿妈在这里……"我举起做好的泥人,送到五娃子面前,"阿妈,这个是阿妈!"我说,把泥人放在五娃子手里。

五娃子瞧着泥人,发呆。

是哪里捏得不像呢?我心里在这么问。仔细想想,确实,五娃子对于阿妈的记忆,最为深刻的就是阿妈的脸上有只蝴蝶——那是一道由烫伤造成的蝴蝶形状的疤痕。我紧忙捏出一只小小蝴蝶的模样,粘在泥人的眼睛下方,一边说:"哦呀你看,蝴蝶……阿妈。"

五娃子脸上这才荡漾出真切的笑意。"嘎,玛。"他尝试地说一声。

"阿妈。"我教他。

"嘎……妈。"五娃子语速极慢,努力着。

"哦呀,嘎玛就是阿妈——蝴蝶阿妈!"

这是五娃子到桑伽小学以来第一次这么不好,幸好最终我稳住了他。抬头时,却见秋贞老师已经站在前方。他瞧瞧满地已被毁坏的泥塑,瞧瞧五娃子,瞧瞧我,瞧瞧四年级和二年级的孩子们——他们的目光中交混着愤怒、无奈、犹豫,和少许的妒忌、少许的失望,还有少许的感动——非常复杂的感觉,连秋贞、连我这样的大人也看不透。

秋贞的眼神里尽是担心。

"秋贞……"我招呼他,却不知接下来该说点什么。

秋贞就朝孩子们粗声粗气地喊开了:"都到河边去! 把身上的泥巴全部洗干净,洗不干净不准回学校!"

次结便带头朝河边跑去了。接着是帮金、达理、多吉,一个跟着一个。其加却不肯走。他不服,恨恨的目光盯住五娃子不放。看样子如果我不在,他还要继续和五娃子较量。

我只好拖上五娃子也到河边去。秋贞已经站在河水中。最小的孩子不敢下水,秋贞一手一个地抓住,帮忙清洗。他一边洗一边责备:"体育课也是课嘛,看你们,就像放牛一样!"

27. 糖果

洗干净后,我和秋贞领着孩子们回学校。这时,却见纳森已经等候在校门外。院墙旁,他的拖拉机像头粗犷的牦牛停在那里。孩子们一见纳森,一个个扑上去。其加和次结像两只猴子迅速爬上拖拉机。纳森紧忙招呼他俩："小娃子慢点！别踩着酥油和糌粑！"其加一边答应："哦呀！"一边抓住拖拉机扶手，"得驰得驰"地叫唤。纳森一旁笑道："小娃子，你这是在赶牛哇。"一边伸手在袋子里抓糖果。这位好心的阿哥，除了义务给学校搬运物资，每次到来，总也不忘给孩子们带些小食品——糖果、麻花或者饼干之类。今天他带来满满一袋子硬粒糖果，发给迫不及待的孩子们。

五娃子也得了几颗。但他吃得太快了，一次性塞进嘴里，嘎嘣嘎嘣就咬碎吞了，接着又朝纳森伸出小手。纳森看起来是多多心疼五娃子了，又多给了他几颗，外加一块饼干。一边抚摸五娃子的头，问："小娃子，可想到阿叔家去呢？你的庄孜阿妈想着你嘛。"

五娃子一听庄孜阿妈，愣了一下。我就用手指在他的眼睛下方画个圈圈，提醒说："娃儿，你看，蝴蝶阿妈。"

五娃子果然记起来了，目光闪亮，仿佛已有一只蝴蝶飞舞在他面前，嘴里喊了起来："蝴蝶阿妈。"

我们欢腾着，簇拥着，把纳森请进校园里。卸下粮食后，秋贞把孩子们都安排回宿舍去。之后他笑着请求纳森："阿哥，今晚你就住在学校里嘛！"

纳森并不想住学校，他想返回他的草场。但听秋贞又在竭力诱惑："阿哥你看，我这里还有好酒呢，是族长从那曲带回来的。"

纳森听说还有好酒——哥坝寨的男人都是见不得酒的——才勉强同意了。

晚上，秋贞煮了血肠，拿出好酒，又烧了酥油茶。吃完了，喝足了，秋贞才道出留下纳森的真实目的来："阿哥你看，明天正好是周六，我们都不上课。我想去一趟乡里，但没有车嘛，能不能借你的拖拉机？"

纳森想也没想就说："不行不行，我刚刚从乡里拉货过来。这一路太难走了，又那么远。"

"那如果是梅朵老师要去呢？"秋贞老师突然这么说。

叫我一惊，我什么时候跟他说过我想去乡里呢！

但等我俩目光那么一碰，彼此都心照不宣了。其实生活在桑伽草原，平时我和秋贞出行的理由都特别简单：到能够上网的乡里，和家里人视频一次。现在秋贞也已经一个月没有看到他的女伴和阿爸了。每次他只能趁着外出采购的机会，通过 QQ 和家人视频。但这次乡里让纳森把物资顺便捎来了，所以至少在这批物资用完之前，我们都没有机会去乡里。

而我算了下，我也是一个月没有给堪珠老师打电话了。这下正好可以去乡里，电话招呼他一下。因为马上就要放虫草假了。之前我是承诺过他，要趁着假期搜集文化。那就提前跟他说一声吧，好让他安心。

于是我便对纳森说："阿哥，是我想去呢。"

纳森听是我想去，有些不好拒绝，正准备点头答应。我突然又犹豫了。因为五娃子正坐在我的身边，我如何丢下他呢？另外，虽然明天是周六，多半孩子是要回家，但路途遥远和没有家的孩子一直是住校的，包括其加。

我只好对秋贞说："学校里得留个人看管才行，秋贞老师，这次

133

还是你先去吧。"

纳森一听是秋贞一人去,又不知要不要答应了。

秋贞一看就急了,站起身往外跑,一边说:"梅朵老师,你等我一下。"

秋贞跑上操场就朝着学生宿舍吹起了口哨。黑夜里,孩子们呼啦啦地跑出来。五娃子一听口哨声,撒腿跑了出去。我只好也跟出去。

"集合啦集合啦!"秋贞朝孩子们喊起来。

孩子们很快站好队,一个个充满好奇,不知秋贞老师要说什么。

秋贞在大声问:"哦呀娃儿们,白天纳森阿叔的糖果好吃吗?"

"好吃!"孩子们齐声答道。

"那还想不想再吃?"

"想!"

"那明天,我和梅朵老师再去一次乡里,给你们买糖果好不好?"

这时孩子们却答不出话了,相互对着眼,都以为是听错了话。还是机灵的帮金第一个答道:"好!"然后其加跟着响应:"好!"之后其他孩子几乎都在异口同声地喊:"好!好!"

只有五娃子不答话。因为他根本没在意大家说些什么。恍惚间,他的小小心思又完全被自己独有的世界包裹起来了——他在摆弄手里的"蝴蝶阿妈",那是白天我捏出来的小泥人。小河边的陶泥真是太神奇了,潮湿的时候特别黏手,一晾干又会变得特别硬朗,只差着一道火工的烧制,不然就会和珍贵的高原红陶一个模样了。

只见五娃子一边玩着"蝴蝶阿妈",一边在嘟喃:"我的眼睛,阿妈的模样。我的鼻子,阿妈的模样。我的嘴巴,阿妈的模样……"

我只好对秋贞说:"还是你先去吧。"我瞧着五娃子。

秋贞这一看也为难了。而五娃子谁也不理会,独自玩着泥人。

"算了秋贞老师,我下次啊。"我说,看见孩子们正在你望我,我望你。其加、帮金、次结,仨孩子正在交头接耳。秋贞呢,面色已略显伤感。真诚的青年,他的目光其实已在说话,在对我说:"如果你不去,纳森也不想去。可我是多么想听听远方的恋人,她的声音!"

这叫我心情纠结。

正此时,就见其加站出来,自告奋勇道:"老师,让我们大家来管着五娃子好了。次结、帮金,我们都商量好了!"

秋贞先是一阵惊喜,接着也有些不放心,严肃了语气问其加:"小娃子,你真的行吗?"

其加正经八百道:"只要你们晚上能够回来就行。晚上嘛,我们可不敢带着他睡觉!"

"晚上我们当然要赶回学校!"秋贞转脸问我,"梅朵老师,你看呢?"

我没回答,走到五娃子身边,蹲下身,伸手抚摸他的"蝴蝶阿妈"。

"哦呀,蝴蝶阿妈想不想吃糖果呢?"我轻轻问。

五娃子点头。

"那我明天去给蝴蝶阿妈买糖果好不好?"

五娃子点头。

"还要给蝴蝶阿妈买好多好多饼干,好不好?"

五娃子问:"是纳森阿爸那样的吗?"

"比纳森阿爸的饼干还要香,还要好吃!"

五娃子笑了。

"不过,明天你要留在学校里,和大家一起玩,好不好?"

五娃子抬头瞧瞧孩子们,他们都在朝他点头微笑呢。五娃子便小大人模样地回答:"哦呀!"

28. 天际亮起了一颗星斗

第二天一早,安顿好孩子们一天的伙食后,我和秋贞坐上纳森的拖拉机,我们沿着草原公路向前方行驶。越过一片片草坝子,两小时后,我们来到大吉的草场。原本因为赶路我们是不会去大吉家的,因为他家的帐篷并不在公路旁,还需要步行一段土路才能抵达。但远远地我们便看到,大吉的帐篷外拴着一匹白色大马,那正是桑伽族长的坐骑。肯定桑伽族长此刻正在大吉的帐篷里。

"既然族长在那里,我们就要过去问好,这是规矩!"纳森这样对我提醒。

我们三人就下了拖拉机,迈着恭敬的脚步,朝大吉的帐篷走去。

挨近帐篷的时候,我们就听到帐篷里传出歌声。大吉和族长正在一边喝酒一边大声唱歌呢。非常清晰也非常奇异的声音,钻进我的耳膜——

天际亮起了一颗星斗,

外出干活正是好时候;

渴望占领那个地方，

再平平安安返回家乡。

我从来没有听过这样的歌。而纳森这一听，面色突然收紧了，连忙朝我使眼色，包括秋贞。我们只好停住脚步，不敢轻易进帐篷。

这时帐篷里呢，两个男人歌声罢去，又开始畅饮。看样子都有些微醉。就听大吉带着试探的口气说："族长，我想问您一个事，肯定也有些冒犯吧。"

族长豪爽道："你问好了，什么都可以问。"

大吉就冷不防地冒出一句："扎西梅朵的班级里，那个不会笑的巴巴小孩，真是您的吗？"

族长这一听，突然打个喷嚏："啊切！"满口酒水喷了出来。大吉被喷得一脸酒渍，他紧忙起身拿抹布，一边擦脸一边把话题绕过去，又问："族长，马上就是虫草季节，您又要忙着收购虫草了。听说裹坝那边的达达家，他们收购的货源多多有了！"

族长把酒碗咕咚一下放到锅庄上，不答话。

大吉紧跟着提醒："去年他们把收购的地盘扩张了很多！"

族长恶声恶气地责备大吉："别跟我提达达家！"

大吉顿了下，自顾道："您不提我也得提，达达家和我们家有仇怨，我可忘不了！"

族长开始自个儿倒酒，自个儿喝下一碗。大吉也跟着倒一碗，喝了。二人赌气一样地喝过一阵。醉意汹汹时，大吉开始感叹："族长，您可是我们桑伽草原的领头人哪！"

族长满意地点头。对他来说，大吉这个说法倒也毫不虚夸。

大吉就道："您随便说一句话，对我大吉都是一种力量！"

族长继续点头。

大吉见此，先是双目放光，接着却又顾虑重重："真要是下定决心，没有我大吉做不成的事！就是我的阿弟其加，让我有些不放心！"

族长酒碗一搁，手往大腿上一拍："怕什么！就算你出事，其加娃我也会管着！"

大吉这一听，连忙朝族长作揖，感激道："族长，有您这话，我大吉放心了！"

帐篷外，纳森紧忙拉着我离开。反身走出很远的路，之后才听纳森打起一个响亮的口哨，我们这才佯装大模大样，朝大吉的帐篷走去。

帐篷里，大吉已经站起身来，正要出帐篷。一见是我们，反倒又一屁股坐下去。桑伽族长酒量大，这会子并没有醉。他热情地起身，招呼我们坐下，一起喝。并指着锅庄上的下酒菜吩咐大吉："你嘛，拿只袋子来，把碗里的牛肉给扎西梅朵装上，她喜爱这个！"

我就不知说什么好了。族长的心豪放又细致，让人感动，但是他俩刚才那一番话，微妙又混乱，听得我稀里糊涂，他们到底在谈些什么？

大吉已经在打包，边装牛肉边对我说："扎西梅朵，我也要跟你说个事嘛。到这次虫草假过后，我们阿弟其加就不去学校了。"

"为什么？"我十分吃惊。

大吉实在道:"我是不想让他上学。"

"那怎么行嘛,我们不是拿人品保证过了,你说学校里只要有我,你就让其加上学! 你还说,要一百万一千万地支持我!"我严肃地说。

大吉被我的话给堵住了,朝我张着嘴,回不出话。

这时族长开始起身调解:"大吉,你要是也拿人品说过了,你就不能食言。你看吧,扎西梅朵当初也是拿人品保证的,所以她才留下来!"

大吉没办法了,只好道:"不单是人品需要保证,族长的话我也应该听嘛。"

族长开心地笑了,朝我们招手:"都坐下吧,你们也来好好喝一杯。"

29. 帐篷里飞进一串笑声

这么说时,就听帐篷里飞进一阵爽朗的笑声:"啊哈! 我齐麦也进来喝一杯!"

话声落下,齐麦乡长高大的身子就扑进帐篷来了。

我们都毕恭毕敬地站起来,包括族长。大吉显得有些受宠若惊,把齐麦乡长请到最里面坐下。

"乡……乡长,您又来帐篷了啊!"大吉说得有点慌乱。

族长立马纠正他:"怎么叫又来了,乡长这是关心你们家!"

齐麦乡长只是笑,坐下来。满满地喝了一碗酥油茶后,才发话:

"我嘛,直到你大吉家把酥油当成糌粑吃,把牛肉当成土豆吃,我就不来了!"

族长早已明白乡长来意,感激地说:"乡长辛苦嘛,我知道您这是带着任务过来。之前是那个……教育扶贫,终于请来了好心的梅朵老师,不知接下来又是什么扶贫?"

"产业扶贫。"齐麦乡长干脆地回答。

一旁大吉试探地询问:"乡长,什么是产业扶贫?"

齐麦乡长没有直接回答大吉,却在问他:"你家现在有多少头牦牛?"

大吉双手一展:"您知道嘛,我们这个草场地势太高了,草种不好,牦牛没得吃的。我们家多也没有,就十几头牦牛,又多是公牛和小牛,能挤奶的也就六七头。"

齐麦乡长点头应话:"就是!桑伽草场地势太高了,不适合生活,草场下方的山窝子地势低,水草好,搬到那里才是最好的。现在国家政策又这么好,扶持牧民搬迁,房子都盖好了,学校也是现成的,就等着我们搬过去!"齐麦乡长说到这里时,用眼睛瞄一下族长。

族长当然知道齐麦乡长这是说给他听的,低头只管喝酒,就是不接话。

齐麦乡长自顾笑一下,这才开始解释大吉刚才提出的问话:"你刚才说的公牛小牛和奶牛,在你看来,就只有奶牛才是实用的、才有价值,是不是?"

"哦呀!"大吉回答,瞧着乡长,不明白乡长想说什么。

"产业扶贫上草原,就会让所有的牛都变得有价值——国家对

140

于贫困地区的草场,草种和草籽的种植都有资金补贴,这些补贴会让草场变得更丰盛。水草好,小牛就会长得更快,母牛的奶水就会更加丰足,公牛也会长得更加强健。产业扶贫,就是以经济效益为主导,带领牧民因地制宜,进行产业开发,说白了就是多养牦牛。比如你大吉家,现在你家只有十几头牦牛,以后政府会补贴你资金,帮你提升草场的草质,再帮你去买母牛,配种多生小牛,未来你家就会有几十头、上百头牛。公牛可以做成原生态的健康牛肉,母牛可以挤奶做酥油、奶酪、奶糖,卖出去。再说白一点,就是过去你家的牛都是小量的,只够自家生活,现在由政府出资金进行扶持,就是大量的,不但满足自家吃,还要增添很多,这增添的就可以卖出去——今后嘛,政府将会从养牛到出售一条龙负责到底。你个人,只需要出力做事就可以了。”

乡长这么细致的解说,精明的大吉早就听懂了。他先是看了看族长,见他低头喝酒没反应,就不好意思发表自己的感想,眼珠子一转,挑了个不明白的话题问乡长:“您刚才说的‘因地’什么?是啥意思?”

“因地制宜。”齐麦乡长回答,却把目光投向我了,“扎西梅朵,这个因地制宜你是懂的,你来和大吉说说……”话到这里,乡长却又突然“哎呀!”一声,转口这么说,“大吉不提这个我差点就忘了,扎西梅朵,在这里见到你最好,我也正想到学校去找你!”

“有什么事,您请说。”

“学校马上就要放虫草假了吧?”

“是的。”

"上次听你说,虫草假期间,你要下乡去搜集哥坝和裹坝的宗族文化?"

"是,我今天到乡里去,正是要给文化委的堪珠老师打电话,汇报这个事。"

"那正好还有一事,我想找你谈谈。"

"请您直说。"

"都知道嘛,大凡还能保存下来的文化,都是藏在深山大谷中的,你要去的地方也正是这样。恰恰也是这些地方,位置偏远,交通不便,是我们脱贫攻坚的重点区域。你看,我们这个乡地域宽广,人口分散,脱贫攻坚的难度非常大!乡里的工作人员已经全部下到基层,但就跟县文化委一样,都是赶在脱贫攻坚的重要时刻,人员紧缺,我们乡也是。你看,本来到大吉家走访,这个事是由我手下的基层干部在做,但我这个乡长都亲自下来了,就因为人手不够嘛。"

"乡长,您是说……"我已经猜到乡长要说什么了。

但语出一半就被乡长急切地打断:"对!脱贫攻坚的主要地段就是深山大谷和远牧点。这些区域地貌复杂,往往同一个片区,地貌却完全不同,生活也不一样,致贫的原因和脱贫的方法更不一样。就像我们乡的格子卡村,峡谷底端是农区,针对农区的扶贫就是开发林下产业,比如采摘野生菌子、看养香猪藏鸡;但爬上它的山顶,到纯牧区,就只有看养牛羊、挖虫草贝母了。刚才我说的因地制宜,就是指这个。"

大吉在一旁笑起来,插话:"原来因地制宜是这么个意思!"

乡长对大吉道:"别打断我的话嘛。"他继续对我说,"所以扎西梅朵,要想做到脱真贫、真脱贫,就需要先针对每个不同地区的贫困人口进行排查摸底,弄清贫困人家到底是因为什么致贫,要怎样脱贫,又怎样防止返贫。先要完成这个摸底统计,之后才是针对不同的致贫情况,注入不同的政策扶持,进行实质性的脱贫攻坚。"

"那就是说,对于贫困户,政府不再是一味地只给补贴,贫困户也不再是一味地跟着依赖,而是要从过去的被动等待,变成主动自救,是这样吧?"我说。

"对!"齐麦乡长朝我投来赞许的目光,"这是扶贫的根本目标。我这次要找你,想请你一起协助做这个工作。"

"哦呀,这个想法确实不错呢。"我回应乡长,陷入沉思。

其实,以我多年在草原的生活经验,作为学生的老师,如果我以家访的名义进入牧民家进行扶贫摸底,肯定会比政府人员的效率更高一些,也更能看到实情。确实,搜集文化,走访学生,扶贫摸底,这都是需要进入牧民人家,都是顺道,也算是一举三得吧。唯一的遗憾就是搜集文化的步伐,可能又要缓慢一些了。

齐麦乡长像是看出了我的这个心思,便在解释:"我知道这可能会影响搜集文化的速度,要不明天我给堪珠主任打个电话,跟他商量一下?"

"还是让我自己跟他说吧,反正我是要去乡里上网呢。"我说。

齐麦乡长一听我要到乡里上网,热情地介绍:"快了,现在你们学校还不能上网,但国家电网已经架设到桑伽乡附近了。要不了多久,桑伽小学也会有网络,到时你们就不用跑这么远上网。"

"那真是太好啦!"听说学校未来可以上网,我劲头十足。

却听齐麦乡长在招呼纳森："你要是有事就先回去,扎西梅朵可以坐乡里的车,正好顺便到我办公室拿一份脱贫文件。"

纳森问:"那回程怎么办?"

齐麦乡长笑道:"她这是在配合政府做事,就要由政府的车送回嘛,你放心。"

30. 偏袒

我和秋贞到乡里上网、办事,又被齐麦乡长留在办公室介绍扶贫摸底的事宜,直到夜幕降临才返回学校。这时孩子们已经回宿舍去了,校园里一片安静。秋贞忙着钻进自己的屋子,是要赶着写日记呢。每次和女伴视频回来,他都要细细地记录他的思念和感想。我也回到自个儿宿舍,放下背包,点亮灯盏,却不见五娃子。他肯定是被孩子们带进学生宿舍了吧。我反身去宿舍。在路过学校的小仓库时,却听到里面有声响,像是有一排牙齿在细细碎碎地咬着东西。难道是老鼠? 不会。因为里面堆放着粮食,我们的小仓库完全是密封的。只是为了提取方便,平时小仓库并不上锁。但库门两侧都装有强力弹簧,紧紧地闭合,校园里的流浪狗根本动不了它。另外库门的板面上也装有一条铁锁链,平时都是用一根木栓紧紧地拴着。现在看来也是拴得好好的,并没有被打开。

那会是什么在里面? 我一阵心紧,轻轻地挨近门口,侧耳细听,又像什么也没了。等我放步离开,却又听到细细碎碎的声响。这让我不得不抽出木栓,用力推开库门,手电筒四下一照,却发现竟是五娃子！他一个人呆头呆脑地卧在黑暗深处——他是被关在了这里！他肯定是经受了漫长的挣扎过程，痛苦地扑腾，最后没劲了，才卧在这样的黑暗里！看他口里淋着唾液，他肯定是饿极了，正捧着一块方便面往嘴里塞，咀嚼着，发出细碎的声响。他像是不认得我了，见我那么刺眼的手电在他的身边晃动，他没反应；更没像往常那样，看见我就会扑上来，哭闹，折腾——他像是没有了这个精神，除了机械地往口里塞吃的，他的眼神是呆滞的，和身边的黑暗混在一起。

我扑身上前，一把搂过他，却像是搂过一件邋遢的氆氇袍子。

抱着五娃子回屋里，浑身上下细细看。见他的一双小手已经染上血痕，一只指甲也有脱落的倾向。在被塞进仓库后，他肯定是做过长久的挣扎，抓门窗，抓墙壁，他想跑出来。但库门已被大孩子插上了木栓，他出不来！这样的过程又是多久？是从我离开后就被送进去了吗？那又是谁？是哪个孩子要这么做？帮金？次结？其加？我注视五娃子，很长时间不敢把目光移开，生怕一移开这孩子就会被黑暗吞噬了。我轻轻地拍着他的身子，脸面贴在他的小脸上。这么瘦弱的孩子，从来也胖不起来，吃多少也胖不起来。他的小手里还捏着一块没有吃完的方便面。这一整天他就在吃这个吗？没有水，他又怎么咽得下？是的，我要为他烧个酥油茶。"娃，等下再吃好吗，阿妈来烧茶。"我说。五娃子不点头也不摇头。小身子软软的，你把他放在哪里，他会卧在哪里。他从来没有这么听话过！可能是经久的扑腾叫他的体力耗尽了，无力折腾了。还有饥饿和惊吓，也拖走了他的魂魄。

我只能生火烧茶。多多的牛奶放进去，多多的酥油放进去。还有香喷喷的麻花、亮晶晶的糖果、新鲜的坨坨肉,全都摆在锅庄的台面上。五娃子卧在锅庄旁的椅子里,盯着台面上的糖果。锅庄的灶口里抽着火苗,一闪一闪地。是这一闪一闪的光芒温暖了五娃子的目光呢,还是他终究想起来,台面上的糖果是我专门买给他的"蝴蝶阿妈"的?五娃子开始缓缓抬起手,从衣兜里摸出小泥人,嘴唇嚅动着,说:"嘎玛。"

"哦呀。嘎玛——阿妈——阿妈的酥油茶也烧好了,我们先喝茶,先把身子暖和了,再和蝴蝶阿妈一起吃糖果,好不好?"

五娃子缓缓点头。

"哦呀喝吧,喝完我们就吃糖果。还有麻花、新鲜的坨坨肉。你看这坨坨肉,只是大吉家送了一点点。你的纳森阿叔、秋贞老师,都舍不得吃,让我带给你。他们都是这么爱你……哦呀,今后,我再不会这么丢下你了……"我在自顾喃喃,一边喂着五娃子吃东西。

这时,就感觉窗外有几双眼睛在盯着我们。还听到有人在小声嘀咕:"她就是对五娃子特别好,还给他吃坨坨肉,真偏心!"

是其加的声音,我听出来了。

不理会,我在耐心地陪着五娃子。直到他吃得饱饱的,安静地闭上眼睛,睡去了,我才轻轻地抱他到床上,盖好被褥,吹了灯。

之后我再出门寻望,窗外什么也没有了。我抽身往学生宿舍走。打开门,却不见学生。但我分明听见宿舍外的后墙有声音。是孩子们害怕被我责骂,躲起来了!

我转身追过去,朝着那个声源喊:"都给我出来。其加!帮金!次结!"

帮金就从后墙出来了。

"帮金,我临走是怎么说的,要把五娃子照顾好。你们不是也答应了? 为什么还要把他关在仓库里? 还让他吃干方便面! 他一整天都在吃这个吗?"我厉声责问帮金。

帮金满脸委屈,噘着小嘴扭身望后面。

"你说,那是谁的主意?"我的责问声越来越大。

帮金不敢回答,抹着眼哭起来。

"说吧,不说难道就是你做的?"我故意激发帮金。

果然帮金见我冤枉她,只得说了:"老师,不是我,是其加。"

"其加? 是吗!"其实我心中早已断定是其加,但我必须把事情的原委认真地查清楚,"其加为什么要这样做?"

帮金断续地回答:"他……他说我们都是娃娃,我们都有玩的权利。五娃子太难管了。白天他到处跑,我们管不住他。其加说,要是我们想好好玩耍,就得把他锁起来,不然我们也玩不成。"

"其加!"我开始朝墙后叫喊,"其加你出来,站出来!"

墙后没动静,其加肯定在后面,但他不出来。

"其加,亏你还是大娃子,白天不是你主动说,要带好五娃子吗!"

其加就从墙后跑出来了,解释:"老师,我当时只是想关一会儿就放出来。没想到后来我们玩得大了,就把他忘了。"

"什么? 一个大活人,你竟给忘了?"

其加低着头,有点不服,口里在嘀咕着。

"你在嘀咕什么?"

其加又不出声了。

"你嘀咕什么,是不是你还以为自己对了?"

其加就回道:"五娃子不还是活的嘛,又没死。"

这么发狠的话,这个孩子也能说得出口,真叫我又气又急。

"其加,你这说的是什么道理?"我的语气越发凶起来。

其加却不怕,与我理论:"要说道理,老师,你平时不是说过一个道理嘛,你说我们娃娃是大地的种子,各人都有自由,都有自己的天地。让我们看管五娃子,我们就没有自己的天地了!"

其加这一说,猛然间把我惊到了。

确实,我曾经是给孩子们说过类似的意思。但我的原话是这样:孩子本是上苍赐予大地的礼物,大地是孩子自由快乐的园地。在这方园地上,孩子有着自己单纯又奇异的思想,和与之相应的生活空间。这个空间,外人是不能轻易去占用的。

这么说来,我似乎是被自己曾经说过的话给堵住了。

这让其加更得理了,他开始翻出陈年老账:"老师,你就是偏心,偏爱五娃子!那一次体育课,五娃子把我们的泥人全毁坏了。你过来时却不责怪五娃子,反倒帮他再捏一个。我们的都被他摔坏了,你为什么不帮我们也捏一个!那我们还是不是你的娃娃?"

一旁帮金听完其加的话,觉得有了底气,连忙跑到其加那边去了。还有次结、多吉、达理、八珠等小孩,他们混着夜幕也都挤到其加那边去,等待我的答复。

这又叫我怎么回答呢。

是啊,他们到底是不是我的孩子?如果不是,我为什么要留在这里？如果是，我又如何能跟小小的孩子们解释五娃子的身体状况——若我的回答不够圆满，就会在孩子们的心间落下一层迷雾，那以后还怎么面对孩子，教育他们？

这个夜晚，疲惫和纠结几乎占据了我的大脑，另外就是对于五娃子的担心——担心他受刺激过后，醒来时不能恢复常态。这样的关键时刻，若他醒来，而我又不在他的身边，他那身体里的小魔兽是不是又要跳出来作祟？

这担忧一出脑际，我就来不及想别的了，需要尽快回宿舍去。所以我一边转身一边招呼孩子们："好吧，这个我们明天再说，现在都回去睡觉！"

31. 内心深处，那些暗藏

第二天是周日，没有课。前一天坐拖拉机，颠得我浑身腰酸背痛，只好卧在床上多睡了一会。五娃子却在床上扭动着小身子，不睡觉。像往常一样，他自己歪歪扭扭地穿上衣服，就摸到门外玩耍去了。

等我起床时，看秋贞的屋子还是门窗紧闭，他定在呼呼大睡。我站在校园门口喊五娃子，不见他答应，心想，肯定是跟随大孩子去了厨房。周末我们的早餐也会非常简单，烧个清茶，吃个糌粑就完了。这样的活路通常是由大孩子自己来做。我就朝厨房走去。却不见五娃子，其加和次结也不见。只有帮金和巴巴两个女孩在里面，正准备生火烧茶。帮金见我进来，低头不语。

"帮金,你的阿哥呢?"我问她。

帮金不回答。

"其加和五娃子呢?"我复问。

帮金仍不回答。

我就询问老实的巴巴:"你说吧,他们都去哪里了?"

巴巴瞟一眼帮金,不敢说。

"巴巴,你说嘛。"我在催她,同时心里也有些着急。两个孩子都选择回避,肯定是有些不对劲的。我看巴巴其实很想说出来,她晃荡的眼神是这样表达的,但看到帮金一直低头不语,她就不敢说了。

这可不行!只要是涉及五娃子的事,我的耐心总是有限的。我开始大声责问巴巴:"你是知道的,对不对?"

巴巴胆怯地点头,又摇头。

"知道就说吧。"

巴巴又摇头。

"不知道?还是害怕说出来?"我逼问巴巴。见她像是点头,又像是摇头,真叫我看得乱了。心头爬出一丝不祥,我越发急躁起来,出口就没了好气:"巴巴,别总是点头又摇头,你不会用嘴巴说话吗?"

巴巴就再也不点头,也不摇头了,小脸深深地埋在衣领里,任凭我怎么问,就是不说话。这叫我急火攻心,最终没能忍住,突然地,我这么对巴巴道:"为什么不说话,难道你真是个哑巴?"

这话一出口我就后悔了——到底我都怎么了,为什么一遇上和五娃子相关的事,我就会乱失方寸?正如孩子们所说的那样:隐讳,偏袒,溺爱,丧失理智。巴巴从未经受我这么粗暴的质问,已是捂起小脸,呜呜地哭起来。

帮金见巴巴哭泣,面色紧张了。她知道巴巴平日很少说话,但如果说话也从不会说谎,只好主动说:"老师,五娃子是被其加和次结带走了。"

"去了哪里?"我慌慌问。

帮金吞吞吐吐道:"其加说……说要带他到河边再捏一个……蝴蝶阿妈。"

我一惊,抽身朝校园外跑去。

这时,三个孩子正站在河边的沟渠里。其加和次结原本是想强制拖五娃子过来,但因为害怕五娃子身体里的小魔兽会随时发作,那样就控制不住,只好用哄骗的方式把五娃子带到沟渠里。他们站在泥堆前——正是前天被五娃子捣毁的泥巴残迹。其加附着次结的耳边说话,像在计划着什么。之后次结便哄五娃子去抓泥巴,说:"五娃,你把地上的泥巴抓起来,我们就会给你再捏一个蝴蝶阿妈,比梅朵老师捏的还要好看!"

五娃子一听蝴蝶阿妈,脸上漾出笑意,弯下腰身,正准备抓泥,次结却用力把五娃子往泥堆上一推,其加立马跟着骑到五娃子身上去。五娃子这才反应过来,想反抗,但被其加板板实实地压住,浑身陷在泥堆里,使不上劲。其加用整个身子夹住五娃子,一手揪住五娃子头发,大声叫嚷:"瓜娃子,你起来呀!我看你再发疯,再捣毁我的画眉!"一手抓起一把泥,朝着五娃子的脸面抹下去,"我叫你捣毁!捣毁！捣毁！"只在瞬间，五娃子的脸就被泥巴糊得看不见眼睛。

次结这一见，又担心了，提醒其加："我们这样做，会不会叫他死了呢？"

"他是傻子，不知道死的意思！"其加开始吩咐次结，"你去，捡几块石头来，让他吃！让他吃！看看是什么味道——是不是坨坨肉的味道！"

其加更紧地揪住五娃子头发不放，把他脸面翻起来，冲着叫嚷："你这个瓜娃，你以为梅朵老师单单给你吃坨坨肉，就是爱护你吗？那么，为什么她一有事就会丢下你？她要是去重要的地方，就不会带上你——怎么带上你嘛，也像你捣毁我的画眉一样，让你破坏她去办事？怎么可以嘛！连我们都不是她的娃娃，你怎么可以是她的娃娃！我还听大人说，她还想把你送到汉地一个特别的地方（医院），听说那里会吸收人的神气（精气），让人变成一个傻子，你可知道？哦呀，你当然不知道，因为你就是一个傻子嘛！"

五娃子肯定看不到此刻其加愤怒的面相，也听不到其加愤怒的声音，因为他的眼睛和耳朵完全被泥巴给糊住了。但这些话我都听到了！在我的脚步到达河边的时候，我清晰地听到了这些！

其加的话对于五娃子，也许只是一次报复性的怒骂，但对于我，句句都是刀口，句句都是针尖！突然地，我被一个孩子愤怒的语言拖进深渊里了。回想过去，我是怎样相待五娃子的？难道我不是有事就会把他丢下？难道我不是经常搬出堪珠老师的话——他是大地的孩子，就像一棵草儿，放在哪里都可以生长——我把这话变成我坚实的借口，借它聊以自慰，因此心安理得，可以随时随地丢下五娃子？

我确实是这么做了,难道不是吗?!

可是其加小孩现在撕开的,除了我心灵深处埋伏的自私,还有我教育中的失败——他们都是我的孩子,但他们却在相互伤害!

我朝前方奔去,一把抓起其加,翻过他的脸,跟着就是一巴掌。这一巴掌确实有些重了,其加的脸上瞬间就映出五根紫红的指印。但最严重的是,他的嘴里同时也流出了鲜血,像是有一颗牙被打断了!其加开始还没反应,但等他伸手往嘴里一摸,突然就蹦了起来,拔腿跑了。

我不想追他,因为五娃子还倒在泥堆里。我要抱住这个孩子,不管接下来这孩子身体里的小魔兽会不会发作,我现在所能做的就是紧紧地抱住他——让我也同他一样,浑身沾满泥污,然后我会告诉他:"娃子你看,其加这只是在和我们玩游戏呢,他把我也变成了这样——和你一样!你看看,你看看,我也和你一个模样嘛……"

同时,我抓起一把泥抹在自己脸上。

同时,我又朝一旁发蒙的次结发话:"娃子,你怎么还不过来呢,我们一起玩泥巴,一起打泥仗呀!"

次结犹豫着。

"哦呀,来吧次结,让我们一起打泥仗!"我朝次结使眼色,暗示他。

次结就反应过来了,跟着也抓起一把泥抹在脸上。

五娃子望望自己,望望我,再望望次结,见我们都是一身泥,和他一样。这像是真正在打泥仗了。五娃子想想,神情犹疑不定。

次结好聪明,又一头滚到泥堆上。等他爬起来,他就变成了一个大泥人。五娃子这一瞧,突然咧着嘴笑开了。次结这才摸到我身边来,悄声问:"老师,我都成了这个模样,五娃子应该相信了吧?"

我的泪混着泥污爬出眼角,朝次结点头:"娃子,你太棒了……"

我们就真的玩起来了。在泥堆上打滚,相互丢泥巴,打泥仗。直到午饭时分,我才拉上两个孩子去小河边,清洗一身泥污。

32. 争执

经刚才那一番折腾,在返回学校的途中我们都有些饿了。为赶着吃午饭,次结有些迫不及待,拉着五娃子避开平缓的弯道,直接迎着一条近路跑上去。那其实是一道陡峭的坡坎,小孩子手脚总归灵活,还没等我阻止,他俩已经爬到了顶端,站在上面等着我呢。我只好跟着小心地往上爬。费了好大气力,好不容易气喘吁吁地爬上去,这时,就看到了大吉,领着其加堵住我们的去路。

"你为什么要打我阿弟?"大吉冲着我质问,平时的那种嬉笑神色完全不见。

"你问他自己吧!"我说,同时又想起,刚才其加的口里冒出血了,这让我有些担心。"其加你过来,让我看看你的嘴。"我朝其加招手。

大吉把其加往身后一拖,火冲冲地道:"看什么? 打都打了,你还想再打一次?"

这话说得可就有些蛮横了,我睁大眼睛看着大吉,提醒他:"你这是怎么说话呢!"

大吉则以为我是在朝他瞪眼睛,便大声强调:"看看,看看,你这

154

个模样,还是想打人嘛!"

叫我又好气又好笑。我如果真想打人,也不敢在彪悍的大吉面前动手吧。看来这大吉是别有用心,他是成心找我衅事来了。那就不能太迁就他,不能被他牵着鼻子走。

于是我直言:"大吉,我记得上次在你的帐篷你就说过,不让其加上学。现在你来,是不是正想为这事寻找借口?"

当然,大吉肯定是奔着这个目的来的,但被我这么揭穿,他男人的颜面就有些过不去了。但见他忽地恼羞成怒,朝我嚷起来:"我们这里是男人说话的地方,想说什么就说什么。和一个女人说话,不需要找借口。我来,就是要找你问一件事——作为老师,你为什么打学生!当初你拿人品保证,你要当其加的老师,但是我怎么会知道,你胆子这么大,还要打人!"

这大吉,他竟然在拿我的人品说话!又这么断章取义,一口咬住打人的事不放。看来不和他做一场较量,也是躲不过去了。我只好回击他:"我打人是不对,但你的阿弟胆子更大,他都侵犯天地了!"

大吉不明白:"他什么时候侵犯了天地?"

我把五娃子往前一推:"堪珠老师说了,他是大地的孩子。其加欺负他,不是间接侵犯了天地吗?"

这样的理论,更有一种斗智斗勇的意味,倒叫大吉一时答不上话了。而我也突然一惊。刚刚我还反感大吉在拿人品说事,"他是大地的孩子",瞧,现在我竟也拿出这句话来与人吵架了!对我来说,这句话,真不愧是一个包含着自我安慰、自我借口、自我防御的保护伞啊!这让我不免有些心虚。

心虚,同时心里又堵得慌——困惑与悲伤同时侵袭心灵——为了保护一个孩子,我正在伤害许多孩子。接下来,我就不知怎样才能与大吉继续理论、说服他,也不知怎样才能圆满地维护双双受伤的孩子。

当我陷入这样的自我拷问中时,大吉便借此寻到了反击的机会,他突然这么说:"什么大地的孩子,他就是一个瓜娃!"

"你说什么!"我厉声斥问大吉。如果单纯因为孩子之间的矛盾,我还可以慢慢说服自己,但大吉是大人,他为什么也要这样伤害一个孩子?!

"你再说一遍!"我睁大双目,这回是真的瞪上他了。

"再说怎么了?"大吉狡黠地反问。

"再说我就……"我转身望一眼脚下陡峭的坡坎,为了向大吉表明我对五娃子的尊重和爱,就像爱惜自己的生命一样,我指着坡坎——是的,我选择这样的方式,虽然有些偏激,但确实是被大吉的话给逼急了,"你信不信,我会从这里跳下去,只要五娃子让我跳!"

我的脚步已经在坡坎的边沿上打晃了。

大吉这才被骇住。其加也被我的举动惊到了,我听他在轻声又紧张地跟大吉说:"阿哥,我们道歉吧。"

大吉显得莫明其妙,问:"道歉什么?"

其加吞吞吐吐中提示:"之前是我……先动手打了五娃子,还说他是瓜娃。刚才,你也这么说了……"

大吉不以为然:"那又怎么样?"

其加担心道:"阿哥,你看老师那架势,说不定真会跳下去! 她当五娃子是命,你不害怕?"

第 四 篇

33. 六月的草原

在我和大吉发生争执之后，大吉就寻到借口把其加带走了，彻底不来学校。齐麦乡长吩咐桑伽族长前去劝导。但不知怎么的，最终没有结果。半个月后，大吉竟然卖掉草场上所有牦牛，带着其加离开了草原。我和齐麦乡长都以为，他这次是要远走他乡，不回来了。

但就在大吉走后半个月，有人却从那曲给我们捎来口信，说大吉卖掉牛群并不是想离开草原，而是要用卖牛的钱作为本金，在草原和那曲之间倒卖虫草。虫草多珍贵啊，上等的一斤要卖十几万呢。一无所有的大吉只能把牦牛全部卖了，才能操起虫草买卖。

六月，是桑伽草原上虫草盛产的季节，我们学校开始放一个月的虫草假。秋贞趁着长假匆忙赶回家去。学生娃有家的都回家，没家的也会被各自的亲戚带走。小娃娃眼睛尖亮，灵活得很，正是寻找虫草的最佳人选。所以这时候的学生娃可是草原上的"抢手货"，刚一放假就全被接走了。校园里顿时变得空空荡荡，除了我和五娃子。

当然，再过一天我俩也会离开学校，上纳森家的草场。因为这时节纳森家也会去挖虫草，我准备跟随他一起进山，深入走访当地牧民的生活。由于走访需要四处走动，既颠簸又不安全，我打算把五娃子暂时交给纳森的老婆，请她帮忙照顾——因为毕竟五娃子和纳森老婆第一次见面就很投缘嘛——免得拖着孩子东奔西走不安全。

这次，纳森听说我要搜集文化，竟然爽快地答应了。他领我前往一处叫作"列玛达娃"的山沟。这山沟正好处在哥坝寨和裹坝寨的分界线上。外界人总喜欢把哥坝人比作列玛（太阳），把裹坝人比作达娃（月亮），因此就顾名思义地称作"列玛达娃"了。沟中原本住有几十户人家，但这些年由于草场退化，很多人搬走了，留下的都是不想离开草原的人。

这期间，金卓玛突然神奇地来到了列玛达娃。一见我被晒得乌头黑面，她便哈哈大笑："啊哈哈，看你这节奏，是要嫁给列玛达娃吧，是哪位有福的阿哥把你迷住啦！"

"别开玩笑嘛，老板驾到，是不是帮我搜集文化来了？"我问。

"上次跟你说过的嘛，有空就要赶来帮你，我说话算数。"金卓玛认真地说。

我则盯住她窃笑了，凑近来问："这说话算数是真的，但肯定也有别的心思吧？"

金卓玛又笑起来:"哈,这都被你看出啦。"

"我都听堪珠老师说了,你想盘掉客栈,回草原竞选村官——现在你是不是想趁着搜集文化的机会,提前下乡体验生活呢?"

"被你说对啦。我金卓玛好歹也是大学生嘛。过去我的想法是要做好我们当地的旅游文化,所以才开客栈。但现在我的思想变啦,开客栈并不能发挥我的特长。我的理想是,要从最苦的地方一步一步往上做,最终要做成堪珠老师那样,处处被人尊称老师,而不是老板!"

"这个理想很不错嘛!但你怎么不去低海拔的地方,要来列玛达娃这么高的地方呢?"

"你不知道吧,列玛达娃下方是裹坝寨,原本就是我的家嘛。虽然我们现在的家是在西宁,但我的阿爸是在裹坝长大的,他结婚后才住到西宁去。因为我的阿妈是西宁人,我也就算不得是正宗的裹坝人了。但我的堂哥表姐们仍然生活在裹坝,所以接下来我们要搜集的宗族文化,就是我的家族文化嘛。"

"哦!那真是太好了!"听金卓玛这一说,我庆幸不已。本来我是指望纳森带我走访,但说真话,此时正值挖虫草的最佳季节,让纳森带路肯定会影响他家的挖虫收入。另外五娃子已经送到了纳森老婆那里,这其实已经在麻烦他们家了。这下既然有金卓玛,又有她阿爸和裹坝的这层关系,我就不用再烦劳纳森领路。确实,金卓玛的到来也算是救急来了。

34.坝子上的情歌唱起来

很快金卓玛就带我来到她堂哥的寨子。据金卓玛介绍,她的堂哥家有一位高龄的老祖母,两个姑母,一个舅舅,三个堂姐,两个堂哥,两个侄子,两个侄女,这上下四代人,共同住在一栋祖屋里,是典型的四世同堂的传统大家庭。这让我羡慕又好奇。金卓玛则一边走一边问我:"虫草假只有一个月时间,你是怎么分配的?"

"我想先针对襄坝地区的文化走访几天,之后就要投入齐麦乡长安排的扶贫摸底工作中去。"我说。

金卓玛想了想,建议:"襄坝的文化太丰富了,不管是民风民俗还是说唱艺术!这次时间这么短,我们就只能锁定其中的一项去走访。"

这么说时,我们就看到前方的寨子外围,有一块小小的草坝子,上面坐着几位青年,像是在那里聚会。一位青年正在唱歌,嗓音清脆,歌词朴实又俏皮——

> 最清最清的泉水,
> 来自雪山心间。
> 最美最美的花儿,
> 开在广阔草原。
> 最亲最爱的恋人,
> 约在山坡后面。
> 等我的牛羊睡着,

骑马与你相会。

金卓玛这一听,当即击掌叫好:"哈!我们就从裹坝的情歌开始走访吧。"

说话间,金卓玛的劲头上来了,便开始迎着那边的草坝子,亮起了歌喉——

> 急促的马铃声声清脆,
>
> 房前房后到处乱转。
>
> 只因阿妈抱怨叨唠,
>
> 不便出门与你相见。
>
> 倘若你是一头公牛,
>
> 夜半时分牛场会面,
>
> 除了此处别无他处。
>
> 除了天上的星月,
>
> 没有人知道这个约会。

这么俏皮的歌儿,金卓玛唱完,连她自己都忍俊不禁,笑起来了。

却听前方的青年很快就接应一首——

> 松柏枝叶兴旺,
>
> 树荫为谁投下?
>
> 杜鹃火红灿烂,
>
> 花香为谁留下?
>
> 情歌唱得不断,
>
> 心思为谁展放?

歌声落下,就见前方的青年在朝我们这边打起响亮的口哨。这是在暗示金卓玛,要快点接歌呢。

　　金卓玛毫不示弱,立马接应一首——

> 树荫留给姑娘,
>
> 让她稍稍歇下。
>
> 花香留给青年,
>
> 让他闻闻芳香。
>
> 歌声献给情人,
>
> 让他心花怒放。

　　金卓玛唱完,连忙招呼我:"搜集歌儿就是在这样的场面下进行的! 我有预感,今天我能听到更好的情歌! 快,你把纸笔拿出来。等我再来对应他们时,有好听的,你就赶快记下来!"

　　金卓玛便又亮开嗓门,朝前方唱了一首——

> 东边的山岭上,
>
> 姑娘我正在路口守望。
>
> 山路啊为什么这样长,
>
> 思念拖走了我的目光。
>
>
> 等人等到太阳落山,
>
> 天空飞翔的岩鹰啊,
>
> 你要是懂得姑娘我的心思,
>
> 就快快飞到山的那一边吧。

望望山的那一边，

我的小公牛是不是正在路上。

果然，金卓玛这招很管用，前方草坝子上的青年被金卓玛这样的歌声激起了兴趣，便你一首我一首，争先恐后地唱起来了。这也叫我们还在路途上，就已经搜集到五首陌生又好听的情歌。

"开门红！"对歌结束后，金卓玛兴奋地对我说，同时给我介绍，"那些唱歌的青年，基本都是有女伴的。那些歌儿嘛，是他们在约会中练出来的。"

"哦！虽然你从小就生活在外地，但我看你更像是一位裹坝姑娘！"我也是极其兴奋，真诚地发出感慨。

金卓玛骄傲地点头："那当然，我的血脉在裹坝嘛。"顿了下，又说，"也许未来我只会爱着一个人，守着一个人，并且不一定非得领证才会结婚。"

金卓玛这话说得又有点绕了，听得我有些糊涂。"不领结婚证，又要和一个人长久地守在一起，放心吗？可靠吗？"我问。

金卓玛笑起来："哈，这就是我们裹坝传统婚姻的奇妙之处嘛！虽然不怎么适合现在的主流社会，但总有一些可以借鉴的地方。当有一天，人类婚姻不再讲究身份、地位、金钱，而只以情感为基础的时候，人们对于婚姻才会发自内心地珍惜吧。"

35. 向着源头出发

再来说说大吉。以往在挖虫草的季节里，大吉和其加都会像其他牧民一样,整天趴在草地上寻找虫草。但自从卖掉牛群,离开草原到那曲后,大吉在那边深入了解虫草市场的行情,等他再次返回草原,就摇身一变,成了收购虫草的小老板。其加被大吉留在那曲。大吉是这样跟人解释的:他要把其加放在能够见识大世面的地方,学习交易虫草的经验,未来他们兄弟俩将会共同操起虫草买卖。

大吉揣着卖牛的钱回到列玛达娃收购虫草。这事并不好办。因为列玛达娃的大半虫草都是由裹坝寨人收购的,这买卖已经形成好多年,成了惯例,连桑伽族长也插不进去。桑伽族长只能收购自家牧民的虫草,所以每年的货源都是固定的。大吉自然不敢抢族长的生意,只能进入列玛达娃收购,这就和过去自家的对头——裹坝寨的达达家——搅在一起了。

在往年,列玛达娃的虫草至少有八成是由达达家收购。他们家已经同牧民们建立了长期的生意往来,牧民们当然不会随便把货卖给大吉了。大吉就想出办法,提高收购价格。这么一来,有些牧民就暗地里把虫草卖给大吉。这事不久就被达达家发现。达达家的主事人叫里拉,也就是金卓玛的堂哥。里拉得知后火冒三丈,当即就想起三十年前和大吉家的恩怨来。那时也是大吉家阿爸先侵犯了达达家——先是他们家的牦牛吃草越了界线,侵犯达达家的草场,之后是大吉家阿爸先越界打人。虽然最终吃亏的是大吉阿爸,但往深处探究,就不是打架的事,而是达达家的颜面,受到了严重的侵犯!

里拉想到这个,越发恼火,他就在草原上放出话了:从此别让我看到大吉,不然就像当年自家阿爸那样,饶不了他!

自然,这话很快就传到了大吉耳朵里。草原人放话,尤其是自家对头放话,那就跟下达战书一样,大吉不敢轻视,只能带着悲壮的心情离开草原。有人最后一次看到大吉是在那曲,他带着其加娃坐上长途汽车,去了远方。

其加就这样失学了,这叫我心情极为沉重。因为别的孩子失学,再怎么跑也是在自己的草原上,其加却流离在陌生地方,这对他未来的成长会不会有影响呢?

虫草假已经过去一周。针对裹坝地区的民歌搜集,在金卓玛的协助下收获很大,但齐麦乡长委托的扶贫走访任务却一个也没有完成。当年赤豹家和达达家的恩怨本来已是陈年往事,现在因为利益冲突,又翻起了旧账。看来齐麦乡长对桑伽乡的脱贫工作充满焦虑,是有原因的。我放下搜集工作,准备进入桑伽乡的特困扶贫点——格子卡村——进行摸底走访。格子卡又分上卡和下卡。两边处在同一片山脉中,属于高山峡谷型的垂直形地貌。上卡是高海拔的牧区,就是我们通常说的远牧点;下卡的峡谷则是农区,目前还不通公路。这个村的致贫原因各有根源。下卡的农区不通公路,几乎与外界隔绝;上卡的牧区草原存在大片湿地,湿地草丛丰美却不能利用,经常还有牦牛因为吃草陷进泥沼出不来,造成很大的财产损失。

金卓玛听说我要去格子卡,她对格子卡早有耳闻,便提出陪我同行。主要是格子卡的方言特别难懂,她怕我工作时沟通不畅,有她陪同翻译,会方便很多。而她也想通过这次实地走访,更为深入地体验一下当村官的感觉。由于格子卡山高路远,人口复杂,我们的扶贫摸底工作可能需要很多天才能完成,所以齐麦乡长准备亲自把我们送进村里,与当地村长交接一下。

36. 山岩绝谷

因为格子卡距离桑伽乡路途遥远,又不通公路,我们只能选择骑马。据齐麦乡长介绍,前往格子卡,快的话一天就能到达,慢就需要一天半。途中会穿越各种不同的高原地貌,森林、峡谷、草甸、河流、雪山、冰川等。乡长还说,不管幸运与否,沿途都不会孤单,总有一些小动物会伴着路程,斑羚、香獐、雪鸡、红雉,是最友好的伙伴。但如果遇上天险,再友好的伙伴也帮不上忙了。我问乡长途中会有几处天险。乡长说一般的小天险太多,数不清;不好通行的大天险有两处。一处隐蔽在原始丛林当中,是由一棵被雷电劈倒的大树倒下时形成的自然木桥,虽然不怎么好走,但桥底不是很深。"即使摔下去,也就是断个胳膊少条腿的,不会丧命。"乡长开玩笑说。另一处也是一座木桥,是由人工搭建,架在格子卡农区和牧区接壤处的一堵山崖间。木桥经常会断塌,原因很多,有时是被行马踩断,有时是被大风掀翻。

我,金卓玛,齐麦乡长和纳森,我们四人同行。纳森的加入,主要是因为我们借了他家的两匹烈马。本来是齐麦乡长骑一匹,我和金卓玛共骑一匹。但纳森知道格子卡的道路非常难走,他说担心他的两匹大马。其实我和金卓玛都知道,他主要是担心我们两个女子可能难以驾驭他的烈马。说白了,这位善良的阿哥是在担心我们的行程,有他护驾,我们会更安全。

我们在茫茫丛林中穿越了大半天,终于在下午走出丛林,进入一片旷大荒疏的天地。四周均是荒芜的大山,没有森林、灌木,草丛也很鲜见。大山一座挨着一座,放眼望去,所有山峰都是灰茫茫的。遍地尽是松散的砂石,无法取悦人的目光。但是延伸到远方去,在远方,那些连接着云雾的山峰呢,则像是晴朗的夏天里,高空中纤镂勾结的云幕,绵延起伏。其间泛出幽蓝色的、像烟雾一样神秘又混沌的博大光辉。很奇妙的感觉!仿佛也在印证着这样一个道理:你能看见的,都是轻易和无所谓的;只有看不见的地方才那么令人神往。正如脚下的山道,时隐时现在乱石丛中,无法看到尽头,给人带来一种神秘莫测的气势,让人好奇又心生敬畏。

这样的路程又走了两小时,我们终于来到临近格子卡的第二道天险。这道天险便是荒蛮大山与原始丛林的接壤之地。在我们这边,山路漫长,灰土弥漫,但只要越过天险,往山崖的那边再走一段路程,就挨近格子卡的农区边界了。齐麦乡长说,只要越过第二道天险,再翻过一道大山垭口,转到山的那一面去,就到了格子卡农区的中心地带。

"其实天险这边也是属于他们的地盘,你看那峡谷深处……"齐麦乡长指着大山的最底端,一条白亮河流旁的台地对我介绍,"那里有一些碉房,也是属于格子卡的一个家族。"

山太高了,峡谷太深了,河流像弯曲的凝固的液晶,看得不真切。而那台地上的碉房几乎和灰茫茫的大山混成一体,又有不断浮动的流雾遮挡,不注意根本看不到它。

我们的视线就又回到了原地。但我们却看到了最不想看到的——不知是哪一种原因,第二道天险上的木桥不见了!

纳森踌躇在山崖旁,低声询问齐麦乡长,要不要坚持过去。

"当然要过去,这还用问吗,我们就快到了!"齐麦乡长坚定地说。

我和金卓玛已经在仔细地观察路况。发现这第二道天险虽然险峻,但横跨两崖间的距离并不长,大约是一匹大马横过身子的宽度。只是,如果再往前迈出一步,伸头瞧那谷底,那又是无根无底了!

金卓玛这时显得很细心,她在向齐麦乡长打探策马奔腾,一次性飞越过去的可能性。这种事齐麦乡长本人是经常做的,前方格子卡中那些有胆识的男人也经常这样做。但对于我这样的外地女子,齐麦乡长没把握。

金卓玛神情犹豫,严谨地问我:"你到底行不行?"

"行!"我说。

金卓玛自己语气则显得有些紧张:"但我从没有这样的经历,要不是体验生活,我可不想冒险。"

"就是嘛,未来你要是当上村官,就要在乡下工作,这样的路迟早都要经历!"我安慰她说。

我们就摆好了架势。先是金卓玛,她提出由她先尝试,跳上纳森的大马,趴在男人的后背上,像一只壁虎紧紧地抱住她的骑士。即便这样,纳森仍然不放心,用力拍着金卓玛双手,发话:"扣紧扣紧! 要像藤条缠树那样!"

金卓玛不乏玩笑地回答:"已经在树干上生根了!"

纳森策马后退了一段路程——很长一段路程。在远处,他先是缓缓地抽打马鞭,待大马砸蹄奔跑时,猛然发出一声尖厉的吆喝:"啊呵呵——"快马加鞭,疾速奔腾。当下,只见那人那马,竟像一股飓风从我身旁呼啸而过。

没有勇气目睹,我迅速闭上眼去。当我睁开眼时,金卓玛和纳森早已不见踪影。

"难道掉下去了?!"我惊出一身冷汗。这时就听齐麦乡长在一旁招呼我:"你看,不怕,他们像岩鹰一样飞过去啦!"

我定神一看,见金卓玛和她的骑士早已安全地飞越天险。但由于大马奔腾的速度太快,惯性太大,他们直到很远的地方才能停下来。

见他们安全过关,我这里信心倍增。"哦呀,上吧!"我说,同时也像藤条缠树一样紧紧抱住齐麦乡长。但可能是前面大马奔腾过后,马蹄把对面的砂岩弄得松动起来,致使后面大马没有扎实的着落点。当我们的大马在飞越中搭上对面砂岩时,砂岩的松动导致大马站立不稳,前蹄已经着地,后蹄却被松动的沙土带动,突发下滑!

纳森站在前方惊叫:"乡长不能直冲!缰绳往左拉!快!快!斜道上来!"

齐麦乡长驾驭的经验也是多多有了,身手灵活,紧急把缰绳往左一拉。大马跟着缰绳转移的方向,奋力砸起前蹄,纵身一跃,朝左边坚固的砂岩奔腾而上。随着一声长嘶,伴着齐麦乡长惊喜的"啊呵"声,我们最终越过了险关!

被齐麦乡长扶持着下马后,金卓玛一把抓住我。我的手心里全是汗,内衣完全被汗湿。金卓玛脸上露出后怕的神色,对我说:"见你刚才那一幕,就跟拍电影一样,太惊险了!"

却听齐麦乡长拖着感慨的语气给我介绍:"扎西梅朵,你也看到了,这里主要的致贫原因就是交通!政府正在针对格子卡进行扶贫评估,到底是实行易地扶贫还是产业扶贫,都有难处。易地扶贫就是搬迁,但格子卡有点大,人口有点多,迁到新的地方,不单是盖个房屋那么简单,对于村民长久的生活安顿将是最大难题。产业扶贫,那就要修路架桥,格子卡拥有我们这个片区最好的林下资源。像白菇、松茸,都是特别珍贵的菌类,出口日本的。路要是通了,这些林下资源就可以走出大山,为村民创收,生活就有了保障!"

这么深切的一番阐述过后,齐麦乡长的目光变得有些委婉了,他终是向我道出实情:"扎西梅朵,跟你说个实话吧。格子卡的贫困摸底工作其实前期已经做完,按国家的扶贫标准,是可以直接确定扶贫人口的。但我个人总感觉,格子卡由于地理条件和宗族文化的不同,之前的摸底工作可能还有不足之处。想要做到扶贫的精准性,我想还是针对之前的信息再做一次精准性的核实。其实对于格子卡的贫困户,我恨不得亲身再去核查一遍。但目前正处在脱贫攻坚的关键时刻,我作为乡领导,要面对整个乡的脱贫工作,实在抽不开身。乡里其他工作人员也都分配到各村实地核查去了,工作量非常大,还是人手不够嘛!"

"乡长,请别解释了,我能理解,我也很庆幸您对我的信任呢。"我安慰齐麦乡长说。

齐麦乡长却仍在继续:"针对这次扶贫,国家提出'六个精准',其中就有一条:因村派人精准。这也是我找你协助的真实原因。不是说我不信任基层干部,但格子卡的情况确实有些复杂。我是从基层一路做到乡里,依我的经验,你到格子卡后,针对贫困户的确认要核实两个资料。一是由村民集体签字推送,由基层干部确认的贫困人口,这是准确的。二是由贫困户自家申请签字,由基层干部确认落实的贫困户,这种情况需要重点核实。另外之前的摸底工作中,对于各户的致贫原因也进行了列表定性,比如是属于'社会保障兜底脱贫'还是'医疗救助脱贫'等,这更需要重点核实。"

"好的乡长,您就放心,过去我一直在牧区教学,也算是在基层工作嘛,对您说的这些我还是有些熟悉的。"我说。

齐麦乡长朝我点头,语气坚定:"哦呀,我一定要让每个村的脱贫工作,精准到位!"

37. 一百岁都有吃的

齐麦乡长把我们送进格子卡的村委会,引荐给当地村长后,便与纳森匆匆赶回去了。为赶时间,我和金卓玛第二天便开始工作。格子卡村有七个村民组,每个村民组几乎就是一个小家族。家族内部的各个小家庭非常团结,但族与族之间情况有些复杂。一些家族较为传统,对政府"易地搬迁"的民意调查并不配合;一些则期待早日走出大山。两边因意见不一而产生矛盾。另外,贫困户的确认和致贫原因的定性,也是矛盾的主要来源。

确认贫困户有三种情况。第一种是名副其实的特困户,村民人人皆知,便无异议。第二种是大病家庭的贫困确认,其中便有弹性。

因病致贫的特困家庭多半情况属实；但有一些大病家庭，因为原本家境不错，生活并未受到影响，甚至比一般人家生活更为宽裕一些，却按照政策在享受贫困补贴，这部分人便与勉强度日的家庭产生了矛盾。第三种则是齐麦乡长之前招呼过，也是他最为担心的——信息不公开。贫困户的指标下来后，村民组的小领导把户头暗中分给了一些亲戚朋友。但因为信息不公开，其他村民只能依靠猜测。猜测错了，就会引发被冤枉的人家与猜测者产生争执，而真正得到贫困补贴的人家担心被揭穿，与前面两家关系也会变得越发敏感。

由村长带路，我们首先针对格子卡最边远的农区村寨进行摸底核实。有意思的是，格子卡并不通公路，但村长土灯却有一台拖拉机。打听后我才知道，原来他是把新买的拖拉机大卸八块，各种零件用马队先背回村里，之后再重新组装起来。

土灯的拖拉机车斗超大，堪比越野车的动力，载着人，装着满车的货物，照样可以翻山越岭。

"交通不好，跑一趟边远山寨很不容易！"土灯弯着腰，一边拉动拖拉机摇把，一边瞧着车斗里的货物对我解释，"所以不管是谁进山，一路都要顺便给村民们捎带货物，这是我们格子卡村的规矩。我这拖拉机也就变成小仓库了。你看嘛，这里面装着嘎西家的两袋面粉，尼玛家的三十斤糌粑，大卓嘎家的一只铁锅，小卓嘎家的十斤盐巴，多吉家的一张锄头，拉拉家的两条大茶砖，达吉家阿爸的一床铺盖，泽珍阿婆家孙女要卖的一条酥油辫子……"

"什么村长，要卖的酥油辫子，是怎么回事？"金卓玛一听酥油辫子,十分吃惊,打断了土灯的话。

土灯放下摇把,直起腰来,面色变得有些难过,说:"我们今天要去的村寨有个小女娃,她的酥油辫子已经长了十年,又黑又粗又长,她的阿婆听人说如果卖到外地会值很多钱,硬是把它剪了,让我带到县城去卖,换上日用品回来。小女娃为这个伤心了很久。我带回家后心情也不好受,想来想去,还是不能卖嘛,再给小女娃送回去。"

土灯的话让金卓玛震惊,她摸摸自己的一头黑发,可惜地说:"她的阿婆什么不能卖嘛——酥油不能卖吗,青稞不能卖吗,为什么偏要卖她孙女的头发!"

土灯一声叹息:"唉!农区人家要是还有酥油卖出去,那就不算贫困户了。"

"村长,泽珍阿婆家肯定是贫困户!"我匆忙说。

"哦呀,他们家不但是贫困户,还是特困户。"

"那是什么情况?"

"原因有点复杂嘛。小女娃还有一个阿弟。他们的阿妈几年前就去世了。阿爸说是出山打工,但不知什么原因一直没有回来。因为时间有点长,都已经五年了,我们现在的认定是失踪。所以姐弟俩是由阿爷和阿婆照顾。但阿爷双腿严重关节病,基本不能下地做活,全家活计就都落在阿婆一人身上。阿婆已经七十一岁,身体也有点不好,他们家就成了村里'社会保障兜底脱贫'的重点对象。另外小女娃也已经十岁,上小学了,所以接下来的'教育扶贫'政策也将会落实到他们家去。"土灯说完,用力拉动摇把,大声招呼,"我们快点出发吧,今天第一站就是到泽珍阿婆家!"

拖拉机像只巨大的蚂蚱,拖着我们翻山越岭,一路摇晃。土灯个头不高,身材瘦小,脸面黑得像个锅底,但是精力旺盛。大半天的路程颠簸下来,我和金卓玛浑身都像是散掉了骨架一样,酸痛难忍,他清清瘦瘦的身子却精干有力,双手像两只铁杵,稳当地把持着拖拉机把手。

　　其实到泽珍阿婆家,拖拉机是不能直达的,还需要步行一里多的路程。拖拉机拐过一道山口,便被一条奔腾的溪涧给拦住。土灯熟练地跳下拖拉机,把给泽珍阿婆家稍带的日常用品,还有用布带子捆扎起来的酥油辫子,放进一只大包里,小心地背起来。我们顺着溪涧旁的山道往深处走。溪涧水流充沛,时不时就会淹没坑坑洼洼的山道,我们的鞋子及裤筒不久就被打得透湿。摇摇晃晃地走过差不多一里路,便看到溪涧上方的山坡头铺展着一片草坝子,是一片青稞地。围绕青稞地的四周,零零散散有一些人家,基本都是木头搭建的木楞碉房。

　　土灯领着我和金卓玛走向其中的一栋碉房,便是泽珍阿婆家。碉房非常低矮,我们的头顶几乎可以挨上屋檐。门是开着的。伸头朝里看看,屋内光线很暗,锅庄上没有生火,似乎也没有人。

　　土灯便用手扑打着门上的铁环,"阿婆!阿婆!"他在朝里面叫喊。

　　这时就听屋子深处有人应话:"哦呀,是土灯村长吗?"

　　看来土灯是这家的常客,声音一出口就被听出来。

　　"哦呀是,阿婆,我给您送宝贝来啦。"土灯一边答话一边进屋,放下大包,从里面拿出捎带的日用品。这时就见一位老人从锅庄后方走出来,一身的灰黑氆氇,头发花白,满脸纵横交错的皱纹,老人看起来比实际年龄要大出很多。

一见我和金卓玛,老人愣住了。

土灯连忙介绍:"阿婆,这是齐麦乡长派来的工作人员,来你们家核实家庭情况的。"

"哦呀阿婆,我们是看望您来了,您身体好吗?"我赶上前去,朝老人缓缓伸出双手,想握住老人的手。

可能是有些突然了,老人双手悬在胸前,伸也不是,缩也不是——她是有些不适应呢。我在草原上这么多年,我当然知道怎么去缓释老人的紧张感——那就是让老人把注意力集中到她迫切想知道的事情上去。于是我问:"阿婆,我们来,除了问候您,也是想问一下,过去政府发给您家的困难补助,您都收到了吗?"

"困难……补助?"阿婆有点听不明白。

"就是政府发给您家、管您全家人吃饭的钱,您收到了吗?"

"哦呀,这个收到了!收到了!"阿婆连忙点头,大声应话,"现在嘛,国家政策好,我们家没吃的,国家都给了!"

"就是嘛!"我说,依然伸着双手,我是想再一次地握住老人双手。因为我已经看到,老人在表达完感激之后,似乎还有更深的心思,迫使她的双手开始抖动;同时她的嘴唇也在紧切地嚅动着,想继续说点什么,却又说不出口。

"哦呀阿婆,您别急嘛,有什么想说的,您慢慢地说,我们听着呢。"我终是一把握住老人的手了,搀扶着她坐到锅庄旁的凳子上。

金卓玛此时也紧切地把身子朝着阿婆凑过来，双手落在我和阿婆的手面上，真切地招呼："阿婆，您想说什么都可以嘛，我们是一家人的模样。"

阿婆抖动的双手终因我们的抚慰平和了一些。她转眼望一下土灯，在得到他更为深切的鼓励后，便这么说了："哎呀，你们来了就好，这几天，我又多多害怕了！"

"您害怕什么呢？"我问。

"我听人说，国家马上要把我们这样的人，脱……脱……"阿婆急得表达不出。

"脱贫嘛！"金卓玛帮着阿婆说完。

"哦呀，脱贫……说让我们以后去卖青稞、卖牛肉、卖菌子，养活自己，那我们家又没有劳动人手，种不了青稞，养不了牦牛，摘不了菌子，我们没得卖的，怎么办，我们以后吃的怎么办？"阿婆焦虑地问。

这时就听土灯在一旁故意抱怨阿婆："你们家不是可以卖酥油辫子嘛！"说完拿过酥油辫子，"阿婆，不是我要怪你，你怎么可以强迫剪掉娃儿的辫子嘛！她为这个伤心得很，我都听说了，所以这个辫子我没卖，带回来给娃儿留个纪念吧！"

老人瞧见酥油辫子，低下了头，双手从我的手掌里滑落下去，接过辫子，眼睛湿润，不知说什么好。

时间，在这一刻像是被满屋子的阴暗光线黏住了。大家心情都有些不平静。

最终还是土灯打破沉重的气氛，对老人解释："阿婆，您担心未来你们家没得吃的，这就是我们这次来你们家要做的工作——你们家没有劳动人手,阿爷身体也不好,娃娃们又还小,这种情况是符合'社会保障兜底脱贫'。就是说,因为你们家情况特殊,比不上其他人家可以去卖青稞、牛肉、菌子,所以你们家的生活将一直由政府管着,不用你们自己操心。我们过来,就是确定这个事情!"

老人乍一听土灯这个话,有些缓不过神来。

我连忙补充说:"阿婆,村长刚才说的就是:我们今天到您家来,就是确定,以后您不用再担心没得吃的,国家永远会给您家吃的,直到您的孙子孙女长大了,您家也有了劳动人口,可以卖青稞、牛肉、菌子,养活自己为止!"

我的话音落下,就听金卓玛又进一步解说:"阿婆,您听好了,国家说了,从现在起,您就是活到一百岁,您都不用担心没得吃的!"

"活到一百岁,我们家都有吃的吗?"老人盯住金卓玛,又瞧瞧我和土灯,她在等待我们三人的共同答案。可能这样才会让她更放心吧。

"哦呀就是!"我们三人齐声答道。

却见老人不再言语,起身朝内房走去。她很快拿出一只布袋子,里面装着一团酥油。

"我都忘了,我要给你们烧个茶!"老人语气激动,准备给锅庄生火。

我和金卓玛连忙赶上前,欲拦住老人,不让她生火。因为我们还有工作呢。

这时土灯却盯着老人拿出的那个装酥油的袋子,问:"阿婆,这布袋子是我家的嘛,这酥油还是上半年我送来的吧?"

阿婆一边点头一边生火："哦呀，我们家没有牛，酥油是没有，你送的这个是特地留着的。"

金卓玛一听是上半年的酥油，就更不想让老人烧茶了。我当然也有相同的意思。除了不想烦劳老人，还有就是：我俩都知道，时间搁得太久的酥油烧茶非常难喝，而对于我这样的外地人来说，基本可以说是难以下咽。但是说真话，把最好吃的食物收藏到最难吃的时候，老人却对此依然充满情感，这是因为无论好吃与否，在老人心中酥油都是最珍贵的——最珍贵的食物，当然要留给最珍爱的人享用。这么想时，我只好咽了下喉咙，开始为自己的胃口打气加油，做准备。

金卓玛则在委婉地劝老人："阿婆，您家没有牛，酥油也是没有，这个还是留着您自己用吧。"

老人朝金卓玛摆手，大声说："这个酥油就是留给你们的！你们让我们家一百岁都有吃的，我们也没有别的可以感谢了！"

"不用谢嘛，都是应该的，茶您还是别烧了吧。"金卓玛说时就转身要走。

老人却一把摁她坐下来，坚持说："不能走，不能走，你们这么远过来，不喝一口茶就走，我心里多多难过！"

土灯便在一旁发话："那就等着喝茶吧。"说完挨近我，轻声地招呼，"我们不喝茶，她会不安心的。喝了再走，她就知道，真的是一百岁都有吃的了。"

38. 云在雪域云成山，山在高原山成海

我们离开泽珍阿婆家后，正准备去下一家，却在半途中被人拦住了。土灯介绍说，拦路的人叫扎西，据说是这个村最为公正的人。但他拦住我们时，说话却有些不客气，黑着脸，冲着我们开门见山说："村长，我对你们有意见！"

土灯笑着面儿问他："扎西，你有什么意见就直说嘛。"

扎西没有直接回答，却是好奇地瞧着我和金卓玛，问："她们两个是做什么的？"

土灯回他："她们是齐麦乡长委托过来的工作人员。"

扎西跟着又问："那这趟下来你们做什么工作？"

土灯便把我们的工作说了。

扎西一听，连忙指着前方的一个人家："你们嘛，要是真想做好工作，那就应该把不符合贫困标准的人户先给取消了。不然我敢打赌，我这里的工作你们永远做不好——至少在我扎西这里，不能通过！"

话音落下，就见一位汉子从下方的青稞地里跳出来，朝着扎西大声责问："你是在说我们家吗？！"

扎西一脸不屑，回他："我又没指名道姓说你家，但是谁家不符合扶贫标准，我就说谁家！"

汉子这一听，满脸盛怒，指着扎西道："我早就听说了，你经常在背后毁我家名声！我问你，我们家哪里不符合扶贫标准了？今天村

长正好在这里,你把扶贫文件拿给他看看,我们家哪里不符合?"

扎西被汉子这么一叱问,一时又堵得无语了。

土灯真是一个憨性子,这样时刻,我看他还是笑着面儿,不紧不慢的模样,对二人说:"你们两个嘛,先别争,来,来,我们坐下来说话。"

土灯说完,就着青稞地的田埂自个儿坐下来了。两个汉子瞧瞧我们,我和金卓玛立马也选个地儿坐下来。俩汉子只好顺势坐下。

"你们嘛,当着我的面说就对了。不要有事都藏在心里不说,背后又找人议论!那样好吗?你们起初说的只是豌豆一样的小事,传话的人会把它变成铁锅一样的大事,那最终还是你们自己说出的意思吗?"土灯盯着俩汉子,重点是在针对扎西说话。

扎西低头不语。汉子则显得有些得意。

土灯便朝我使眼色,我就从包中拿出文件来了。

"阿哥,"我把脱贫文件递给汉子,"这是下来之前,齐麦乡长交给我的脱贫文件,请您看一下。"

因为不识字,汉子便找到借口,说:"我又不识字,怎么看?"

土灯起身,挨着汉子身边坐下来,说:"那还是我来说一下。你们家舅舅过去得了大病,确实符合扶贫条件,政府是按政策给你们家困难补助的。但后来幸好嘛,你们舅舅身体恢复得很好,家里生活也跟着好起来,已经超过了一般人家,那就应该脱贫了。这个文件里有一条就是针对你们这样的家庭,要进行脱贫登记。文件最后一条,我念给你听嘛……"土灯从我手里拿过文件,开始念,"桑伽乡力争在两年内易地搬迁脱贫一批,生态补偿脱贫一批,教育帮扶脱贫一批,医疗救助脱贫一批。你们家的情况正好符合'医疗救助脱贫一批'。你想嘛,过去你们舅舅生病,需要帮扶,政府二话不说帮助你们。现在到了该脱贫的时候,你们也要按政策,干干脆脆地摘下贫困的帽子嘛!"

土灯这般说来,也是用心良苦了。汉子朝土灯张合着嘴,想为自家争辩,但瞧瞧身旁不断聚集而来的村民,又不便出口。

是的,这时,青稞地旁已经围拢了很多闻风赶来的村民。当他们得知我们是来核实扶贫工作,并请求他们说说自身对于扶贫的看法时,几乎每个人脸上流露的神色都不一样。有些人听后垂着头,默默地离开,像是失望的陌路人;有些人表情复杂,站在原地等待观望;有些人一听扶贫便显得敏感,抽身想走,但又怕其他人猜忌,尴尬地站在原地;有些人则跟扎西差不多,窝着满肚子的牢骚话,只想一吐为快。

土灯瞧着这些复杂的面孔,便坐到我和金卓玛身旁来,悄声招呼:"你们看嘛,一提到扶贫,大家表现就不一样。因为都是本村人嘛,每家的根底大家都很清楚。对于那些不符合扶贫条件的困难户,大家心中都有怨言。但介于情面,或是怕结仇,都不敢明说,只在暗中议论。这就造成我这个村长的工作非常不好做——他们相互忌讳,对我不说真话,我就难以查到实情嘛!还好齐麦乡长有办法,委托你们二位进来。面对外乡人,他们的忌讳也就少了,这样才能看到实情——看到实情,公正办事,村民之间的矛盾就会化解,工作也就好做了。"

39. 歌声多么动听

虫草假快要结束的时候,我们终于完成了格子卡村农区的摸底核实工作,接着前往牧区。

依然是由土灯村长开拖拉机带路。比起之前我们从桑伽乡进入格子卡农区时路途中遭遇的那些险境,现在从格子卡农区进入牧区的道路更为险恶。

如果不计海拔的话,青藏线算得是平坦大道。川藏线虽然崎岖曲折,除突发自然灾害外,也还是可以正常通行。而那些真正的"生死之道"却不一样。它们大都偏离国道,隐匿在国道所不能深入的山岩绝谷中。层层叠叠的峡谷山峦,那些高大的山脉,高得令人生畏,陡得叫人心虚。在一些嶙峋而狭窄的山崖间,连接两崖的石桥或者木桥,单薄得就像一片片冰凌;而崖岩间的栈道会盘成带子的形状,皱褶着延伸出去。其间一级叠过一级的乱石台阶,总不像是通达人间的,像是伸向了天空,断在云雾里。人若是从中经过,会有一种前不着天,后不着地,完全飘浮在空中的感觉。遇到这样的路程,就需要把感应变得迟钝一些,把想象变得模糊一些,但注意力一定要集中,视线一定要清晰,对路线和方向的判断一定要严谨、精确,不带半丝侥幸——真正的冒险,是遇到险境时,容不得半点马虎!我是指徒步穿越那些山岩绝谷时,需要有这样的经验。但如果不是徒步,必须开拖拉机穿越的话,那又不单是经验问题了,还需要胆量——把生命提在手里,往死里折腾的胆量。

从格子卡农区前往牧区的道路便是这样。这天,天还没亮,土灯就领着我们出发。因为气候太冷,坐的又是拖拉机,四方通风没有遮掩,我和金卓玛每人只好裹着一床被子坐进车斗里。天气不好的时候,高原山区在清晨时分黑得像个锅底。幸好拖拉机的噪声很大,外加山道颠簸,持续地摇晃,这叫我们在黑暗中依然可以观想那种熙熙攘攘的集市场面。这样的观想会把寒冷的清晨变得不再那么寂寞。

就这么摇摇晃晃,直到天亮。当我从被子里爬出来,一看土灯,他竟像个裹着衣袍的变形金刚,两只手臂随着凹凸不平的山道,上下左右机械地拉动,一刻也不放松。

金卓玛伸头朝车斗外看一下,吓得立马缩回来,朝着我惊呼:"啊嘘,你看下方!"

等我伸头看时,突然我就感觉拖拉机不是开上来的,而是飞上来的!因为我们的身下就是万丈悬崖,而山道仅仅够一辆拖拉机擦身而过。那前方的弯道已经皱褶成深深的 V 字,车盘下方就是深不见底的崖壁,所以只要一个位置把握不当,拖拉机立马就会滑入深渊!

虽然曾经也走过很多危险的山路,但我还是被眼前的情景给震住了。金卓玛也一样。我们再不敢出声,只把目光死死地盯在土灯身上,当他是我们的生命之神,不敢打搅他一丝一毫。

拖拉机就这么紧张地一直翻越。大约一小时后,我们才摆脱险境,进入一处山口。这时土灯终于放松把手,停下拖拉机。看得出,刚才的翻山越岭消耗了他大量气力,他的脸色已略显疲惫。我和金卓玛便提议就地休息,顺便烧个酥油茶喝。土灯却说不行,说必须赶在天黑之前出山,到达牧场。

"那也不能疲劳驾驶嘛。"金卓玛瞧着土灯有些担心。

土灯笑道："不怕，我有妙招，可以减轻疲劳。"说时便从衣兜里取出一些辣椒粉，吐个口水在手掌里搅拌成辣水，朝着脸面和额头抹上去。可能是手法不慎，辣水溅进眼睛里了，土灯捂着脸跳了起来。金卓玛在身旁大叫："哎呀村长，快！快！前方有溪水，快去冲洗一下！"

等不到话音落下，土灯已经朝着溪水快速跑去了。

回来时，瞧着土灯那一双红肿的眼，我和金卓玛不知所措。

土灯却大声笑开了："又冷又热，哈哈，这感受就跟吃火锅时喝啤酒一样嘛！"

金卓玛小心地问："这眼睛不痛吗？"

土灯手一挥："快进车斗。痛不痛，拖拉机会告诉你嘛。"

我们就又爬进车斗。可能是被辣水刺痛了神经，土灯一边操持着拖拉机手把，一边头在不停地晃动。金卓玛有些过意不去地提醒："村长，要是眼睛很痛就停下休息一会嘛。"

却听土灯这么回她："要是你不想我的眼睛痛，就唱个歌嘛。"

金卓玛干脆地答道："好，那我为村长献一首。"

金卓玛就清了清嗓门，唱了一首土灯熟悉的山歌。

完了后，土灯又大声建议我："哦呀扎西梅朵，你也来唱一首。"

"好的村长，那我也献一首。不过我的这个歌儿可不是唱给你听的，是唱给你的眼睛听的呢。"我提示土灯，意在让他时刻保持头脑清醒。

土灯哈哈大笑道："那就是你的嗓门给我的眼睛唱歌嘛。"

我随即唱了一首刚刚学会的哥坝寨的山歌。金卓玛一听,兴趣被提上来,对了一首裹坝寨的山歌。唱完,紧跟着又连续唱了一首。我俩就这样唱开了。因为拖拉机的噪音有点大,为了让土灯能够清楚地听到,我们都是扯着嗓门在唱歌。

　　拖拉机在拐过一道弯路后,就见前方的山道间站着一位中年女子,正在朝着我们拼命地挥手。土灯加大马力开到女子身边去,一看,竟是他的熟人,立马停下拖拉机。

　　但见女子背着一只藤篮,里面装着一些菌子。原来她是进山采山菌的。

　　"村长,谢谢你,搭我一段路可好嘛?"女子请求土灯。

　　土灯早已赶上前去,帮忙取下女子背上的藤篮,一边问:"彩吉,你这是要回草场吧。"

　　"哦呀就是。我们家的母牛要产仔,我想赶回草场去看看。"

　　"是上次那头母牛吗?"

　　"哦呀就是。多亏村长照顾,送的母牛就要产仔了!"

　　土灯解释:"不是我在照顾你,是你家符合扶贫政策,政府送给你的嘛。"

　　"哦呀。"彩吉答一声,爬进车斗里。当她看到里面还有我和金卓玛,一时便有些紧张,把自己的衣袍紧紧地拢在一起,半跪着身子,生怕衣袍上的泥灰弄到我们衣服上。但车斗里装了好多货物,空间不够,她不挨着我们,她就坐得不踏实。我便起身拉她一把坐下来,安慰她说:"阿嫂,你好好坐下嘛,你看,这个车斗里全是灰灰,我们身上的灰灰比你还要多呢。"

　　彩吉这才稳实地坐下来,非常地谦让和羞涩,见我们望她,笑着把头埋进胸口。金卓玛瞧着女子的这个纯粹模样,很是喜欢,就提议让她也来唱一首歌。

　　彩吉含羞拒绝,不肯唱。金卓玛就在身旁不住地劝导,说阿嫂你唱嘛唱嘛,我听你刚才说话就知道,你的嗓音就是山间的画眉一个模样,唱吧唱吧!彩吉拼着劲儿地摇头,说不能唱,我的嗓音就是牦牛一个模样!金卓玛说,牦牛一个模样也比我唱得好嘛,我的声音还是黑鸦一个模样,你听你听……金卓玛昂着头,把已经唱得沙哑的嗓音夸张地吼了一把,听得彩吉呵呵地笑起来。但是无论怎样开导,她就是金口难开!

　　傍晚时分,拖拉机终于爬出深林,到达格子卡的牧区。由于白天已经熟识,土灯便安排我和金卓玛住在彩吉家。他自己去牧区村民组,找村民组的小队长去了。

　　草原的女人是属于帐篷的,彩吉一回到她的帐篷,完全就变了模样,先前坐在车斗里的那种羞涩感,已经被繁忙的活计代替。但见她手脚熟练,赶牛,挤奶,担水,生火,烧茶,样样利索。我和金卓玛见她忙碌,赶着要去帮忙。但刚刚要去拴牛,就被她一手挡下,"哦呀,这个太脏了,你们不能做。"刚刚拎起奶桶,又被她一手夺下,"哦呀,这个我来做,你们休息一会吧。"

　　我和金卓玛瞧着勤劳、实在又热心的彩吉,想起白天车斗里那个羞涩女子,就感觉特别神奇。金卓玛便朝我使眼色,同时又在请求彩吉："阿嫂,唱首歌嘛,你的声音太好听了!"

彩吉一听唱歌,脸就跟变魔术似的,忽然又羞涩了,"啊呀呀——"她说,"我真是牦牛一个模样,不会唱不会唱!"说完生怕金卓玛再缠她,拎着奶桶钻进牛堆里。

夜晚,彩吉拴好牛群、挤好奶子后,便给锅庄生火,为我们做了个新鲜的酥油茶。

应该是从格子卡的农区开始,我们已经有半个月没能喝上新鲜的酥油茶了。金卓玛胃口大开,一口气连喝三大碗。我也是灌得停不下。直到我们都把肚皮撑得鼓起来,摸摸一脸的油水,才发现,彩吉不在帐篷里了。我们掀开帐篷到外面喊彩吉,许久后才听她在前方的牛棚里回答:"哦呀,你们先睡觉吧。铺盖就在锅庄后面,你们随便铺着睡。"

金卓玛边回答"好,好",边暗示我上牛棚去。

我们轻手轻脚地来到牛棚边。透过木栅栏往里看,彩吉正坐在一头怀孕的母牛身边。看见我们,她小心地爬起身,凑到我们面前招呼:"这就是政府送给我们家的母牛嘛。这两天就要产仔,我得陪一会子。"

"哦,那阿嫂也早点回来睡啊。"金卓玛回应彩吉。我们便反身回帐篷,开始打地铺。

半夜的时候,突然天空一声炸雷,惊醒了我和金卓玛。不,不是炸雷,是彩吉的叫喊,因为声音急剧、焦躁,几乎像炸雷一样穿透我们耳膜。我和金卓玛慌乱地爬起身，一边穿衣一边跑出帐篷。

这时就见彩吉已经气喘吁吁地赶上来："快！快！两位阿妹，我的母牛难产了，我不能离开，请你们帮我去喊一下赤理啊！"

"赤理是谁？"金卓玛慌忙问。

"一定是兽医！"我回答金卓玛，匆忙问彩吉，"阿嫂，赤理的家在哪里？"

彩吉手指哆嗦，指着远处："你们到那个帐篷喊一下洛嘎娃，他会带你们去的！"

没有月光的草原夜晚，雾幕笼罩一切，我们根本看不到彩吉所说的帐篷。

彩吉急得不行，朝着前方挥舞双手："就是这个方向，你们朝这个方向往前跑，就到了他的帐篷！"

"好！我们这就去！"我和金卓玛异口同声答应。

夜雾真是大啊，草原在我们焦灼的脚步下似是没有尽头，时间也像是被夜雾吞了下去，我们感觉已经跑过了一整夜的路程，但眼前依然白茫茫一片。好不容易遇到一顶帐篷，里面却是空的，没有人。

我们只好继续赶路。金卓玛边跑边喘气，同时大发感慨："看来，在我当上村官之前，我一定要先做个兽医呀！"

"算了吧，你还是做个专业向导，带上 GPS，把我们要找的帐篷定个位吧！"

金卓玛听我这一说，突然停下脚步："对呀！我们为什么不打土灯电话嘛，让他去喊兽医！"

"算你还是想到了,但刚才我已经打过了,这里没有信号,打不出去。"

金卓玛又猛地跺一下脚:"我们还是急糊涂了,为什么非得去找那个洛嘎娃嘛,草原上只要有牛的人家,谁不知道兽医呀——刚才那个帐篷边上不是还有一个牛棚吗!"

对!我也突然才想起,刚才遇到的帐篷虽然是空的,但它前方的牛棚里,有牛拴在里面。有牛的地方肯定人也不会离得太远!

后来情况就是这样,我们很快返回刚才的帐篷,二人合着气力齐声唤喊。果然在牛棚附近找到一位牧民。便由他带路,找到兽医赤理。当我们赶回彩吉家牛棚时,彩吉已是弄得一身透湿,母牛的羊水已经下来,但小牛的一只脚露在外面,头却出不来!

赤理埋头看了下,说:"胎位倒置,是头经产牛。"

从小在城里长大的金卓玛没听懂,轻轻问:"经产牛是什么?"

赤理并不理会,趴下身,手顺着小牛的腿部伸进母牛的肛门里,他边感受边自言自语:"脐动脉在跳动,肛门也有收缩,哦呀,它还是活的!"

这肯定是指小牛了。彩吉这一听,悬着的心总算平缓了些。

"你过来,帮我稳住小牛的腿。"赤理吩咐彩吉,同时问,"家里可有肥皂?"

"哦呀,有,就在帐篷里的台子上。"彩吉慌慌回答。

"你把我的药箱打开。"赤理又吩咐金卓玛。之后他再吩咐我,"你去帐篷,打半盆水,把肥皂放在水里,端过来,要快!"

我连忙抽身往帐篷跑。

等我端来肥皂水，金卓玛也打开了赤理的兽药箱，配好了消毒溶液，倒进肥皂水中。赤理就盯着母牛的尾根处吩咐我："你把这里清洗一下。"又吩咐彩吉，"这个胎位不正，我要把小牛的腿先塞回子宫里去，矫正姿势，好了后你来帮我推一下！"

"哦呀。"彩吉慌忙答应。小牛的腿就被赤理轻轻地推进母体里了。彩吉在一旁看得直打哆嗦，赤理则又在吩咐她："来，我现在要拖出小牛，你来帮我——我拖时，你就推，我推时，你再拖，要跟上我的用力节奏，可听懂了？"

彩吉慌慌回答："哦呀！"

二人便相应配合起来，一上一下，一推一拖，顺势将小牛从母体里慢慢地往外拉，拉出一点，再拉出一点，最后就听哗的一声，湿漉漉的小牛健康地坠在地上！彩吉的一头长发，也像小牛那样湿漉漉的，她终是在汗水中放心地笑了……

第二天一大早土灯就急匆匆地赶过来了，催促我们快点上路，因为牧民人家居住分散，我们接下来的工作还是有些繁重。我和金卓玛便与彩吉告别。临走时，彩吉往我们每人背包里悄悄塞了两团新鲜酥油。要是塞一团，我们也难以觉察，但是彩吉太实在了，塞了两团，所以我们一提背包，感觉重量不对，马上就发觉了。

当然不能收下酥油！我和金卓玛意见一致，强行把酥油拿下来。彩吉却不同意，我们拿出来，她就塞进去，好多个回合，争持不下。

最后还是土灯做主，这么说了："彩吉，酥油你先留下嘛。"他转眼瞧一下金卓玛，"这位阿妹将来要回草场工作的，你们家以后多多配合她的工作就对啦！就这么定了，不准再推来推去，我们还要赶路，走了嘛！"

土灯说完，朝金卓玛使眼色，又推了我一把。我和金卓玛就顺势提起背包快步离开。土灯则拦住彩吉，继续劝着她。

我们离开彩吉的帐篷，沿着草场往前走，翻过一片草坝子，就听到后方传来一阵歌声。清清亮亮的嗓音，像山间的画眉，又像林间的杜鹃。歌声多么动听！那是彩吉！

我和金卓玛同时惊喜地转过身，就看见彩吉果然站在高高的草坡头，正在朝着我们这边放声唱歌！当她发现我们在望她，又迅速地扭过身子，躲到草坡下方去了，但是歌声依然飘荡在草坡上……

40. 是朋友就要有来有往

牧区工作完成后，就到了虫草假的最后两天。因为第三天学校就要上课，如果第二天傍晚赶不回桑伽小学，我就赶不上开课。为争取时间，土灯在头天晚上就把牧民们捎带的货物装进拖拉机车斗。但等第二天清晨我们出发时，天公却不作美，下起了瓢泼大雨！怕山路塌方，土灯就不敢开拖拉机，我们只能等待。但大雨一直下了大半上午，丝毫没有停歇的迹象。而为了防止困在山里过夜，我们的行程是需要在清晨就必须出发的。这下大雨耽误了行程，土灯索性建议，带我和金卓玛到他的一个亲戚家做客——也就是喝酒，喝格子卡人自家酿造的青稞酒。爱喝点小酒的金卓玛立马同意去,我想喊住她,她却认真地对我说:"急什么嘛,未来说不定要来这里当村官,我还想趁着下雨的机会多住两天,体验生活嘛!"

没办法,只能由着他们去。我一人留下来,待在村民组的帐篷里不安心,晃来晃去。村民组的小队长正在值班,瞧着我一脸干着急的样子——这些天我们工作极其努力,他也是看在眼里——便带着关心的口气对我说:"你要真想走,还是有办法的。"

"什么办法队长,请您快快说!"我连忙请求他。

"越过我们这里的牧区,当天晚上就能到达隔壁的拉措乡。我在乡里有个亲戚,他可以安排你住在乡里。这样第二天一早你就可以在拉措乡坐班车转到桑伽乡,晚上就可以回学校。"

"哦!那真是太好了!从这里可以走到拉措乡吗?"

"走过去是可以,但像今天下这么大的雨,路上还是有些危险。你知道嘛,我们这里的牧区湿地多,白天都有牦牛陷进泥沼里出不来!"队长语气严肃起来。

"再难走,总比到农区的路要好吧。我今天不走,明天也不见得就能走,您看嘛,这个天下得像是连在一起,一时停不了。"

队长想了一下,点头说:"我看你也是真的着急了,那真要走,前面有一段路是挨着湿地,天晴还可以,下雨就不大好走,我把你送过那里吧。"

"送就不用了,队长,您给我详细说下路线就可以。"

队长不放心地问:"那你可走过草原的路吗?"

"走过呢村长,我都已经在草原上生活好多年了。"

"哦呀,我也真糊涂,之前已经听土灯村长说过的,你是桑伽小学的老师。那你走过桑伽草原的路,我们这里也就可以走了。看你这么急,要走就快点吧,趁早赶到拉措乡。"队长说完撩开帐篷帘子,指着雨雾深处的一片草原,对我说,"你顺着这里的大路穿过前方那片草场,翻过一段长长的草坡,它的下方就是湿地,你别去碰湿地,要沿着湿地上方草坡上的一条沙路往前走。走出沙路,有一条小河,是连着湿地的。过了小河上方的木桥,就是另外一个草场,那里就有很多人家了,路也很宽敞。你再顺着那路一直往前方走,差不多到天黑的时候,就可以到拉措乡。到了后,直接找他们乡长,你就报我的名字,吃的住的就不用担心了。"

"哦呀,谢谢队长,那等村长和我的朋友回来,您帮我说一声啊。"

"你不去和他们招呼一下吗?"

"这里信号不好,电话打不通,我就不去了,要赶路呢。"

"那你不叫上朋友一起走吗?"

"她不急的,刚才她都说了,体验生活嘛,多住几天也好。"

说时,我的包裹也已经收拾好了。走出帐篷的时候,队长硬是要我穿上他的一套雨衣,"外面的雨有点大,你穿上雨衣再打上伞,这样才是双保险嘛。"队长实在地说。

"但我一时也来不了这里,雨衣怎么还回来呢?"

"不怕嘛,这个不用还。"

"那怎么行啊!"

队长笑起来:"这些天,你把水壶留在拉姆家,毛衣留在则珍家,围巾留在嘎嘎小娃的脖子上,我都看在眼里。你这些都留下了,也总要带个走嘛。我们这里有个规矩:是朋友就要有来有往!"

41. 心中,那道裂开的深渊

告别队长后,我一头扎进雨水中。幸好,雨下得清晰,没有起雾。就是说,雨虽然下得很大,但也没有下到天昏地暗、裹住人视线的份上。只要能看到前方的路,我的脚步便是坚定的。举步有力,我就这样走过一片草场,踏上一段长长的草坡沙路。由于连续的雨水聚集,草坡下方的湿地已经不是湿池,变成一片白茫茫的湖泊。而前方连着湿地的那条小河已是波涛汹涌,上面的木桥单薄得更像是一根随波逐浪的浮木,即使站在高高的草坡头,我依然能感觉那木桥在浪涛间左右晃荡,就要被冲垮——可不能被冲垮,至少在我赶过小河之前,它不能被冲垮!

这么想时,我开始举步奋力往小河边赶。风很紧,裹着雨点打在眼镜上,让我镜片里的视线越发模糊。我只好取下眼镜。这是最让我为难的路程——在草原上,在大雨中,风那么疾,你眼镜里的视线基本已被风雨裹住,而你真实的视力又无法让你看到更远的路程,这时,你就像个盲人!

视线模糊,光线也越发昏暗起来。天地混沌得像是粘在一起。风太疾,雨伞已经支不住,哗的一下翻个底朝天,就像一只鼓起来的气球从我手里飘走。我只好紧紧地拢住雨衣,一边识别道路,一边缓步朝着前方移动,心想找个背风的地方,先窝个身子避一下,等风雨小一点再走。但是人不走，大风却像是长出了双臂，扯着人左摇右晃。一个趔趄，人猛然被风雨打倒在地。眼前一黑，方向突然就消失了！手在拼着劲地抹去脸上的泥水，但是刚刚抹去一阵，立马又扑来一阵。是浪涛吗，还是泥沼，它在猛烈地拍击着我的脸面，致使我眼前一片昏暗，整个人下沉。是的，我感觉浑身已被混沌的泥沼裹住，泥沼正在拖着我慢慢下沉！

湿地！我是不是陷进湿地中了！这念头像雷电一样在我脑际一闪，然后是刚才队长的声音又一闪：我们这里湿地多，白天都有牦牛陷进泥沼里出不来……唉！难道我也要像牦牛一样，要被这深暗的湿地吞下去了？我心里想，抬头朝着天空观望，大风却裹着雨水呜咽在我的脸面上方，像是一片朦胧的纱帐，盖住了我，埋住了我。

好累，这样的视线，也许我需要睡一会儿……

这时，我看到有双手朝我伸来。多么熟悉的手，在风雨中伸过来，"来，抓住我的手！"他说。

"我看不见，你在哪里？"是我的声音。

"我在这里，就在你的面前！"他说。

"但是我看不见你！"我说。

"看不见也要抓住我的手。"他说。

"但是我不想走了，谁知道方向会在哪里！"我在犹豫。

"没事，有我在就有方向，你只管跟上好了。"他在招呼。

"来吧，抓住我的手，让我们共同努力吧。"他在叮咛。

"只要共同努力，一切都会好起来的。"他的语气充满真诚。

"等一切好起来，孩子们就会回来。"他说，对此充满信心。

"好了，你抓住我的手，你就会起来了。"他哄着我，同时一把抓住我，把我拉上岸来。

"是你吗月光……真的是你?"我瑟瑟发抖的身子被他紧紧地抱住，我哆嗦着问他，"那么阿嘎呢，苏拉呢，小尺呷呢，还有米拉、多吉、那姆，可都回来了?"

我听到金卓玛惶惑的声音："梅朵，你这是在问我吗……是我呢，是我和村长把你送到诊所来了。你为什么要那样一头扎进风雨中嘛，要不是我们及时赶过去，你会出事的!"

恍惚中，我跌入臆想中的对话，就这样被金卓玛给生生地切断了!

我看到自己躺在一间病房里，金卓玛在身边，村长在身边，五娃子和纳森竟然也在身边!

我望一眼五娃子，很想伸手去抚摸他一下，因为我已经半个多月没有见到他了。我总是不断地丢下这娃。先是丢在格桑那里，直到他把格桑收藏的宝贝全部毁坏。后又丢在纳森老婆那里。虫草季节，纳森全家人都在赶着挖虫草，这娃放在他们家，少不得是要折腾他们的。我望着纳森，有些过意不去。纳森却没心思理会我，因为此刻五娃子正被病房里的输液架给吸引了，伸手要去扯上面输液的瓶子，纳森正在忙着阻止他。

"那么金卓玛，我是陷进湿地里了? 是你拉起我，背我回来，是你救了我?"我转眼望着金卓玛，问她。

金卓玛朝我微笑，点头说："不完全是我呢。另外，你也不是陷进湿地里，是掉进河里去了！"

"可是我看到自己陷进泥沼里。"

"那是你太紧张了。队长说牧场上有湿地，风雨又那么大，你走得紧张，时时担心会陷进湿地，后来就真的出事了。"

"那是队长救了我吗？"

"不，还有益西医生呢。"金卓玛说。

说话时，就见益西医生站到我的身边来了。

益西医生是麦麦草原最大的藏医家族第五代传人。由于医术精湛，在我离开草原的三年内，益西家族已经在草原上开办了四家分诊所。每一家成立，益西医生都会亲自驻地一年，把自己的精湛医术传授给新人。他说，就像藏戏一样，藏医除了可以治病，更像是一种神圣的文化。这也打破了当初我对益西医生抱有的某种成见。

看到益西医生，我才发现这里是他的诊所，而我竟然已经回到了桑伽草原！

原来一天前金卓玛离开我后，担心我一人待在帐篷里孤单急躁，她喝酒也不安心，折身又跑回帐篷，却得知我一人走了。这时雨越下越大，队长也有些不放心，就和金卓玛沿着我走的路线找过去，果然发现正在河水中扑腾的我，慌慌救上岸来。幸好过了小河就有人家，队长和金卓玛就在当地找到一辆车，日夜赶路，把我直接送回了桑伽草原。

这个麻烦真的惹得太大了。我不知道自己为什么要这么冒失地踏上这样的行程。我也不知道为什么只要是与学生、与五娃子相关的事,我就会乱失方寸,拖累这么多人!

这么想时,我感觉眼睛特别疲乏,浑身无力,人像是要飘起来。

这时,我看见金卓玛凑近益西医生,轻声地问他:"您看,她时昏时醒,其实就是感冒的症状吧,在冰冷的河水中浸泡那么久,要是我也不行。"

益西医生点头又摇头,同样是轻声地问金卓玛:"除了这次是因为受寒导致生病,你知道她的这个病症,已经患过多少次吗?"

金卓玛答不出。

"我算了下,至少有五次!"益西医生手里拿着输液的针头,"给她医治过这么多次,我了解她的身体,就像了解我手里的针头一样——她的身体已经彻底被破坏了!"

"彻底被破坏,是什么意思?"金卓玛惊讶地问。

"在草原上时间长了,她的身体内部各项器官都受到影响。一些器官已经被损伤,无法维系正常的生理运转。"益西医生这么说,但又觉得说得过于专业,金卓玛听不懂,就换了一种方式,"就是说,她再不能长期住在草原上了。以后只能说是可以间断地上来,住几日就得下去。像她现在这样的身体,如果再有一次闪失,可能会永远爬不起来——我反正是不敢再给她看病了,担不起这个责任……"

益西医生没再往下说,因为我已经被他的话惊乱了神绪。

"为什么?"我问,几乎是在病床上挣扎,我想爬起来——我想硬朗地爬起来,想以此证明,益西医生刚才说的话,并不是绝对的。

但是我爬不起身。

我只能倒在病床上叨唠："为什么？"

"我一直就很注意自己的身体。都说，在这里容易感冒，预防感冒就需要多多保暖，所以我衣裳也是多多地穿了，从不敢轻易脱下一件。就是担心受寒，感冒。"我说。

"都说，在这里洗澡会很危险，容易患上肺水肿，我就不敢随便洗澡。即使气候多多暖和，也是不敢尝试一次。一个月，也不敢洗一次。就是担心会挨冻，会伤身。"我说。

"都说，在这里，生水不能乱喝，血肠不能多吃，它会伤害肠道，我就连冷水也不敢喝下一口，血肠也不敢多吃一块。就是担心感染肠道，生了痢疾。"我说。

"是嘛，我这么事事注意，处处小心，竭力保护身体，难道还不行吗？我还要怎么做呢！"我说，泪已经由不得地滚下来。

益西医生伸手，帮我抹了去。那手紧接着又抓住我的手，不放开，与我解释："扎西梅朵，你懂得的，人的身体内部每个器官都在健康有序地运转。你呢，有些器官可能是被损伤了，承受能力已经达到极限，它就会扰乱你身体内部的正常运转。这就好比一台机器，本来是要按照应有的流程运转，但有几个零件已被磨损。也许暂时还在工作，但只要有一个零件突然断裂，整个机器就会停止运转。这是非常危险的！"

益西医生这番话，叫我的心慢慢沉下去了，就像之前我整个掉进冰冷的河水一样，我感觉自己的视线也在慢慢地收缩，慢慢地昏暗。

一旁金卓玛看得急了，一把抓住我，紧张地说："扎西梅朵，你可别再吓我了！这一天来你一直都在吓我。你糊涂中，我听你一直在和一个人说话,你说看不见他,也抓不住他——那是谁呢?"

我的目光就越发昏暗了。"是我的心魔。"我这样对金卓玛说。

说着时,却听到金卓玛突然发出一声尖叫:"啊呀,快下来,太危险了!"

我昏暗的目光才又被惊动了一下,眼睛缓缓地张开。原来是五娃子以病床作为垫脚,依附着墙壁爬到了诊所的一个大柜子上!他小小的身子,站在上面两头打晃。好吓人!这要是摔下来,摔死了怎么办——不是我故意要这么往绝处想,是摆在面前的这个孩子,他真的让我操透心了——要是下学期桑伽小学被解散,或者说,要是我的身体再不允许我留在桑伽草原,那我是把他再送回麦麦草原呢,还是带回家乡去?或是带到别的什么地方?这些问题像一把火,烫着我身体内部的心魔了。是这心魔在怂恿,它让我对五娃子产生了罪恶的想法——我听到一个声音,像黑色的浪潮在我的脑海中翻腾:如果不能安全地下来,孩子,你就摔下来吧,一次性摔死掉,一点气息也别留下,然后让我在疼痛中随你而去吧!因为我的心已经裂开,变成一堵深渊,有很多心思掉在里面,除了用生命去覆盖它,没有更好的办法!

但是,我却看到纳森已经飞身扑过去,迅速地朝五娃子张开双手,宽厚的手臂有力地铺展在五娃子的身体下方——只要五娃子不是飞上天去,只要他最终滑下来,他就会安然无恙。

第 五 篇

42. 一分钱就是一滴血

虫草假结束后,我和五娃子回到桑伽小学。秋贞也如期回来。开课前,班里少了两个孩子,一个是其加,不知被他阿哥带去了哪里;一个则是巴巴。平日周末时,巴巴一直是住校的。虫草假期间,我们都离开了学校,巴巴也被一位远房舅舅接走了。但到开课时,她却没有按时回学校。秋贞只好亲自去巴巴舅舅的草场上接人。但等他回校,却没有带回巴巴,说是孩子被水烫伤,暂时回不来。

见我一脸着急,秋贞安慰我说:"梅朵老师,你别担心,烫伤并不是大病,休养几天就可以回学校。"

"那是多大的烫伤? 痛不痛? 要不要看医生?"我并不放心,面对秋贞发问。

秋贞语气肯定地道:"你放心吧,应该不是很痛,因为她没有哭。是娃子都有个天性,只要痛就会哭,她没哭就说明不会很痛。"

"那烫伤的面积有多大？"

"不大，就是在胸口上有一块皮肤烫破了，休息几天肯定会好起来。"

当然了，在桑伽草原，不是明显的疾病，人们都不会特别在意。包括不小心被大狗咬伤，不小心被开水烫伤，不小心摔了腿脚等，只要不会发生剧烈疼痛，基本都会实行"拖延"医术——拖一拖，忍一忍，最终自会好起来。这种情况草原上多了去了，以往麦麦草场的牧民多半也是这样。对于巴巴，我也只能暂且等待了。

但没想到，我们等了十天，还不见巴巴回学校，我和秋贞都开始担心起来。周末，我俩前去纳森家草场，一人借一匹马，匆忙赶去接巴巴。巴巴舅舅的家实在太远了，我和秋贞从早晨出发，一路不作停歇，直到傍晚时分才赶到目的地。我们疲惫地下马，还没进帐篷，就听巴巴的舅舅朝我们喊开了："哦呀！你们来了就好，这小娃烧得厉害，你们快来看看！"

连马也来不及拴，我和秋贞抽身跑进帐篷。一把抱起巴巴，她却已经昏迷了！

"这是怎么了？"我慌慌询问巴巴舅舅。等不及老人回答，我更严厉的责备声已经砸向秋贞："你不说她只是烫伤吗，为什么会变成这样！"

秋贞一时也惊呆了，他没遇过这样的事——烫伤的小孩会发烧，会昏迷。十天前他过来，看到的就是烫伤。烫伤有什么奇怪的，好像我们谁都经历过嘛。而我其实比秋贞也好不了多少，我们都不知道，其实烫伤如果被拖延、被感染,就会引发呼吸道疾病,会发烧、昏迷,严重者还会得败血症,甚至死亡!这些连我都不知,何况秋贞!

我俩都是后来把巴巴送进益西的诊所才得知的。

益西医生面色难过,朝着我们又是摆手又是摇头:"这娃拖延太久了,烫伤被重度感染,才叫娃子发烧昏迷。要想救她,我这里是不行了,得去州府医院。"

"难道真是败血症?"我焦急地问。

益西医生俯身对巴巴再次检查一遍,确认说:"肯定是了!"

"那需要多少费用?"我慌慌询问,同时给益西医生解释,"因为我们得去准备。"

益西医生思考了一会,这么说:"这个我也预算不好。这娃体质太差了,症状又这么严重,肯定需要住院,还需要进行特效菌治疗,听说打一针就得几百块,又不是一针两针就可以康复。我看前前后后的费用吧,没有五万怕是不行!"

"天!"我的心往下一沉,脑海顿时空了。

秋贞双目呆滞无光,他也蒙住了。

"我去找桑伽族长!"不知为什么,我突然这么说。

秋贞目光晃了一下,犹豫道:"怕是他也拿不出这么多吧。"

"不管怎样,族长肯定会想办法的!"我一边说一边抽身跨上大马,朝族长的寨子奔去。

幸亏桑伽族长此时还在家里,他老婆一见是我,热情地招呼:"哦呀扎西梅朵,你来得好及时嘛,再过一天我们就走了,收购那么多虫草,我们要到那曲去卖掉。"

我已来不及回应女人,一把抓住族长的手,慌张地说:"族长!您得救救巴巴小孩,您得救救她!"

族长满脸惊诧,问:"她怎么了?"

"得了败血症!正在益西医生的诊所里,我们得把她转送州府医院去!"

族长没听明白,问:"什么病?"

"败血症!"

"白血病?"

"不是,败血症,小娃得的可能是败血症!"

族长对败血症并没有概念,只问:"那危险不危险?"

"危险不知道,但需要很多钱!"

族长一听钱,沉默了。

"族长!您可得救救她!"我的声音跟着有些颤抖了,"现在,只有您能救她了!"

族长问:"那需要多少钱?"

"益西医生说,至少得准备五万。"

族长一听五万,又陷入沉默中。

"族长,要是我们自己能够解决,也不会这么麻烦您了,这真是没有办法的事!"我诚恳地解释。

"可我们也没什么钱。"族长这么回答,但同时又改口说,"但救人也很要紧!"看样子他内心正在纠结,正在与自己斗争。

"是啊,救命要紧!"我紧忙强调。

族长思索了一会，说："我自己的钱是可以拿出来的。"

"哦呀谢谢，谢谢族长！"

族长盯住我，却又这么说："扎西梅朵，要谢的人是你了。"

"哦呀，我们都会为巴巴尽力的。我会，秋贞也会，益西医生还说，他也会替巴巴想些办法。"

族长就开始计算："我家里现在也没有太多的钱，估计七八千的样子，我会全部拿出来。"

"哦呀族长，现在对于巴巴，一分钱就是一滴血！"我站在族长面前，不肯走，因为他犹豫的面色告诉我，他心中其实是能想出更多办法的。

果然，桑伽在经过一阵深刻的思考后，这么说了："我手里倒还有一笔钱，是帮牧民卖虫草的钱，但不久就要发给他们。"

"那能不能先垫付一下，先让娃儿去医院治疗——这可是救命！"我急切地说。

族长目光凝重，陷入沉思。很久一阵后，他同意了，说："好吧。"但紧接着又提出一个很棘手的问题，"不过这是需要尽快还上的，因为这些是牧民们过冬的钱。你看吧，我们家也要过冬嘛。如果到时还不上，我也没有那么多钱垫付给牧民。"

族长的话，叫我一时陷入困窘。要说五万元，不但是族长家没有，我们谁又有呢！

我因此慌乱地望着族长，族长也在慌乱地望我，我们都没了主张。

时间在一分一秒地过去。族长的目光似是跌入回忆中了，我从未见过他有这样的目光——纠结，担心，难过，又不想让我这个外人看出来，所以他在竭力地隐忍。这叫他变得非常烦躁。他在我面前走来走去，走来走去，绕得我思绪纷乱——巴巴平日那深暗的目光，总是让我探不到底。一个小小的孩子，她不天真，不活跃，不会笑，连哭泣也不会那么轻易，这究竟是个怎样的孩子？如果这一次受伤得不到救治，她将会死去呢，还是将会比死更为孤独地活着？

这样的问题最终迫得我对族长发出承诺："行，族长，请把牧民的钱先给我们垫上吧，最终医院花去多少，请您放心，我会在入冬之前想办法还给牧民。"

43. 时间，请给我一个机会

因为我需要上课，就由秋贞带巴巴前去州府医院。我揽下所有教课任务，这样的时间过去一个月，秋贞总算带着康复后的巴巴回到学校。他回来，带回巴巴一条性命，但同时也带回了一大叠医疗票据。很厚的一叠，秋贞说，是六万元。不是说只需要五万吗，我不信，伏在桌上一张一张地清算，最后我就一头趴在票据中了。

秋贞解释说："学生娃的医保政策还没普及到草原上来，再说娃子的那些特效药又不在医保范围之内，都是自费的，是需要这么多钱。"顿了下，安慰我说，"别着急梅朵老师，至少我们是成功了——你知道吗，这期间族长去看望巴巴了，还在医院里陪护了两个晚上！"

"哦，族长看望巴巴，那确实太好了。"我说，却有些心不在焉，

"不过她还是不会笑,从回来我就没见她笑过。"我这么说,其实我的心思已经完全被票据拖走了。

秋贞便又安慰:"别急,她需要时间。"

"可我们却没有太多时间了!"我突然这么说。

秋贞不明白我说什么,蒙了一下。

"族长说,牧民们的虫草钱需要在入冬之前发下去!"我对秋贞解释,语气有些沉重。

秋贞这一听,也为难了。六万元,除了桑伽族长之前答应给的七千,另有我和秋贞、益西医生共同凑出的五千,其他的就都变成了债务,这数字确实太大了!秋贞陷入思考。很久一阵后,他盯着我,试探地冒一句:"我们可以到内地去募捐吗?"

听秋贞这个提议,我当即就想起昔日的一位同学来了,他叫常峰。应该是四年前,常峰得知我在草原上办学,便主动提出要为孩子们做点事,比如写个新闻报道,把我的困难说出来,让社会力量参与等。那时我拒绝了他。但我知道,新闻的力量非常强大,也许这次他能帮到我们。

周六放假,我匆忙赶到乡里。乡镇府正好有一部办公电话,信号较好,我给常峰打过去。因为三年未曾联系,电话那头常峰已经听不出我的声音。我只好自报姓名,他那边惊讶不已。相互问候、寒暄一阵后,我便把当下的棘手之事叙说一遍。

完了,就听常峰这样说:"梅朵,首先,请给个卡号吧,我个人想给孩子们汇点钱。不多,是我的一点心意。"

听他这话，我心中已有预感，事情可能会有些复杂。

果然，还没等我说声感谢，常峰就忍不住地抱怨上了："梅朵，请恕我直言，你在高原上做帮扶，三年前那可是新鲜事，是大新闻。那时不是有电视台准备把你的事迹报上《感动中国》吗？那时你为什么不配合呢？那时我还赶着要给你写个新闻报道，你也避而不见。现在已经过去这么久，你的事迹已经不是新闻，失了时效，再做起来难度就很大了——现在的事只有成为新闻焦点，才能激发民众热情，产生社会力量！"

常峰的这番话让我陷入迷惑——当慈善只有变成新闻，才会产生社会力量时，我对外面的世界越发迷惑了。

"那外面的世界，人们都是在追逐新闻吗？"我问，有点不死心。

常峰解释："这倒也不是，任何事都不是绝对的。不过请相信，现在做慈善的常规途径只有两种：一是通过新闻传播，二是通过人脉发展。如果你两个都没有，也不是说就不能做，但过程肯定会很艰难！"

"人脉？"我暗下惊叹起来，终又想到另一人：金卓玛。金卓玛这些年开客栈，南来北往的朋友多了去了，她的人脉资源肯定很丰富！

便在匆忙中与常峰话别，紧接着又给金卓玛电话，开门见山，把我的急需说出来。

金卓玛先是一口拒绝，说："不要打搅我嘛，为了顺利报考村官，最近我的学习好紧张！"

"那你当村官最终是为什么，不是为基层人民的生活服务吗？"我一把堵住她。

金卓玛那边有些吃惊,反问道:"你那碉房学校早就解散了,现在的桑伽小学是公办的,又不需要你个人出钱,你要那么多钱做什么?"

　　"不是学校需要,是学生需要。"我想这么说,但最终我不会这么说,只是在请求她,"金卓玛,你就别问原因嘛,我既然对你说出口,肯定是特别需要。拜托你了,是用募捐的方式,还是别的方式,都可以,但在入冬之前,我需要拿到这笔钱啊。"

　　金卓玛听说"入冬之前",心下便有思量,以为我是替草原上的牧民募捐过冬物资,才又笑了,爽朗道:"行吧,好在就是几万元,募捐应该没问题。"

　　"那真是太好了!"听金卓玛这一说,我提着的心才放了下来,紧跟着追问,"那你需要多久才能完成这个募捐呢?"

　　金卓玛认真起来:"具体操作当然不会简单。需要整理资料,需要发布,需要回馈信息,需要款项落实——这些都需要时间。你要是特别着急,就尽快把资料整理给我!"

　　"资料?"我恍惚了下,"没有资料呢。"

　　金卓玛像是也被我的回答恍惚了下,同时她也觉得好笑,大声问我:"募捐就需要资料,你不知道吗?"

　　"可是我没有。"我说,肯定地说。

　　金卓玛那边语气便有些激动:"你是开玩笑吧,你要募捐,却拿不出资料?"

　　"哦,我是不便写这个资料呢。"我这么解释。

　　"不便写资料,为什么?"金卓玛追问,但突然她可能也想到,既然是不便，就没有为什么了，所以她在那边很实在，也很坚定地对我说，"没有资料那就困难嘛。现在的社会好像是陷入了信任危机，就算我信任你，人家也不一定信任我；就算人家信任我，我也不敢随便冒险承担责任，万一哪里做得稍有欠缺，我就什么也说不清了。"

没想到，以人脉加上信任，都不能完成一件事。这倒把我困住了——困在是给金卓玛写资料呢，还是不写。确实，凭金卓玛丰富的人脉资源，募捐肯定没有问题，但前提是我需要写出巴巴的资料。既然是资料，肯定是要写上巴巴的姓名、住址、家庭情况吧，还有孩子为什么需要帮扶——她没有父母抚养吗？没有家庭支持吗？如果有，那是什么原因造成父母无法负担孩子？如果没有父母，那她的父母是分开了，得病了，还是不在世了，是什么导致她这么孤单，需要外人帮助呢？确实，你需要爱心人士帮扶，你总得给出原因吧——但不管是什么原因，都是巴巴的秘密，对于孩子，这就跟命一样，是不能说出来的。要知道，到今天我也不是特别清楚巴巴的秘密，我一直就在故意模糊她的秘密，更不愿因写资料而去挖掘它。因为时间还没有给我机会，让我想出一个切实的办法，解开这个孩子的心结。

垂头丧气地挂了金卓玛的电话，时已近中午。我摸摸空着的肚皮，走进乡里唯一的面馆，要了一碗炒面。正吃着，乡里的门卫过来喊我，说有我的电话。我知道这时间打过来，除了金卓玛便是常峰了，匆忙丢下饭碗跑过去。

果然又是金卓玛。听她在那边学着之前我的腔调，招呼我："谁叫我未来要当村官嘛，基层出了事，我肯定不能袖手旁观。你嘛，快快来我客栈,刚刚我联系到一位不需要资料的爱心人士,她能帮到你的! 但前提是需要你本人亲自去她公司一趟,就是:把你的帮扶事迹换成你的现身说法——你上草原支教,这对他们可是一件稀奇事了,他们就是想亲眼见见你嘛。"

怕我不答应,金卓玛又紧忙补充:"你来吧,我会亲自带你去的!"

不需要资料就能拉到募捐,正如我愿,我当然惊喜不已,但一听还需要去她的公司,想到手里正有课程,我连忙请求金卓玛:"这真是太好了! 那能请你替我去吗? 眼下我正有课程,放不下呢。"

金卓玛直言道:"刚才不是说了,他们要见的人不是我,是你,还需要你现身说法嘛。要是缺钱你就赶紧过来! 现在是我们在求助人家对吧,人家既然提出了,我们就不要让人家等待,这是礼貌。更重要还在于——趁热打铁,你明白的!"

44. 我们的心病

晚上回到学校,与秋贞商讨募捐的事,秋贞支持我去找金卓玛。

"没事就上课,有事就停课,那不是把课堂当成儿戏了?"我心里特别矛盾。

"上次带巴巴去看病,我不是也让你代课的嘛。"秋贞提醒我。

"那是救命,是特殊情况。"我解释。

"草原上的严寒究竟有多厉害,你是知道的。到了冬天,及时还上牧民们的钱,也是等同于救命。"秋贞盯着我,认真地说。

"课堂由我负责,你放心去。桑伽小学不同别处,是特殊的学校,你没来这里时,我也是一个人。"秋贞又强调说。

"可我这不是来了嘛。"我在坚持。

秋贞目光凝重:"那我再说个不好的比喻,你别介意啊:如果你病了,你还能上课吗?不能是吧,需要请假是吧——这么大一笔钱,是我们的心病!"

秋贞说到这个份上,说明这笔钱不单是我的承诺,也是他的。

只得把课堂委托给秋贞一人了。匆忙去找金卓玛,又随她马不停蹄,到达她朋友的公司。

原来这是一家传媒公司,叫万慧传媒。他们并不是直接捐钱,而是有一个传播正能量的公益项目,可以以我作为主讲,举办几场小型演讲。由于金卓玛事先已经介绍过我的工作情况,很多人对我的草原办学充满好奇,正如金卓玛所说,我要做的就是现身说法——把我这些年的草原生活说出来,尤其是把困难说出来,给企业员工传播正能量,说完了,员工们会有集体捐款。

好吧,虽然这样做有悖我的初衷,但只要不是拿孩子说事,我也愿意。

于是开始我人生中的第一场演讲。是在一个有着百名员工的私营企业,由金卓玛的朋友万慧领路——未来的几场演讲都将由她领路。

我要从哪里说起呢?当然是从最初我为什么会上高原,后来为什么会留下办学,今天又为什么会站出来演讲,逐一地叙述。

讲完后,一位年轻职员,是位戴眼镜的女孩,激动地发出感慨:"老师,真羡慕您,能在那天堂般的草原上生活,出门都是骑马,好浪漫啊!"

我朝女孩礼貌地笑笑,语气则有些严谨,问她:"妹子,不知你可坐过拖拉机呢?"

女孩摇头,她不明白我的问话。其他职员几乎也在摇头,一些可能是和女孩一样,不明白我为什么要问与骑马不相干的事;一些则像是在回答,他们并没有坐过拖拉机。

这时,有位小伙子站出来,大声说:"我坐过拖拉机,我家在农村,我们经常用拖拉机运送货物。"

"那是什么感觉呢?"我问他。

小伙子一脸愁容:"坐拖拉机是天底下最难受的事。没有减震设备,路况又不好,上蹦下跳,人坐在上面,周身就像散掉骨架一样!"

我朝小伙子点头,才又把目光投向那位女孩:"妹子,骑马的感觉,就跟坐拖拉机一样呢。"

女孩一脸惊讶,连忙解释:"老师,我是看到电影里那些骑马,觉得好浪漫。原来您天天骑马,也跟受罪一样。呀,您真是太伟大了!"

"不,"我不好意思地说明来意,"其实,今天我站在这里,并不是想表达我的伟大,而是想让你们知道,我的困难呢。"

我突然来一句这么真实的表达,叫我的听众既惊讶也感慨,我看到有两位职员的眼睛开始湿润了。

这第一场演说，便是这么顺利，我收到了一万五千元集体捐款。晚上回到住处，我和金卓玛正兴奋着，就听有人敲门。打开看，原来是万慧，她领着白天那家企业的领导及员工到访。那位与我对话的眼镜女孩和拖拉机小伙子都在。他们带来了很多捐助的衣物和文具。衣物虽然都有穿过的痕迹，但均是半成新的，有些甚至特别新，我猜是不是刚刚还穿在身上，就脱下来捐了。且速度真是太快了，我上午演讲，说过我们的草原孩子缺乏衣物缺乏文具，晚上他们就搜集到这么多捐赠。衣物和文具放下来，竟把我们的小小客房占去了大半。这让我和金卓玛都很感动。

捐赠物资被职员整齐地堆放完毕后，他们的领导便一把拉住我的手，非常真诚地说："感谢老师，白天您的演讲不但给我们员工带来巨大的正能量，也让我们感受到自身的盲从和不足。对不起，我们的有些员工，阅历不深，太理想化了。那些草原孩子，他们太需要帮助了，我们正想为他们做点实事。知道您这次下来时间紧迫，我们只能火速行动，收了这些衣物文具，请您收下！"

我当然会收下。我的双目已经随着这些捐助投注到遥远的地方去了——充满爱心的员工们，他们送来了多少文具呢，钢笔、铅笔、蜡笔、文具盒、笔记本，肯定不会少于五十份，带回草原去，每个孩子都可以领到一份了。多少书包呢，肯定超过了五十只。那红色的，要发给帮金；蓝色的，要发给次结；大号的，要发给个子高的八珠；有着花花图案的，要留给巴巴。多少衣物呢，肯定也超过五十件。虽然有冬衣有秋衣，但我心中已有打算：那件深蓝色的秋袄，可以给八珠；那件抓绒的上衣,是次结的尺寸;那件粉红色的羽绒衫,刚好适合帮金;那件紫色印花的外套,如果再改一下,就可以给巴巴穿上了……

我这样想着,笑着,惬意着,不知不觉间听到企业领导在提醒我:"老师,让我们集体来说,'茄子!'"缓过神一看,自己已被推到衣物的正中央和人群当中,正在参与拍照,便跟着集体的声音喊道:"茄子。"喊完才看清,是万慧在帮忙拍照。她微笑着招呼我:"这个拍下来是做资料用的。"

45. 破解迷津

第二场演讲是在一家保险公司进行。有二十五位讲师听众,他们都是职业讲师,平时就是给别人讲课的,这叫我有些紧张。但安排活动的万慧悄声安慰我说:"请别担心,你们的分工不同。讲师要做的,是让人们的眼睛更为明亮;您要做的,是让讲师的心灵更为清澈。"

尽管这说得有点拗口也有点深奥,但我还是因此轻松了一些。便又如昨天那般,把我的草原办学经历逐一叙述。完了,就到了提问的时间。

一位女讲师急切发声:"老师,刚才听您介绍草原工作,途中危机四伏,您和孩子们应该办一份人身意外险啊!"

听得我有些发蒙,不知如何回应。

女讲师的同事连忙朝她使眼色,意思是:你怎么能这么直白地说话呢?便替女讲师向我解释:"不好意思,老师,她这是职业习惯,习惯了！"

女讲师面色显得有些尴尬，紧跟着说明："我不是让老师自己掏钱买，我是想送老师一份保险，算是一点帮助嘛。"

她的同事便把话题引开了，问我："老师，刚才听您说，您是不赞同把年幼的小孩送给城里人领养。但草原生活不易，孩子们被条件好的家庭收养，生活不是更好吗，您拒绝，这对孩子是不是有些不公平？"

"当然，这可能会对孩子的生活不公平。但如果被带走，是不是对孩子的生命也有些不公平呢？因为孩子生在草原，那里就是他生命的土壤。离开草原，他将会失去自己的语言和文化，那还是不是他呢，有没有'被生活'的感觉？当然，他有追求更好生活的权利，但我个人以为，这权利应该交给他自己——应该等他长大一些，或说等他有自主意识的时候，由他自己去选择才好。"

这位同事点头，继续问："老师，刚才听您说，您的学生当中也有很多不好管教，对于那些不听话的学生，您将怎么引导教育？"

"那经验可就多了！"我带着感慨回答，"办法千奇百怪，但都是从生活中细心观察得来的，很有效果。就举一个实例吧。我们孩子由于长期生活在封闭的深山草原，玩具并不多见。最初他们拿到我发下的书本笔记，经常偷偷撕下来，折成纸鸽，玩飞翔游戏。那时交通不好，运送书本上草原非常不便，我当然心疼了。苦口婆心地劝导，不管用。又用严厉的语言威胁，软硬兼施，办法都用尽了，依然不行。有天，我路过一片草场，看到草坡上有一行巨大的六字真言，回来我就有了主意：在每个学生的书本上也写上一行六字真言，告诉他们,这是神圣的书本,撕了它就是撕了六字真言,后来果然没人敢动书本了。"

全场讲师都笑起来,热烈鼓掌。

我听到前排有两位讲师在窃窃私语,前一位说:"老师这是平日从生活中细心观察得出的经验。如果我们给学员上课时,也能这样细心观察学员们的细节,从细节中,就能进入学员的心灵。"

后一位笑着接话:"你这是现学现用呀。"

前一位实在地说:"那当然了,听人演讲就是学习的过程。"

二位聊完,相视一笑。而我心中则生出了一些憋闷,总感觉这些讲师找我来并不是在感受爱心帮扶,而是为自己的事业破释迷津来了。

不过很庆幸,这一次,我们收到了一万元捐款。

这天晚上刚刚回旅馆,又来了一批爱心人士,是一家陌生机构。因为昨天万慧不是拍过集体照嘛,说是做资料用,其实就是上传到网络上。正好被这家机构看到,他们这也是赶着送捐助来了。依然是衣物和文具,这叫我有些措手不及。因为昨天已经收到很多,此行只有我和金卓玛二人,如果再收,怕是带不走。他们便提议,可以邮寄,费用他们出。想到衣物和文具我们都已经有了,而别的什么地方可能正需要呢,所以我想建议他们,是否把衣物先带回去,转赠给更为需要的人。但话还未出口,就听金卓玛在忙着招呼对方,说谢谢,谢谢,请你们把衣物整齐地摆放好。她一边吩咐来人,一边拉我进卫生间,紧张地招呼:"我知道你是不想收下这个捐赠,但人家都已经送来了,不好拒绝他们的爱心,也别打击他们的积极性嘛。"

"可我现在急需的不是衣物,是钱呢。"我提醒金卓玛。

金卓玛双目瞪得像两只爆开的石榴,疾声招呼:"这话你可千万别说出去啊,让人家听到你就说不清了——人家是奔着你的大善来的,你却在一味地谈钱,人家会感觉你好俗气!"

"可我现在急需的确实是钱嘛。"我实在地说。

金卓玛用力地掐了我一把,像是我一时糊涂,她需要掐醒我似的,"好了,千万别再乱想!你是跟我出来,就得听我的!"她小声命道,拉我走出卫生间。

一出来,我还来不及表达意见,就又被簇拥到人群当中了。这回没人提醒我说"茄子",而是大家都在紧紧地拢住我——不,因为客房太小,他们几乎是架起了我,由万慧在咔嚓咔嚓地按动相机快门。完了,又听到万慧在微笑着招呼我:"这个拍下来是做资料用的。"

46. 我对自己很放心

第三场演讲是在一所高校的小礼堂,听众都是导师和大学生。再一次复述草原生活,我已感觉有些疲惫。对于心灵来说,重复这样的演说是一个极其折腾的过程,个中滋味,五味杂陈。

好不容易坚持着说完,就见一位研究人文方面的教授站出来,首先发问:"梅朵老师,听您说了这么多草原办学经历,我很敬佩您,但仍有一个疑问,不知可方便提出?"

我朝教授真诚地点头。想起草原上的堪珠老师,他们几乎有着相同的气质,这令我敬重。

教授便直言了:"我想知道,人家高原孩子生活得好好的,您为什么要去教育他们、改变他们呢?"

教授这个问题,敏感、犀利又复杂,我要怎么回答呢?

"是的教授,我也经常在问自己:人家生活得好好的,我为什么要去改变他们嘛——其实我并不想改变他们,教授。当初我上草原办学,做帮扶,只有一个理念:帮扶,并不是要让他彻底改变自己;教育,也不是要他背井离乡,只是想让他们在自己的土地上,生活得更为温暖一些而已。"

"那您做到了吗,或者说,您是怎样教育草原孩子的?"

"您这问题可能会有点老调重弹,教授。我认为天下的教育应该都一样——重思想品德,重实际能力,重身心健康。"

教授面色严肃,指正道:"您这说的只是素质教育。"

"是,教授,在草原上,应试教育难以给孩子们带来更多出路,反而是素质教育结合技能培训比较现实——好的品质会让孩子受用一生,直接影响孩子们未来的生活质量;而精通一门手艺,生活就有了依靠。所以我对草原孩子只教两条:一是教他做人,二是授他技能。至于应试教育,当然不能没有,只是我们的孩子毕业考试会有些特别——我们衡量一个孩子能不能毕业就是:我出一道作文题,孩子能写出来;我写一篇作文,孩子也能读出来,并且理解其意。这二者合格,孩子就可以毕业——人间的应试教育,其实只需要这么多就够了。"

台下跟着骚动起来,大学生们因我这最后一句话,发出不同的感叹:"啊?""咦!""哟!"

“对不起，我并不是针对我们内地孩子，只是针对一些草原孩子，需要这么多就够了。”我连忙补充。

　　一位同学情绪激动地站出来，大声说：“老师，我支持您！”

　　教授在这场交流中面色复杂，他继续发问：“教他做人，授他技能，以您这种教学模式，您认为自己成功了吗？”

　　“教授，您说的成功，是以什么为标准呢？”我反问他。

　　教授才不会被我绕住呢，他这么继续：“我已经知道您的回答了，但很想知道，您办学的初衷是什么？”

　　“教授，对于办学，我没有太多复杂的思想。当初我上草原办学，就是想让孩子们能识一点汉字，说一些汉语，能简单地与外界交流就好。因为社会在发展，迟早有一天他们是要面对外面的世界，这是社会发展的自然规律，谁也无法避开。那我想做的就是陪伴他们过渡一下，让他们能够从容地面对未来，不至于太多的盲目和惊慌。我想，只有从容面对自己的土地，生活才会更为温暖吧。”

　　教授没有接应我的观点，他陷入深深的思考，不再发问。

　　大学的这一场演讲，因为听众都是学生，我们收到的捐款不会太多，但我个人倒觉得收获颇丰。因为终于有人会带着思考在听我讲话，而不是猎奇，或是为了他们自己的需要，这让我心怀感激。

　　但晚上回来，金卓玛却低声对我说：“我不喜欢那个专挑难题的教授，他只知道发问，到捐钱时，我看他一毛不拔。”

　　心情好，让我对金卓玛的怨言也充满了“慈悲”，便与她解释：“其实嘛，这只是个人消费习惯不同而已呢。就像之前，万慧的茶社朋友请我们喝茶，不是说那一泡茶就得一千多块吗。她那么爱茶，舍

224

得与我们分享茶道而不是直接捐钱,这是她的消费习惯,是她的爱好。能把自己的爱好分享给别人,也是一种善良。就像你,愿意这样陪着我跑,但不见得别人也会愿意。这样的话,你不能认为你就是对的,别人就是错的嘛。"

金卓玛有些委屈,嘀咕道:"可能是我的心越变越小了——跟你在一起,我的心就会变得越来越小!"

正说时,又听到有人敲门,我和金卓玛都以为是万慧。

金卓玛压低声音问:"要不要开门?"

我说:"如果还是带人送衣服文具过来,就不开。"

金卓玛问:"那要不是送衣服文具呢?"

我带着肯定的语气推测:"她要是来,肯定是送衣拍照来的。"

金卓玛不满道:"人家难道欠了你的? 都是在做好事,只是方式不同而已。"

这样说时,我们已同时赶去开门了。

一看,却是白天那位教授。他来,依然是白天那副严肃的面色,但不再朝我发问,倒像是打搅了我们似的,语气较为局促,解释:"本来,我是想早点过来,请你俩吃个饭,但还是让你们自己去安排吧,选你们自己喜爱吃的。"说完,往桌子上放一只信封,招呼,"你俩从高原下来一趟不易,去挑个好点的饭馆,给自己加个餐吧,剩下的给孩子。"

就是说,那信封里装的必是钱了。金卓玛顿时激动起来,竭力表述:"教授,我明白您白天为什么要那样发问了,谢谢您! 还有您放心,虽然您这捐款是私人送过来,但我们会有明细账目,每一笔捐款都会记录来源,最终万慧公司会把捐款人及账目都公布在网上,包括最后的用途,都会明确公布的。"

教授先是点头,赞同说:"这样很好,账目和用途是需要明确公布,才能让捐赠的人明白放心。"完了则又摆手,"我单独来找你们,就是要和你们商量——属于我的这笔钱,请别写我名字,就写匿名捐款。"

金卓玛一听匿名捐款,连忙问:"那您刚才还说,明确公布才能让人明白放心——您这匿名捐款,您放心吗?"

教授则这么回答:"我对自己很放心。"说完后,便不再多话,只是辞别。

好事来得有些突然,我和金卓玛都有些手忙脚乱,感激地送走教授。过后金卓玛拆开信封数钱,竟然有八千!加上白天大学生们的集体捐款,这次就有一万四千元。金卓玛边收钱边兴奋地调侃:"教授说了,今晚我们要下馆子,你说我们是吃海鲜豆捞呢,还是牛肉拉面?"

我和金卓玛正商量着要去找一家好的面馆,先每人点一大份卤牛肉,再各要一大碗面条,准备海吃一顿。但刚刚打开客房的门,就见万慧又领着一帮人过来了。果然又是送衣物和文具来的!这回,金卓玛终是忍不住了,冲着万慧牵强地笑,拖着调侃的语气说:"万总,您看呀,我们只有两个人,搬不了这么多嘛。就算搬得了,也已经收到一大批衣物文具了,这都有些过剩啦。你们这一阵风地跟着献爱心,就不先来问下我们的需要呀。另外来一次就要拍一次照,这样好不好嘛？要是只拍给自己留作纪念也可以理解,但要是都传到网上,是不是应该先跟我们招呼一声——那个什么,肖像权,肖像权,嘿嘿,开个玩笑哦。不过万总,您说拍照是用作资料,那不是已经拍过了嘛,嘿,昨天和前天都拍了,今天还要不要再拍呀?"

金卓玛这段话看似不经意,只是随口说说,但其实句句满含冲击力。万慧听得震惊不已,她没料到金卓玛会在陌生人面前这么冒昧,慌慌瞄一眼爱心人士,瞧他们的脸面正在变幻各种形态——有惊愕,有郁闷,有委屈,有伤心,有面面相觑,有不知所措。

万慧的脸面上便融汇了所有人的表情,非常的混乱,但听她慌慌地说了句无用的解释:"我是拍过了,但那是第一批人,这是另外一批,他们是没有拍过。"

"那你们是来拍自己呢,还是拍我们?"金卓玛咬住万慧的话,语气变得有些锋利了,言外之意是说,那你们到底是在爱自己呢,还是爱孩子?

万慧被堵得无语。其实就和我们一样,同样的事她也已经重复做了三次,她自身肯定是理解我们的。但她领来的那帮爱心人士,他们像是一群走在大街上的行人,突然掉进一个开裂的窨井里,那么地愕然。

金卓玛的脸,郁闷着。爱心人士的脸,惊愕着。热心的万慧夹在中间,脸色尴尬。

这事看起来像是有点收不住场面了!

我连忙给各位爱心人士让道,邀请他们进屋。因为屋里物资太多,其实容不下太多人的,我只好侧着身站在门边,指着屋里向他们解释："你们看,这里已经有了这么多衣物文具,而我们只有五十个孩子。"我说,语气有些感慨,"你们来,我是从心里感动啊。但……是否也应该先了解一下我们的情况、我们的需要呢?只看网络新闻,然后跟着发动捐赠,其实你们自己也是费了很多精力……我真的很感动,感谢你们……"说到这里,我的嗓门就有些生硬,说不出了。不是委屈,也不是怨愤,是一股既心疼又纠结的情绪,堵在嗓门里。

而爱心人士看到一屋子的衣物,也愣住了。他们不再说话,默默地扛着衣物,离去。万慧站在门外给他们让道,她是最后一个离开的。

关起门来,我坐在床上沉默。金卓玛则在低声自责:"刚才,我可能是叫万总难堪了。"

"还有那些爱心人士。"我说。

金卓玛嘀咕:"我让他们难堪的他们感受到了,他们让我难过的呢?"

47. 大米的微笑

这天半夜,不知怎么的,天空就像破了一样,下起了瓢泼大雨。早晨,我们接到万慧电话,说今天的演讲遇到紧急情况,可能无法进行。今天的举办方是一家新成立的慈善机构,叫天爱慈善基金会。他们请我过去倒不是听我演讲,是有很多帮扶方面的问题,他们邀我共同参与讨论,之后他们会有一笔慈善款转捐到我们这里。但大雨一直就没停住,万慧招呼我们,让等待。

我和金卓玛只好等在旅馆里。中午,万慧突然亲自来找我们了,一身的雨水。她匆匆征求我们意见,能不能参加天爱基金会的救灾抢险队,因为突发灾情,特别缺人,她自己也会参加。

　　原来是一夜暴雨,城市郊外的一条大河水位暴涨,突发溃堤,淹没了大片村庄! 现在整个城市的军人、机关干部都赶去参加抗洪救灾了。这个时候,当地的慈善机构肯定是要参加的。

　　我和金卓玛二话没说,随着万慧追上天爱基金会的队伍,直奔现场。河坝溃堤,我们面前一片汪洋大海。军人冲在激流翻滚的决口两端,奋力填埋沙包。大小领导穿梭其中,指挥,调令。当地政府在紧急转移灾民。我们作为慈善机构被分配在河堤上方一处安全的高地上,就地挖锅埋灶,给前线抢险队伍烧水做饭。决口下方的村庄几乎淹没在水中,洪水冲走了两位村民,至今不见踪影。当地村干部专门设立了寻找小组,正在沿着河流寻找。其他村民已被安全地转移到附近的学校和乡镇办公大楼。大雨下得昏天暗地,我们和部队以及当地政府,共同冒雨搭建帐篷。指挥帐、炊事帐、当地政府的办公帐,迅速地搭起来,在高地上一字排开。运输救灾物资的货车在狭窄的乡村公路上颠簸着到来。警车护道的政府车队送来一批批视察的领导和媒体记者,他们冒着大雨,举着黑色大伞投入抗洪一线。越野车和轿车送来的基本都是社会爱心人士,他们运来大米、香油、各种蔬菜肉食。一些人放下物资,朝着远方决口处正在奋力抢险的军人投去敬重的目光,之后悄悄离去;一些人并不想走,他们决心留下来参与抢险,正在同拦住他们的工作人员交涉,情绪激动。有家企业老总带领员工走进政府的办公帐篷,拿出厚厚一沓现金,捐给灾区人民。当地乡长正在接收捐款,老总的秘书正要举起相机拍照,这时,从帐篷外赶进一批市级领导,乡长匆忙将捐款塞给手下的乡干事,赶上前迎接上级领导。老总的秘书只能举着相机等待。上级领导简明地询问灾情后,由乡长带领,撑着大黑伞赶到前线视察去了。他们走后,等在一旁的老总秘书有些不好意思地对拿钱的乡干事解释:"对不起,刚才没拍着,可以重拍一下吗?"乡干事心照不宣,熟练地把捐款又还给企业老总,再由企业老总重新递交乡干事手里,两边手紧紧地握着捐款的两端,面对咔咔作响的相机微笑。

炊事帐里,我们正在忙着为抗洪前线的战士们烧午饭,就看到一条大横幅飘进帐篷,上面标着:"巨达公司抗洪救灾送饭团"。他们送来很多盒饭,一垛垛地码在帐篷一侧。因为我们都在忙着烧饭,他们只能自己拉开横幅自个儿拍照,顺便把天爱基金会的姜美会长忙碌的身影拉进镜头里。

待他们走后,姜美会长便急了,问一旁的万慧:"万总,他们送来这么多盒饭,可我们午餐已经准备好了,怎么办?"

万慧提醒她说:"没事,放着作晚餐好了。"

姜美会长伸头看看帐篷外,有些担心:"这天气有点热,放到晚上会不会坏掉?"

万慧笑着说:"雨天湿气大,不会坏的,这样也免了我们再烧晚餐。"

万慧这话过后,赶到吃晚饭的点上,帐篷里又飘进一个横幅来,上面写着:"大胜集团为灾区人民送饭"。依然有一队人马,送来一车盒饭。他们放下盒饭后,拉住脸上挂着牵强笑意的万慧拍了照,走了。这回，轮到金卓玛朝着万慧窃笑，问她："万总，拍照的感觉怎么样嘛？"

万慧没去理会金卓玛，她在思考如何保存这些盒饭，才不会浪费。姜美会长提出是不是可以用塑料薄膜盖好，放在大雨中，让雨水给它降温，保存到明天早上吃。万慧无奈中点头，说可以试试。炊事帐的爱心人士立马行动，把盒饭搬进大雨中，用塑料薄膜盖了个结实。

但等到第二天早晨，我们打开盒饭一闻，却有点馊味了。姜美会长很珍惜地提议："我记得小时候，饭如果有点不好，妈妈就会用香油炒一下，炒焦一点，就可以盖住不好的味道。"

万慧皱着眉头，语气严肃："这万万不能，要是军人吃得拉肚子，影响抗洪抢险，我们的责任可就大了！"

望着成堆的盒饭，又不能吃，曾经饿过肚皮的姜美会长眼睛有点湿润了。她坚持自己的主张，同时她也在询问我的建议。我非常赞同姜美会长——因为她的询问，也把我拖入回忆中了。

想当年，住在巴桑家的帐篷，好客的巴桑从牛粪地上端起一盆生牛排，油麻藤的根茎模样的生黑牛排，肉被风干在骨头上，其间沾着干涸的油脂。巴桑抓一根递给我。出于礼貌我尝试着吃起来。进嘴的时候就嗅到一股腥膻，不是那种新鲜膻味，而像是肉食混合着皮毛，经过轻度腐化，再被烈日烤干后的那种毛与皮肉混合的毛腥味。我的胃口立马翻腾起来，想吐出牛排。但巴桑一双雪亮的眼睛正充满信任地瞧着我呢。我只好咬起牙关狠狠心，咽口气囫囵地吞下，喉咙里立马就有被刮伤的感觉，刺痛，浓烈的毛腥味直往口腔外扑。很想呕吐,但最终我竭力克制,吞下了牛排。

自那之后,便没有我不能尝试的食物——这也是我倾向姜美会长的真切原因。确实,这些美食要是放在草原上,就是不用香油再炒一次,我和孩子们也会吃得很香的!

万慧见我也赞同,只好喊来昨天那位乡干事,想听听他的建议。乡干事想了一下,这么说:"我们这附近正好有家养猪场,不如送到那里去。"

姜美会长一听养猪场,连忙打开饭盒,情绪激动地清点里面的菜肴:"红烧牛肉,糖醋猪排,鱼块,鸡块,芹菜肉丝。这么丰盛的午餐,难道就要浪费了?"

乡干事安慰她道:"会长,也不算浪费,这猪场地处灾区,给猪吃了,也是在为灾区的猪们献爱心了,没有脱离本质嘛。"

雨一直下到第二天的傍晚才住了。雨一住,河水就明显地平静了很多。天空仍然压着乌云,但只要河浪不再疯狂地咆哮,我们的心情也就安静了一些。一天一夜的忙碌,我们每个人都已经疲惫不堪,卧在帐篷里,浑身就像一堆邋遢的衣袍,谁要是抱走这堆衣袍,丢进河里,不会有半点挣扎的气力,它就会像树叶那样地漂走。何况是那么一帮有气势的队伍——傍晚时分,我们的帐篷里又闯进一队慰问人马。领队的是一位老总模样的男人,阔步走到我们面前——看来这次不管愿意与否,我们都得任人摆布了。

果然,老总模样的男人在大声问我:"同志,你就是在高原支教的那位老师吗?"

我不置可否。

身旁一身泥污的万慧有气无力地帮我回答："是她。"

老总便像是找到了失散多年的亲人一样，一把抓住我，激动地说："老师，你辛苦了！"

一旁他的秘书在介绍："梅朵老师，这是博豪集团的张董事长。我们是在网上看到您的新闻，您的爱心无处不在，我们这是特地赶来看望您的！"

万慧一听是博豪集团的张董事长，那可是本地区最有特色的大慈善家呀。他的慈善做得既真诚又高调，最豪放的捐助方式是针对贫困人员发现金，并且每次他都会亲自到场，亲手发放。现金都是一捆一捆地堆在地上，由贫困人员排队直接领取。当然，领钱时会有一个小要求——需要面对炮筒一样的录像机表达感恩之情。规定的言辞有：您的大恩我们永远记在心上！您的大爱永远值得我们学习！您就是我们的再生父母！您就是我们的精神榜样！等等。万慧想到此，便吃力地站起来。这时，所有卧在地上的人，有气力的都自己站了起来；没气力，像我这样的，也由着张董事长的手下人恭敬地搀扶起来。张董事长已经挨近我，以我和他为中心的周边，已经紧密地围拢了一大帮员工。一条血红色的横幅迅速铺展开，举在我的头顶上方。我正想抬头看那上面写的什么，这时，就发现脚底前方已经排开了一袋袋大米，大米的前方是一桶桶香油。我听到和"茄子"差不多的一个声音，在说："请大家齐声喊：耶——"我没有喊出声，因为无须再喊，我身旁高昂的喊声已经响彻整个帐篷。

拍完合影，我又听到员工在齐声呼喊："董事长，您的大爱永远值得我们学习,您就是我们员工的精神榜样!"之后,群体散开,每个人又再和我单独拍一张,前推后拥,叫我有点晕头转向,瞧着面前那堆大米,我听到它们仿佛也在"耶——"的一声,笑了。

大坝溃口终是在这天的傍晚被堵住。抗洪抢险的队伍大半撤离,小半仍驻守原地,观察灾后情况。

天爱基金会的人也会留下,他们将为灾后重建做服务。由于时间有限,万慧、我、金卓玛,需要提前回城。临走时,姜美会长拉住我的手,沉重地说:"现在的慈善几乎都要与新闻挂钩。就好比这一场突发水灾,当它处在焦点时段,你看,是会被炒得沸沸扬扬,参与的爱心人士也会异常积极,满满的正能量。但等它失去新闻时效,也许不久就会被遗忘。可是受灾的人,他们的生活仍在继续。人们同情、关注水灾当时的困境,有多少人会继续关心灾后人们的生活呢?尤其是失去亲人的家庭,他们一个月处于对灾难的恐惧,一年处于恢复生活的艰难,十年甚至一生都需要调整由灾难带来的巨大阴影——多半人难以关注后者,但我们天爱基金不会忽视!"姜美会长坚定地说完,有些遗憾地跟我解释,"本来,我们是有很多帮扶方面的问题,想邀你参与讨论,可我们的时间都很紧迫,这次是来不及了。但我们承诺的捐款不会改变。等这里的灾情稳定之后,我们会回城给你汇过去。"

"谢谢会长,其实……"我说,心中对这位实干的会长充满敬意,但还未表述,就被她打断道:"请不必解释,你的难处其实也是我的难处,我十分理解!"

48. 演讲与表演

这之后，我们回到城市，开始准备最后一场演讲。本来我们的每一场演讲都是直接去的，但这最后一家公司要求我在演讲之前去他们公司先沟通一下。金卓玛做事猛实，这两天她在灾区干活太多、太累，就想待在旅馆好好睡觉，便由万慧领我进入这家公司。

接待我们的公司人事部经理，是位年轻女士，一头黑亮的短发，一身精致的套装，看起来干练又亲切。她非常热情地接待我们。一杯香茶递上来，她便开门见山地道出主题："老师，您的事迹太励志了，我们员工正缺乏这点。很期待您的精神能够打动我们员工。"

我不好意思地回她："您这是太夸奖了。我来，只是来给您的公司调节一下气氛而已呢。"

人事经理朝我礼貌地笑笑，语气却有点吞吞吐吐了："老师，您不知道……我们公司正处在转型中，从商业转向文化。但可能与职业有关，我们的员工性格有些复杂，最大的缺点就是不易被人感动。没有感动也就没有心灵。您知道，做文化是最需要心灵的，所以只有抓住员工的心灵，公司才能稳实壮大……"

我盯住人事经理，见她的面色在由干练慢慢变得纠结，却不知她想表达什么。

就听她在继续努力地解说："老师，我们员工平日很少遇到像您这样励志的人，他们的心就像掉进油里的石头，又滑又硬，不是那么轻易就能被感动，触动心灵……"

我还是不明白她到底想要表达什么，或者需要我做些什么，便直言："您需要我做些什么呢，请您直说。"

人事经理感动地点头，但语气依然吞吞吐吐："我们……就有一个小小的恳请，老师，请您理解……"

"没事，请直言。"我说。

人事经理便这么道："老师，明天您演讲时，要是说到了难处，您如果不能控制，您就不需要控制。"

"呃？"我朝人事经理愣着神，更不懂她在说什么了。

人事经理便小心翼翼地提醒："要是您说到难处时，控制不住，我们不会介意的。"

哦，她是在担心我说到难处时，会难过，会流泪呢，那确实是会有些尴尬的。

我的思绪就被回想拖走了。是的，前几天第一次演讲，我站在台上，对着一双双陌生的耳朵倾诉这些年我的不易，我的苦与累，情到深处时，我就特别想哭。但第二次演讲，这种感受就消失了，感觉更像是在背书，难有情到深处。到第三次演讲时，我甚至是有些疲惫了。

这么想时，我就直白地对人事经理说："请放心，明天的演讲，我能控制。"

却听人事经理带着强调的语气招呼："没关系老师，您不用控制，就是哭出来，又有什么关系呢，那才会真实感人……"

看到我突然目光震惊，人事经理止了话。我才明白过来，原来她那么一直吞吞吐吐地表述，就是在暗示我，要在演讲中流泪，要哭出来!

这算什么呢,是演讲呢,还是表演——是表演悲情剧的套路吗?出卖眼泪,那跟出卖心灵有什么区别呢?

我终是沉默。无法表述的感受让我不想告辞,沉默着,起身离开了。

万慧跟在我的后面,悄声提醒:"梅朵老师,您需要的钱还没凑齐呢。所以不管怎么说,明天的演讲还是继续吧。"

回到旅馆,见金卓玛躺在床上看电视,我便一个人坐进椅子里,在思考,明天那场演讲,到底去不去。这时,就见金卓玛突然叫起来:"你快看,电视新闻里有你!"

我抬头一看,正是本市电视台的一个新闻报道呢,上面有我的画面。就是之前那帮给灾区人民送大米的团队——博豪集团,他们团团围住我,被闪光灯的光芒照耀着,他们脸上神采飞扬。我听到报道在说:"洪水再大,大不过我们抗洪救灾的决心。今天,我们还有幸在灾区现场遇见著名的爱心人士梅朵老师。她放下高原教学,只身投入抗洪救灾现场。大爱无疆,她的精神值得我们学习。广大灾民也深受她的鼓舞,齐心协力,重建家园!"新闻中又贴入了一些我和金卓玛在旅馆中接受捐赠衣物的图片,这其实是电视台从网络上剪辑来的——那些网络资料是万慧前几天贴到网上去的。

金卓玛这一看,不由哈哈大笑,说:"他们这是在消费我们嘛!他们根本不知道我们需要什么,他们只是在爱自己。算了,我们不能再这样下去了,我迟早会被折腾死的。"金卓玛自顾感叹着,瞧我不应声,走过来,拍拍我的肩,之后却又转换了口气,"当然,明天还有最后一场演讲,看在钱的分上,我们坚持吧。对,今天你们谈得怎么样?"

"我不想去了。"我说。

金卓玛愣住了,盯着我。

"这些天,我在无数遍复述自己的痛,揭开自身的伤疤,要是你,你愿意吗?"我说。

金卓玛小心地提醒:"就最后一场了。"

"已经破了极限,我,快要崩溃了!"我伏在桌上,抽泣了。

金卓玛便不再说话。

第二天,就在我们打包衣物,准备离开的时候,来了一位女子。她自我介绍:"老师,我是从昨晚的电视新闻中得知万慧传媒公司的地址,由万慧介绍找过来的。知道您急需用钱,我这里正好有一笔钱,想捐给你们。"

我和金卓玛同时朝女子睁大眼睛,心中翻腾着激动又迷惑的浪潮。

女子便解释:"是这样的老师,三个月前,我的孩子得了重病,治疗费用需要二十万。我和孩子他爸都是下岗职工,哪里拿得出!只好去找电视台。后来通过新闻我们收到很多社会爱心捐助,我们孩子也得救了。现在我们的生活已经恢复正常,但那次爱心捐款多出了一万三千元。我和孩子他爸商量,这多出的一定要捐出去,帮助更为急需的人。"

238

"哦!"金卓玛一声感叹,我也是跟着感慨不已。

但是我们又同时听到这位女子在吞吞吐吐地请求:"老师,我还有点小小请求,不知你们可否答应……"

"是要拍照吗?"金卓玛敏感地问。

女子不好意思地点头,小声地解释:"本来那位万总是要亲自陪我来的,但她担心拍照这个事你们会介意,所以让我一人来了。"

金卓玛听完女子的话,认真地考虑一会,便替女子向我解释:"我们过去收到的捐款,都是他们自己或自己公司捐的,不需要向外人交待,不拍照没问题;但她这笔钱是来自社会爱心捐助,捐的人太多了,这个就需要交待,我们应该配合一下才好。"

我早已点头笑起来:"谁说绝对不能拍照呢,这个拍的是有良知的灵魂,必须支持!"

49. 岩鹰带来的启示

一周后,我带着捐款和一身疲惫回到桑伽小学,又开始上课,投入紧张的教学。巴巴的身体恢复得很好,只是依然不会笑,也不喜欢说话。每天晚饭过后,是孩子们的自由活动时间。在过去,只要是自由活动,巴巴都不会参加。她总是喜欢一个人默默地趴在宿舍的窗台上,安静地盯着外面的一切。

现在,从州府医院回来后,她又多出一个孤单的举动:趁着我们不注意时,她会悄悄地溜出校园,爬到校园东边最高的草坡上,站在顶端寻望草原深处。

她在寻望什么呢?

桑伽族长的山寨正在草原深处。我还记得巴巴刚从州府回来时,秋贞对我说,桑伽族长去州府看望过巴巴,还在医院里陪护了两天。这孩子,她肯定是想再看到族长吧,但族长已经走了,到那曲卖虫草去了。

经常,傍晚时分,只要天气晴好,桑伽草原的上空总会盘旋着几对大岩鹰。它们在傍晚时分飞翔,绕着草原上突兀的崖岩盘旋,一圈又一圈。巨大的翅膀从人的头顶上空掠过,会发出嚓嚓的声响。如果有阳光照射,它们的浮影就会落在草地上,像一块被风吹走的丝绸,悠悠的,又不会让人抓得到它。这是我最为痴迷的意境。通常,我也会在傍晚时分,趁着五娃子和他的小伙伴们(小狗仔)嬉戏时,独自走出校园,前去学校东边的山岩下。除了可以看到我无比热爱的岩鹰,更多还在于,经过一天繁重的教学后,这是我难得可以独处休息的时间。

但也恰恰因此,我发现了巴巴。

这天傍晚,等着五娃子和他的小伙伴们稍作嬉戏后,我便招呼他:"娃儿,我带你去看大岩鹰好不好?"

五娃子一听要去看岩鹰,撒腿要跑。

我叫住他,招呼:"娃儿,我带你去可以,但岩鹰可不像狗狗,它们害怕吵闹呢,你要听从我的安排,我就带你去。"

五娃子想了下,点头答应:"哦呀。"

我便带着五娃子来到巴巴经常到达的草坡下方,挑一个地势较为隐蔽的地方,我们坐下来。五娃子昂头,看到天空中盘旋着几对大岩鹰,他立马吵着要爬上草坡去。我警告他说:"娃儿,刚才学校里不是说好了,你要听从我的安排嘛。"

五娃子只好点头回答:"哦呀。"乖乖地坐在我身旁。

我便给他展开一段充满诱惑的讲述:"娃儿你看,大岩鹰嘛,也和你的伙伴(狗狗)一个模样,它们也有宝宝,它们的宝宝多多可爱哇!"

五娃子双目闪亮,朝着天空好奇地寻望。

我就问:"它们的家会在哪里呢?家里会有哪些成员呢?家外又有哪些亲戚朋友呢?娃儿,你想不想知道?"

五娃子点头,充满期待。

"哦呀,那些大岩鹰嘛,和你也是一个模样,脑壳也是多多地聪明,长得也是多多地好看!"我先是表扬五娃子。

五娃子自然得意,越发听得专注。

"它们的家嘛,住在高高的山岩上。家里呢,有阿爸和阿妈,也有阿哥和阿妹。你看吧,草原上,只要有山岩的地方,肯定就有它们的家。坝子上的牛呀,羊呀,还有我们放牛的阿哥阿姐呀,都是它们的好朋友,他们相互喜欢着呢!"

五娃子点头,想了下,问:"那它们还有亲戚吗?"

"亲戚肯定有了,大鹫鹰就是嘛。只是它们两家吃的有些不同。大鹫鹰是吃已经死去的动物,大岩鹰却只吃活的动物。"

五娃子有点担心了,问:"那大岩鹰会吃掉坝子上的羊宝宝吗?"

"当然会吃了,它们喜欢抓羊宝宝嘛。不过也是奇怪,放羊的阿哥明明知道大岩鹰会抓羊宝宝,却偏偏喜欢把羊宝宝赶到大岩鹰居住的山岩下。娃儿你说,为什么阿哥敢在大岩鹰的家门口放羊呢?"

我故意询问五娃子,激发他的兴趣。五娃子朝我好奇又急迫地摇头,他当然猜不到了。

"哦呀,这就是大岩鹰多多聪明了。自己的家就在山岩上,放羊的阿哥知道着呢。如果在自家门口抓阿哥的羊宝宝,阿哥肯定不会放过嘛,肯定是要爬上山岩,捣毁它们的家了。那就只有飞得远远的,飞到别人的地盘上抓羊。别人地盘上的阿哥阿姐们,并不知道这大鹰是从哪里飞来,它们的家又在哪里。所以嘛,经常就会出现这样的情况:如果有远方的大鹰飞到自家的地盘上抓羊,自家地盘上的大鹰肯定要和远方的大鹰打架,就是要阻止远方的大鹰抓自家地盘上的羊嘛。因为自家地盘上的羊如果被抓走,放羊的阿哥肯定怀疑是自家地盘上的大鹰做的,那不但被冤枉,自己的家也就保不住嘛。"

五娃子听我这一说,咯咯笑起来。

"哦呀,其实放羊的阿哥凭着多年放牧的经验,早已经觉察了这个,所以嘛,他们和自家门口的大鹰就成了好朋友!"

五娃子开心大笑了。笑了好一阵,却又继续请求:"阿妈,我还想听,还有大岩鹰的故事吗?"

我悄悄瞄一眼草坡头,想到巴巴此时正在上面,便故意提高嗓门,大声招呼五娃子:"大岩鹰的故事多多有了,阿妈多多知道。比如西边草原上的卓玛,她和大岩鹰的故事。"

五娃子问:"卓玛,她是多大呀,长得什么模样?"

"她呀,比你大呢,模样嘛,让阿妈来想想……嗯,模样就跟巴巴差不多。"

五娃子目光晃动了一下，"巴巴。"他说，当然是想到了学校里的巴巴。

"哦呀巴巴，卓玛和巴巴长得太像了。她们都有一双月亮一个模样的眼睛，花朵一个模样的脸面，连大岩鹰也多多喜欢呢。卓玛嘛，和大岩鹰是一对好朋友！"

五娃子听说卓玛和大岩鹰是好朋友，脸上先是露出羡慕的神色，接着也有些不明白，指着天空问："阿妈，大岩鹰的家住在岩石上，卓玛怎么和它交上朋友呢？"

"这个嘛，阿妈要明天再告诉你了。"我说，暂且断了话题。

五娃子不满足，请求说："阿妈，你今天可以告诉我吗？"

"不可以。"我说，语气肯定。

五娃子不想走，有些不甘心的样子。

我凑近他，大声招呼："娃儿，关于大岩鹰的故事嘛，除了卓玛的，还有很多呢。阿妈一天可讲不完，还是每天分段给你讲吧。"说完，我抬头朝草坡上方瞄瞄，再一次放大音量，继续招呼，"但是娃儿，你要记住了，这可是我们两个人的秘密哦！阿妈的故事只讲给五娃子一人听嘛。其他娃娃，帮金也好，次结也好，都听不到。所以这个秘密，知道的只有我们两个人！"

五娃子脸上那种不甘心的神色就被得意的神情取代了，抿着嘴，窃笑着点头。

"哦呀，那明天这个时间，我们再来这里。记住，这是我俩的秘密，不能让别人知道哦！"

50. 这是我俩的秘密

第二天傍晚,我故意拉着五娃子在校园里兜了一圈。我看到巴巴趴在宿舍的窗口边,她早就瞄着我们啦,我便带着五娃子走出校园。

五娃子对西边草原上的卓玛可是念念不忘呢,刚到昨天的草坡下,他就忍不住了,迫不及待地问:"阿妈,西边草原的卓玛和大岩鹰,他们是怎么交上朋友的?"

我摸着五娃子的头,朝着他微笑:"哦呀,我还是先和你说说卓玛的阿爸吧。卓玛和巴巴一个模样,都是没有阿妈的。但是卓玛有阿爸,她的阿爸是一位守护亡人灵魂的大师嘛,我们平时都喊他多不单。这多不单和大鹫鹰,他们就是好兄弟,感情多多深了。一天,阿妈去看望多不单时,正好遇到他在召唤天上的大鹫鹰,他这是要请大鹫鹰到草原来做客的。因为有个阿爷死了,他准备请大鹫鹰帮忙,送走阿爷的灵魂。但在这之前,他要求阿爷的家人准备一些牛肉,送给大鹫鹰吃。阿爷家人不明白嘛,问为什么要送牛肉?他就这样跟阿爷家人解释:今日天气好,我预计会有更多的大鹫鹰要来,那吃的肯定不够了——那么远请人家过来,却吃不饱,那真是对不起了。这就好比你请客人吃饭,却没有让客人吃饱,你肯定是对不起人家嘛!"

五娃子连忙点头,答一声:"哦呀!"他被我的故事拖进深处了,一时竟把卓玛和大岩鹰交朋友的事给忘了,追问我,"阿妈,那阿爷的家人可给大鹫鹰送牛肉了?"

"当然送了！阿妈当时也在场嘛。那天阿妈在场子上看到有很多大鹫鹰，它们下来吃饭时，飞行的姿态各不相同。有些是缓缓地从天边飞过来，慢慢地落在场子上；有些要在空中盘绕很久也不会下来，一直等到别的大鹰吃得差不多了，它们才会飞落下；还有一些更为特别，它们不来则已，一来就会像一阵急雨，突然从空中直线地掉落下来。娃儿，你看嘛，这和你的小狗宝宝吃饭可有些不一样！"

　　五娃子点头，底气十足地回答："哦呀，不一样！"对此他确实是有经验，因为每次只要他拿出火腿肠，小狗仔们都会一窝而上，没有不跟着抢食的。

　　"大鹫鹰那些不同的飞落姿态，叫阿妈也有些不明白嘛。阿妈就去询问多不单，你猜多不单怎么说嘛？"

　　五娃子实实在在地摇头，这个他当然不知道。

　　"多不单说，大鹫鹰对他召唤的态度，也像我们的娃娃在课堂上听老师讲课一样呢。有些小娃多多听话，有些小娃是半听不听，有些小娃却是不听话。那性格不同的大鹫鹰，它们对待多不单的召唤也是这样的。懂得礼貌的大鹫鹰，听到召唤后会从天边横着飞过来，远远地就能看到它们，落下时也是缓缓的，很有礼貌。贪玩的大鹫鹰会在空中盘绕很久也不下来，就像顽皮的娃娃嘛，这是要在路上边走边玩耍，等耍得饿了，才会飞下。而有些不听话的大鹫鹰，多不单用一般的召唤请它们，它们是不会听的。它们不来，多不单就会发脾气，警告它们，如果不来，或者在规定的时间内还不能赶过来，会有怎样怎样严重的后果。那些不听话的大鹫鹰一听后果严重，就会吓得跑过来，为了赶时间，飞得太急，它们就从空中突然掉下来了！"

五娃子这一听,晃着脑袋笑开了。五娃子一笑,叫我自己也跟着笑起来了。我俩开心地笑了好久。过后,五娃子忽然又想起卓玛来了,急切地问:"阿妈,那个卓玛阿姐,她是怎么和大岩鹰交上了朋友的?"

　　"哦呀就是! 阿妈说着说着,却忘了给你说卓玛自己的故事了!"

　　五娃子朝我闪着期待的目光。

　　"刚才说了嘛,卓玛是多不单家的女娃。他们的家在西边草原上。那西边草原每年一到冬天就会下大雪。有一年冬天,雪下得实在太大了。大雪啊,已经持续地下了十天。白茫茫的草原上,除了一道道山岩在冰天雪地中沉默着,还有一只大岩鹰也在沉默着。它静候在万丈山岩上面,已经有十天没有进食了。山岩顶端那极度凌厉的冰霜,蒙住了它的双眼,似乎再也睁不开来。它一动不动,像一座冰雕。白毛风裹挟着鹅毛大雪,铺天盖地,又呼啸着持续了一整夜! 草原上所有动物,灰兔呀,雪鸡呀,黄鼬呀,火狐呀,全被冻死了,深埋在冰雪下面。这叫大岩鹰再也猎不到食物了。到第十一天,天亮之后,大岩鹰将会变成真正的冰雕——如果大雪在第十一天还不停下,太阳在第十一天还不出来的话,大岩鹰肯定就要被饿死了!"

　　我说到这里,忽然停下来。

　　五娃子跟着追问:"那大雪会在第十一天停止吗? 太阳会不会出来?"

　　"这个嘛,"我给五娃子抛出一个悬念,"今天就不说啦。明天,还是这个时间,还是在这个地方,阿妈再告诉你,好不好?"

五娃子朝我张合着小嘴,他很想继续听下去,但我却已经在表扬他了:"哦呀娃儿,你是看阿妈说得累了,所以也同意明天再听是吧。哦呀,阿妈就知道嘛,你是最心疼阿妈了,你比大岩鹰还要聪明嘛,我们的秘密你也不会告诉别人的——哦呀,这是我俩的秘密!我俩的秘密!"我一边说一边趁势拉起五娃子,连连哄着他离开了。

第三天,我开始在同样的地方,给五娃子继续讲述:"到第十一天嘛,大雪终于停止啦,太阳也露出了笑脸!阳光温暖地照在大岩鹰的身上,叫它本来闭着的眼睛,在阳光下缓缓地睁开了。它疲惫地寻望身旁的世界,却看到:脚下,一片白;前方,一片白;远方,一片白——为什么总是看不见可以维持生命的食物呢!大岩鹰竭力地发出一声凄叫,抖落一身冰雪,它就展翅飞起来了。哦呀,都已经饿了十天,它得在雪地上寻到一点吃的,对不?"我把目光投注在五娃子脸上,问他。

五娃子连忙点头。

"这时嘛,大岩鹰就发现前方那起伏的雪地当中呀,浮现出一个黑色的小动物——那正是它的猎物嘛!大岩鹰一看就兴奋了,紧忙扑打翅膀朝着猎物飞去。似乎呀,那雪地上的动物就是上天专门赐给大岩鹰的,所以大岩鹰并不着急,它虽然饿极了,但依然不失优雅,还是按照自己捕猎的习性,要先在猎物的上空盘旋一圈——其实就是观察嘛。它伸展双翅,在空中滑翔,张望,再张望……猛然它就发现,那雪地上的动物竟是一个小娃,是卓玛小娃!"

说到这里,我按照惯例又停下不说了。

五娃子正听得紧张呢,见我突然收住话,那个着急的劲头,就像被那只大岩鹰给抓上了。"阿妈,阿妈,大岩鹰会不会吃了卓玛? 它会不会把卓玛吃了?"五娃子紧迫地问,满脸都是担心的神色。

　　"这个嘛……"我故作神秘地四周瞅瞅,"既然这是我俩的秘密,就不能随便在这里说了。你看,这里也没有门,一说出去就会被别人听到。我们还是回宿舍再说吧,回宿舍我再告诉你!"

51. 温暖的感觉

　　次日上午,正是周末,我在校园里打扫卫生,总感觉有双眼睛在悄悄地盯着我。我在校园东边打扫,它会从西边投注过来;我到西边打扫,它又从东边投注过来;我到学生宿舍前打扫,它就从宿舍的小小窗口里投注过来。我忽地一转身,就看到了巴巴! 虽然她的脸面已经迅速地缩进窗口里,但接着我就听到咚的一下,是摔倒的声响。我慌忙跑进宿舍,果然看见巴巴,她在回避我时,因为速度过快,被身边的课桌给绊倒了。

　　我赶上前扶起她,一边问:"巴巴,你怎么了? 是哪里跌痛了吗?"

　　巴巴摇头。

　　"哦呀,没跌痛就好。好好的怎么就跌倒了呢?"我故意这么说。

　　巴巴以惯有的方式,低头,不说话。

　　"哦呀,那以后可要小心一点。"

　　巴巴点头。

248

我放下巴巴继续到外面打扫。

午饭前，我来到学生宿舍，开始检查卫生，又感觉有一双眼睛在盯着我。我一转身，就见巴巴站在我身后，见我，她迅速低下头去。

"巴巴，上午摔了，现在你还好吧？"我主动询问，但眼睛并不望她。我在瞧着学生们的床铺，东看看，西看看，所以巴巴对我的问话，她是摇头还是点头，我看不到，也不想看到。我佯装并不在意她的举动，检查完学生宿舍后，我就离开了。

这之后，总有大半天的时间，只要我在校园里走动，总感觉有一双眼睛在盯着我。

傍晚时分，我依旧要去校园外的草坡，但这一次我没有带五娃子。因为昨天晚上我已经把卓玛的结果告诉他了，他就没了兴趣再跟随我。他的小伙伴多了去了，校园内外的那些狗宝宝都把他当成了小主人，和他亲热着呢。

当然，这当中巴巴有几次很想走近五娃子，试图从他口中打听卓玛的消息；但我早就招呼过五娃子，要想未来听到更多故事，昨天的秘密就不能说出去！

巴巴最终没辙了。她是多么担心啊，担心那个与自己共着命运的卓玛——那只大岩鹰，它最终会不会把卓玛给吃了？这问题巴巴是没有胆量直接过来问我的。她当然不能直接问我，因为我都说过了，这是我和五娃子的秘密。而"秘密"二字对于巴巴就跟夜空一样深暗，无论怎样都无法揭开。这使得巴巴的心情变得无比复杂。她是又想知道我们的秘密，又害怕知道；又担心卓玛的命运，又迷惑那只大鹰！所以当我再次来到草坡时,巴巴紧忙也跟了过来。

当然,她不会直接跟着我的。像往常一样,她只是悄悄地、远远地随在我的身后。这时我当然不能像之前那样,任由她默默前行。我得寻个办法,要"一不小心"地看到她——就在这时,突然间,我的脚像是崴了一下,然后我就跌倒在草地上了。当然,同时我也就看到了巴巴,她正站在我身后的不远处。

"是巴巴吗,哎呀,老师摔倒了,你能过来扶一下吗?"我倒在草地上,佯装起不了身。

巴巴就跑过来了。

"哎呀,瞧老师这个身子,太重了,你肯定扶不起吧。"我跟着自圆其说,装作吃力的模样撑起身子。

巴巴站在我面前,低着头。

"巴巴,你怎么也来这里了?"我问。

巴巴低着头,不回答。

"你是见老师过来,也跟过来了,是吗?"

巴巴点头。

"那你跟上老师,是不是有事要问老师呢?"

巴巴不点头,也不摇头。

"哦呀,是有事?"

巴巴不说话。

"那是没事?"

巴巴依然不说话。

"那到底是有事还是没事呢?"

巴巴不语。

"好吧,既然你没事要问老师,老师可要走了。"我说,佯装要转身。

巴巴终是抬起头了,望我一眼,嘴唇张合了下,又迅速低下头去。

"那老师走了啊?"我重复说,开始朝前方走去。

走过一段路,扭头看,巴巴垂着小头,还站在那里。我就又反身回去,开始引导她:"巴巴,老师知道你有事呢,是什么事,说出来吧,老师也想听听。"

巴巴又没了反应,面目几乎埋在自己的衣领里,看不到她的眼神。

我站在原处等待了一会,但是我等待,巴巴也跟着等待。我只好提高音量,继续引导她:"好了巴巴,现在这里只有老师一人,你说什么都可以嘛。"

巴巴依然一动不动。

这可不是办法! 引导不行,那就得来点激励的办法,于是我装作很放松的样子,干脆道:"既然你不说,肯定是没事了,那老师就放心啦。好吧,你应该回学校去了。"

我动身离开她,同时又在强调:"老师真的走了哦,你也快回学校去吧。"

巴巴见我再次催她回学校,一时急了,终是小声地吐出几个字:"老师,那卓玛……"见我惊讶地盯住她,又不敢说了,断了话。

"卓玛? 哪个卓玛?"我故意问。

但见巴巴的脸蛋儿瞬间涨红了,紧忙埋下头去。

我佯装思索了下,然后反问她:"哦,你是问西边草原上的卓玛吗?"

巴巴点头,迅速、轻捷,且又是细微地点一下,不用心根本也看不清她是点头了。

"哎呀,那是我和五娃子两个人的秘密呢! 你是怎么知道了?"我故作惊讶。

巴巴像是犯错一样,紧张起来。

"好吧,没事,你就随便说吧,你是怎么知道这个秘密的?"我又缓下了口气,悠悠地招呼她。

巴巴当然不愿说了。她本来就有点说不清,因为第一天听到我们的秘密时,她确实不是故意的。而我知道,如果再这么问下去,她肯定就要哭了。所以最终我还是需要用引导的方式,慢慢打开她的心路:"那是不是说,前天我和五娃子在草坡下说话时,你也正好在草坡上?"

巴巴点头。

"就是说,你在上草坡之前,并不知道我和五娃子已经在草坡下了?"

巴巴点头。

"那就是说,不是你故意要上草坡来,故意要听到我们的秘密?"

巴巴点头。

"你只是无意中上了草坡,然后是风把我们的秘密,吹进你的耳朵里了,对吗?"

巴巴紧迫地点头。

我皱起眉头,像是必须要抽出一些时间,以便缓和我的秘密被别人发觉后的那种冲动的情绪;之后,我开始朝着巴巴微笑:"哦呀,既然你不是故意的,老师还是原谅你吧!"说完,我上前去,抚摸起巴巴的头,把她搂在怀中。

巴巴见我并没有生气,这才放松了精神,倚在我的怀里轻轻问一句:"老师,后来的卓玛,她怎么了?"

我拉着巴巴坐在草地上,面对着她,久久地注视。回想这个孩子从最初对卓玛的不经意,到后来的好奇,再到后来的担心,最终就像现在,她可以面向我提出问题,这样的心历路程,让我感慨又忐忑——我和五娃子经久的努力,能不能在这一刻,让这个孩子笑起来呢?

我开始按照自己的思路询问她了:"哦呀巴巴,昨天我是说到哪里了?"

"大岩鹰,它伸展双翅,在空中滑翔,张望,再张望……猛然它就发现,那雪地上的猎物竟是一个小娃,是卓玛小娃!"巴巴快速地说,她竟然一字不漏地记下了我昨天的话!

"哦呀,大岩鹰当时看到的猎物就是卓玛!卓玛嘛,她原本是在自家门前的雪地上玩耍,一不小心却跑远了。四周的雪太大了,叫她一时迷失了方向,回不了家。结果走得太累,她就晕倒在雪地上。这时大岩鹰正好飞出来找食物嘛,以为卓玛是它的食物,就朝她飞去。当它发现那是个'死'去的小娃,它就放弃了。因为大岩鹰只吃活食嘛,不吃死的——这个我第一天就和五娃子讲过了,你也多多听到了对吧。那大岩鹰最终没找到吃的,肯定气不过嘛,就朝着卓玛扑起了翅膀，盘绕在她头顶上方尖叫，表示很不高兴！这时呢，卓玛本来已经昏倒了，如果不是大岩鹰在头顶上叫唤，她可能就会永远地昏睡下去，那就真的要死在雪地上了！但是大岩鹰是多么有力量呀，大翅膀一扑，尖厉地一叫，竟然惊醒了卓玛，叫她奇迹般地从雪地上站起来了。并且随着大岩鹰飞行的方向，她最终找到了回家的路线——她得救了，是大岩鹰救了她！"

在巴巴的内心，她认为卓玛长得像自己，又都没有阿妈，那就和自己是共着一个命运，是一家人了，因此对卓玛充满担心。这担心的时间太过于漫长，叫她憋得慌了。现在，当她听到大岩鹰不但没有伤害卓玛，还救了她的性命，那也像是救了自己的性命一样，心情豁然就放开了！

但见此时巴巴的小脸上，先是眼睛里闪出点点亮光，接着是两边嘴角跟着缓缓地向上扬起，虽然还是微微地抿着嘴唇，却也掩饰不住她那因开心而笑起来的脸颊，那么的好看，像是染上了一层阳光！

是的，巴巴终于笑了！

她笑得那么含蓄、温婉。是不是最苦的孩子笑起来都会这样，因为快乐对于她太珍贵了，所以舍不得迅速地展开，而是要缓缓地、慢慢地释放那发自内心的快乐！

这时，我也发自内心地笑起来，贴着巴巴的小脸，问她："哦呀，老师的秘密被你听去了——你知道了老师的秘密，老师是怎么做的？"

巴巴的笑依然在缓缓地释放，越发地动人，但她不知道该怎么回答这个问题。

我便跟着提示："哦呀,你知道了老师的秘密后,老师有没有生气呢?"

巴巴想了一下,小声说:"没有。"

"哦呀就是,你知道了老师的秘密,老师要是生气呢,就不会给你说出卓玛的故事了。老师如果一直不说,你就会一直着急,一直担心卓玛,对不对?"

巴巴点头。

"别总是点头嘛,你要回答老师,是对还是不对。"

"对。"巴巴望着我,尝试着回答。

担心巴巴无法透彻地听明白,我又细致地讲一遍:"是嘛,你知道了老师的秘密,老师要是生气呢,就会批评你,也不会跟你说出卓玛的事情,这样你就会很着急,也很不高兴——这时的秘密,就是刀子,它会让老师生气,也会让你很不开心!但是现在老师选择不生气。老师不生气时,就会给你说出卓玛的事,你就知道卓玛是安全的,你也跟着开心了——这时的秘密,就是空气。因为它没有影响老师的心情,也没有让你担心难过,什么都没有影响,那不是空气是什么嘛!"

"哦……呀。"巴巴轻轻地点头。

"所以你要记住,秘密是刀子,也是空气——你在乎它时,它就是刀子,随时都要扎你一下;你不在乎时,它就变成空气了。"

晚霞已经落入雪山背面,夜的暮霭开始笼罩草原。我和巴巴起身回学校,我们一前一后,穿过起伏的草地。我一手提着外衣,一手提着水杯。走着走着,一只小手朝我凑过来,小心地替我拿过水杯;稍后,另一只小手悄悄地钻进我的手心里。心头一热,我紧紧地抓住巴巴的小手,生怕抓得过轻,它又缩回去。我们就这样彼此手牵手了,一边走一边摇晃,好温暖的感觉!我知道,从这刻起,巴巴心中埋伏的那个心结,可以解开了。是的,时间终于给了我机会,让我和巴巴牵起手来。

第 六 篇

52. 等着他们和好

天气越来越热,再过半个月,桑伽小学就会放暑假。对于我,这将是一个充满挣扎的暑假。首先是秋贞,突然接到家中电话,他的父亲病情逐步严重,他必须调回家乡去,以便就近上班照顾老人。如果调不回去,他就只能辞职。而我自从上回在格子卡的牧区掉进河里,风湿侵入体内,身子也是越发不好,每次上半天课就需要休息半天,严重影响了教学。如果秋贞再一走,我一人根本无法完成全校学生的课程,那桑伽小学就真的没有老师,要解散了。

这天夜里,我和秋贞坐在校园里,我俩均陷入迷茫,在相互对问——我们这样坚持,值得吗?

我说:"看起来是不是不值得呢,正因为有我们在,才有学校,牧民们才不会送孩子到县城去读书。如果我们都走了,兴许牧民就会把孩子送去县城了。"

秋贞并不认同，摇头道："不一定，如果学校真的解散，学生娃多半难以到遥远的县城去读书。因为那对他们是个陌生的地方。"

"我想主要还是看桑伽族长吧，如果有他积极支持，牧民们肯定不一样。"我说。

秋贞点头道："也是，族长的家族情结太深了，他不想离开草原，这也让他变得像是一头被困的野牛。我只能这样想了——也只有这样想，才可以回避桑伽草原上那些复杂的事。"

秋贞这么说话，叫我有些听不懂了。

秋贞就主动问我："你还记得有一次，族长和大吉在帐篷里唱的那首歌吗？"

"当然记得！"我跟着哼起来——

> 天际亮起了一颗星斗，
>
> 外出干活正是好时候；
>
> 渴望占领那个地方，
>
> 再平平安安返回家乡。

秋贞的面色，因为我的歌声变得严肃起来，慎重地对我说："这首歌，虽然歌词简单，但意味复杂！它是桑伽草原上那些因利益而产生冲突的家族的真实写照——裹坝寨的达达家，他们是草原上的虫草收购大户；桑伽族长也是。他们为抢生意一直就在明争暗斗。尤其桑伽族长，他对达达家的里拉早就有意见。因为里拉每年在草原上收购的都是最好卖的大虫草；桑伽族长自己的草原土质不好，虫草个头很小，不好卖——这也是导致族长长期滞留在那曲的原因之一。

但他又想不出好的解决办法。他知道大吉和里拉有家族恩怨，所以他和大吉才会走得那么近。至少他还是族长吧，他随便说一句话，对于大吉也是一种力量。你还记得吧，那一次我们在帐篷外，听到大吉自己都是这么说的！"

秋贞的话叫我无比惊讶："那么，大吉和族长的心思，其实你早就看出来了，只是不愿说出而已？"

"说出又有什么用呢？这些都是桑伽草原的传统生活，改变它需要时间。另外，又为什么要去改变呢？梅朵老师，难道你就没有因为这样的问题困惑过吗？"秋贞向我索问。

我当然是答不上来。

秋贞便继续："何况还有良心——承诺和誓言其实承载不了我们沉重的心灵；唯有良心！是良心让我们这么坚持！"

这样的对话越发叫人沉重，还是不说为好，我就把话题迅速转回去了："族长的想法，有学校就读书，没学校就不读；其实他是没有看到希望，他还没有看到读书能给草原娃娃带来哪些明显的好处。"

秋贞点头回应："可能是吧。我们从前的草原，它原始、平静、自给自足，不读书对于一个娃娃影响不会太大。但慢慢下去就会不同了。你看嘛，现在什么都在发展，都在开放，那么多现代文明、新鲜事物，就是你不想去理解它，也需要适应它的到来。不读点书，就怕将来适应也很困难！"

"你的这个想法，正是我刚进桑伽小学时的想法——之前我确实是单纯地以为，教育扶贫应该是桑伽草原最为重要的脱贫攻坚。但现在看来，教育扶贫和产业扶贫只有同步，没有先后。是的，通过上一次到格子卡扶贫摸底,通过大吉因为虫草利益和里拉发生矛盾的事,还有这次我到内地为巴巴募捐时经历的那些变相的帮扶,我总算看明白:教育扶贫固然重要,但民风和谐和经济发展同样重要。桑伽草原只有和谐、发展,才能持久地平安。和谐又是需要经济作为基础的。大吉和桑伽族长还不是因为看到里拉每年虫草收入丰厚,才暗中去抢生意? 如果大家都富裕起来,生活差距小了,事情就不会闹得那么尖锐。再说,民风不和谐,人心不团结,就是现在脱贫了,将来也有可能因为各种原因返贫!"

秋贞听我说这么多,连忙问:"梅朵老师,难道你有了别的想法?"

我点头回应他:"是,对于桑伽乡的脱贫工作,我有很多想法,等放假后,我要细细汇报齐麦乡长。"

53. 还回礼物的时候

期末考试终是到了。当天,还在清晨,北山沟的几个孩子,尼玛、多吉、嘎仁、龙措,却整体不见了。我慌忙询问同宿舍的大孩子,结果得知,原来他们早在昨天晚上就被大人悄悄接走了。他们不想参加期末考试。北山沟恰好处在桑伽草原距离县城最近的地方,牧民们经常去县城,思想就比草原深处的人要开化一些。现在政府正好出台了易地扶贫的好政策,有几户正想搬迁的牧民就擅自把孩子接走了。

但为什么迟早不接,非要赶在期末考试这天接走呢? 因为他们已经听人传话,说县里已经下发文件,如果这学期桑伽小学的总体成绩跟不上,老师又要调走一位,学校可能就会面临停课。牧民们的用心也是多多委婉——毕竟他们是桑伽草原的人,娃娃们都是由桑伽族长在管着,怎么说也不能直接伤了族长的心。如果娃娃们不参加考试,总体成绩肯定不好,学校也肯定就会停课,那他们就可以大大方方地到县城去读书。这也算是给族长一个委婉的过渡。

下学期期末考试结束后的第三天,桑伽从那曲回草原了。近两年虫草市场并不景气,族长收购的又都是小虫草,一时卖不掉。他原本是想在那曲多坚持一些时日,到藏历年才会回草原;但他又想在秋贞离开之际与其做个交接。说是交接,其实是想为秋贞送行,毕竟这青年是因为他才在桑伽小学待了三年。

我发现,族长有些老了,只是数月不见,他的白发长出来了。北山沟的学生娃没有参加考试,这件事我和秋贞暂且还在瞒着,没有告诉族长。但似乎族长已经从我们的眼神里看出来了。

族长的舅舅也稀罕地被请过来了。另外族长还请来了纳森。就是说,主要人物都到场了,像是一场告别。只是大家都不想轻易提到学校,只谈些别的。

族长已在恭敬地问候舅舅:"阿乌,这么远的路程过来,您辛苦了!"

他的舅舅点点头,神态严肃,并不发话。

族长作为主人,也不能冷了场面,便没话找话地询问纳森:"哦呀,你们家今年收成怎么样?"

纳森回答:"收成还可以,我们寨子里有几个农户搬迁出去了,留下一些田地,我给种上了。"

族长一听搬迁,想装作平静也难了,目光跟着晃荡起来。搬迁,搬迁,这真是哪壶不开提哪壶嘛!

秋贞只好趁着机会岔开话题,面向族长表达歉意:"族长,桑伽小学,是我失职了!"

"不,秋贞老师,是我没有用心!"我连忙接话。

族长不应声,只是示意他的老婆给我们添酥油茶。依然是加了核桃和鸡蛋的,酥油多多地放在里面,倒进碗里,只要稍微停一会不喝,就会看到碗面上结出一层打着皱褶的浮酥。

"不是你们没有用心……"许久后,族长语出一半,这么回答。他的老婆在默默地为我们添酥油茶,一碗又一碗。

"如果真是你们没用心,娃娃们也不努力,因为这个原因成绩不好,那也是没有办法。"族长终是忍不住这么发话,"但要是人心不团结,分开了,一切都会没了!"

"族长?"秋贞朝族长张合着嘴唇。

"我已经知道了。"族长幽幽地说,他指的是已经离开的北山沟的娃娃,"如果下学期开学,这里没有学生娃,那多半不是别的,是他们对我这个族长没有信心了。"族长说得伤感,我从未见他这么消沉。

"哦呀,你们两个也是尽力了!"族长又转口这么说,抽身走进内屋,像是要取东西。这让我想起第一次到他家来,他从内屋取出一只紫铜曼遮,放在我面前,让我从中挑选礼物。我当时并不想接受,却听秋贞招呼我,你还是挑一件吧,就当是帮族长挑一颗定心丸,等你

264

离开时,再还给他——那次挑选的礼物,今天我也带来了! 是的,我要把这珍贵的礼物,还给它的主人。

族长从内屋出来后,就看他的手里捧着一只精致的铜器,直接走到秋贞面前,递给他,说:"这个,是你们祖上的宝贝,你阿爸当年送给我的,现在你帮我带回去吧。"

秋贞吃惊地望着铜器,不敢接。

族长就解释:"因为知道是你们家的宝贝,我当初并不想收下。但你阿爸特别坚持嘛,他是想多多地感激我。我如果不接受,他会很难过。现在吧,我把同样的感激交给你——我算了下,这三年你教出的小娃,一百人肯定有了,他们永远都会记得你嘛!"族长说完,硬是把铜器塞给秋贞。

秋贞不肯接,一再推辞,弄得族长最终黑起了脸色,问一句:"怎么,人要走了,心也狠了?"

秋贞无奈,只好硬着头皮收下。

这场景,看得我心烦意乱——还人礼物的时候,是不是代表一切都结束了?

"要真是这样……"我想,抽出已经插入衣兜深处正在抓着礼物的手,"要真是这样,我还是别这么早拿出它吧。"

54. 只要不在天上,我就能找到他

秋贞开始收拾行李,在走之前,他来到我的宿舍。

"梅朵老师，明天我就要走了。"秋贞终于这么说。

我朝他点头，见他从背包里拿出一张相片。一位姑娘跃然出现在眼前。修直的身子，端正地立在盛放的蜀葵旁。一身款款的衣袍，一脸烁烁的笑意。一头青丝长发，被一条五色丝带绾到身子后面。细碎的银子耳坠，紧实地贴在耳根边。几颗人工合成的珊瑚珠子，串成一条项链，佩戴在胸前。她虽是装扮简洁，但一身青春明丽的气息，叫那身旁开得正艳的蜀葵也哑失了光彩。这么明亮又善良的姑娘，叫我也看得心动了。

"你回家就会成亲了，秋贞，你要怎样款待你的新娘呢？"我好奇地问。

秋贞目光低落，语气也有些低沉："阿爸生病，哪有心思操办婚事。我们两个到时候就围绕神山转三圈，回到家中就是夫妻了！"

"真好！这是最有意义的款待，祝你们幸福美满！"我祝福秋贞。

秋贞脸上这才漾起了笑容，跟着问我："你呢，要带上五娃子去哪里？"

"我？我还没有送回族长的礼物呢！"我提醒秋贞，"你还记得吧，之前族长也送过我一件礼物，我记得当时你还招呼过，等我离开时，可以还给族长。"

秋贞吃惊不小："梅朵老师！难道你还想在这里坚持？"

"只要桑伽草原还留有孩子，就是一个，桑伽小学也是有学生的，对吧？"

"但如果没有老师呢？"

"我不是老师吗？"

"你忘了之前益西医生剖析过你的身体状况吗？就算你愿意，你的身体可允许呢？"

"我的身体可能是不行了，但我还有孩子们嘛。"

是的，我心中已在翻腾着一个想法，这想法，自从听到益西医生剖析我的身体状况之后，就已经产生了，我把它如实地告诉了秋贞。

秋贞听后非常惊讶，问我："你是说，让你之前抚养的孩子来桑伽小学接替你？"

"对！"我肯定地回答。

"但桑伽草原的牧民迟早是要搬迁的，只是过渡期有点长而已。"

"所以更需要人，这过渡期的教育更不能断。"

"你让孩子回来，完成这个过渡期，之后孩子怎么办？"

"孩子们回到草原，就是草原的人才，未来他们正好可以为草原效力。你想，现在国家电网正在架设中。等电网一通，草原上就会有网络电商这一块，年纪大的牧民多半是不会做这个，那就需要年轻人加入。所以未来嘛，随着草原经济的发展，孩子们要做的工作真是太多了！"

秋贞听我这一说，沉默了。

我们的目光同时投向宿舍的窗外。深夏时节，草原的夜晚分外寂静，夜空像一块巨大无边的冰盘。视线可以清晰地看到小河对面的雪山，它们泛出清冽的光辉，绵延成片。

雪山，它一直就屹立在天空之下，无论我身处哪里，我都能看得到它；它也一直是我的方向——是的，从草原走出的孩子，对于草原的情感,就像草根对泥土的情感。只有这样的孩子,心才会贴着地面,工作才会扎实可靠。所以我就对秋贞对么说了:"我有一个骄傲的孩子,是倚着雪山出生的,吃着酥油长大的。他聪明,是个争气的孩子。我心中窝着多少心思,他全明白;我脑海里搁着多少理想,他也同样向往!你知道吗,我对他的信任和期望,那份笃定,那份真切,就像你看到的草原和牛群一样!"

"是苏拉吗?"秋贞问。

"苏拉这娃确实不错,只是她正在读书,还没毕业嘛。"

"那是五娃子的阿哥,小尺呷?"

"这娃去拉萨了。调皮的娃娃出路多,我现在只盼他能为自身谋得一份安稳的生活。"

"难道是阿嘎?"秋贞不明白了,"他不是在尼泊尔吗?有点远,快到天边了!"

"天边没什么,只要不是在天上,我就能找到他!"我说,语气坚定。

55. 声誉

秋贞最终还是走了,离开了任教三年的桑伽小学。我把五娃子暂时寄居在纳森家,之后便直接去找金卓玛。这时金卓玛已在参与草原上的大学生村官竞选,有点忙。见到我,金卓玛已经猜出来意,直言问我:"按汉语词典里的说法,你这是无事不登三宝殿嘛。"

"是呢!像你这样聪明细心的女娃,最适合做基层工作,竞选村

268

官肯定没有问题!"我为金卓玛送上吉言。

金卓玛呵呵笑起来。人开心了,语气便也直爽,直接发话道:"好吧,我带你去我堂哥家。"

聪明的姑娘,她果然与我心有灵犀,但听她在这么解释:"其实上次从格子卡回来,我就知道你有想法。通过那次实地走访,我也受到很多启发。确实,桑伽乡只有民风和谐,共同发展经济,生活才会有盼头。"

当天便由金卓玛陪伴,我们来到她的堂哥里拉家。里拉得知我们来,是要劝他与大吉和好,突然跳了起来,生气道:"是他大吉先侵犯了我们,难道还要我们忍气吞声?"

"不,阿哥,我们可不是这个意思呢。"我连忙解释,"想问题要从多个角度想嘛。你要是从大吉抢你生意的角度上想,当然想不通,因为确实是大吉没守住草原规矩。但从市场的角度看,这收购虫草,又没有规定必须是由你们家收购,商业市场就是自由竞争嘛。"

"那是你们城市的商业规矩好不好! 我们这里就是在用情感做生意。这次让我最生气的不仅是我们损失了很多虫草钱,最重要的是,他大吉破了我们草原人做生意的传统规矩! 另外也严重地损了我们家的颜面,这个不是你们外人可以理解的!"里拉冲着我发牢骚。

"好吧阿哥,就算我不理解。那我们就从家族恩怨的角度上想吧,毕竟过去是你们家欠他一个说法,他可能也是因为这个怄气了,才做了糊涂事。"

里拉朝我瞪大双眼,气愤地嚷起来:"我们家欠他一个说法?你把手掌放在心窝上想想好不好,他大吉家从父辈开始就和我们家过不去。他的阿爸跑到我们草场上先出手打人,他本人又暗中抢我们生意,这些都是他们先做出来的,我们家一直就是被侵犯的好吧。这次如果再不反击,我们家的颜面往哪里放!"

"时代不同了,阿哥,你的旧观念也要翻翻新嘛。你想吧,当时虽然是他阿爸先出手打人,但同时他阿爸也受了重伤。你们阿爸在这个方面,也有防卫过当的责任嘛。"

"你这么说,还是要让我们忍气吞声?"

"不是忍气吞声,阿哥,是包涵、大肚量。你想吧阿哥,恩怨不解开,就会冤冤相报,永远不得完了。这对你们家、对你们将来做生意,又有什么好处! 现在我们正赶上国家这么好的扶贫政策,桑伽乡遇上了好机遇,我们就应该好好把握。但对于一个地区,人与人之间如果关系处理不好,不但影响经济发展,也会影响地方声誉。你想嘛,市场是开放的,外地生意人也很想来我们草原。但考虑安全问题,他们就不敢来。像这次你和大吉产生矛盾,也给外界造成了不好的印象,那你以后再到外面做生意,人家要是问你哪里人,你说桑伽乡人,人家就会想到桑伽乡民风不和谐,对你印象就不会好,那声誉和信用度就都低了。你做生意凭的是什么,就是一个信用度嘛!"

里拉反对说:"影响桑伽乡声誉的又不是我;我和大吉的矛盾,都是大吉造成的!"

"你当然是无辜的,但外界人又不会过问这些细节,他们在乎的是草原的整体声誉。就跟你这么说吧,如果有个陌生的商人想来桑伽乡投资,但又不了解桑伽乡,这时,他首先会在网上搜索'桑伽乡',而不是搜索'里拉'。就是说,人家第一个想到的并不是你,而是桑伽乡,你明白吧!"

里拉这一听,就被我的后一句话给拖住了,想反对,一时又找不出有力的言辞。

金卓玛见此,连忙恳求里拉说:"阿哥,我这次来,也有一个困难事想求你帮助呢。"

里拉见这时金卓玛有事相求,就想把我的话题岔开,语气干脆地答应:"你的阿爸虽然很早就离开了老家,但我们始终都是一家人。只要我能办到的事,肯定帮你。"

金卓玛为了表达事情的重要性,先这么说:"阿哥,这事对于我的人生,太重要了!"

"什么事你就说嘛。"里拉催她。

金卓玛便这样说:"阿哥,你也知道,这次我正在竞选村官,你在这方面可有熟人朋友,帮我走个关系嘛。"

里拉一听就惊讶了,金卓玛这个请求,对于只想依靠做生意堂堂正正过日子的里拉来说,简直太造次了,何况还是当着我这个外人的面提出这么负能量的事。

里拉的脸都惊得红起来了。而我心下已在窃笑,这金卓玛就是点子多多,她正是要用这个办法激一下里拉,然后好道出她的真实想法。

就听金卓玛用更加急切的语气在恳求里拉:"阿哥,你生意做得大,朋友也交得多,帮我找个路子嘛! 我这要是当选上,也是在给我们家族争颜面呢。"

里拉好大一阵抑制，才平静了惊讶的情绪，当即拒绝道："阿妹，这个我可办不到。你要找我办能办到的事才行。"

金卓玛面色显得有些失望，盯着里拉，想了又想，想了又想，就这么说了："那阿哥，你如果真的不能帮忙找路子，你也要支持我是吧。"

"我当然要支持你，我们家族里还没有女娃子当官的。"里拉实在地说。

"可是竞选村官真的很不容易呢。先要通过考试，考上了还要面试。现在国家不是正在创建和谐社会嘛，要是考官问起我们家族，得知我们和其他家族有纠葛，再往深处问，又得知你还要找大吉算账，那我的面试印象还能好吗！"

里拉毕竟是做生意的，脑袋多多灵活，马上就领会了金卓玛的话意，当下只道："你这个说来说去，还是要我忍气吞声嘛！"

"不是忍气吞声，阿哥，是天空一样大的肚量！"金卓玛纠正说。

里拉一听"天空一样大的肚量"，情绪才缓释了些，心想这阿妹刚才所说的话，虽然目的是在劝他放弃报复大吉，但确实又是大实话。考官面试的时候，人家是会问起家庭情况的，别到时真的因为自己影响了阿妹的前程。想想，只好道："那就算我有天空一样大的肚量，他大吉跑了，你们到哪里找他回来嘛？"

我和金卓玛听到里拉这样的话，总算松了口气，知道至少在里拉这边，已经说通了。

272

56. 亲自出马

离开里拉家后,金卓玛匆忙赶回她的客栈,为报考村官做准备。我便直接找到齐麦乡长,把自己的想法说出来。不想齐麦乡长的想法与我不谋而合,当即表示:"桑伽草原的家族怨恨都是利益造成的,包括三十年前的赤豹和达达,也是因为争夺草场引发的纠纷。后来大吉抢里拉生意,更是利益的驱使。要想化解他们之间的怨恨,根本就在于,发展草原经济。发展经济,就需要走共赢互利的路子。在桑伽乡,里拉、大吉和桑伽族长,三个都是很有能力的人,但却都在单打独斗,各人自扫门前雪。如果能把这三人团结起来,组成一股力量,肯定能成为草原经济发展的领军团队!"

齐麦乡长说得神采飞扬,但突然间,他又被一个问题给绊住了:"就是大吉嘛,不知跑哪里去了,怎么找到他呢?"

"大吉肯定能找到,不过没有您亲自出面,怕是他也不敢回来。"我暗示齐麦乡长。

齐麦乡长惊喜问:"那就是说,你已经知道他在哪里了?"

"是的乡长,为找回其加,我是提前做了一些努力。"我如实说。

事情的经过是这样的。那一次大吉在那曲听到有人传话,说是达达家的里拉已经放出了话:一定不会放过大吉,不管他跑到哪里,都要把他揪出来。一般在草原上,冤家对头放出的话,就像是下达战书一样,大吉不得不提防。他只能带着其加离开那曲,一路往西跑。

因为身上还有卖牛的钱,他先跑到了拉萨,隐藏身份住下来。但是拉萨太小了,到处都是熟人,不久他就被里拉的一个朋友给认出来。他只好带着其加离开拉萨,跑到西宁。但是西宁又太大了,到处都是车流、人流,住过半个月,还是摸不清东西南北。正踌躇中,他遇上一位热心人,提出可以带他去做一个大生意,未来赚到大钱,就可以在西宁买房子买店铺,过上有钱有家的生活。大吉听信了这人的话,把整个家当投了进去。但最终生意还没开始,热心人却不见了!就是被骗了嘛。大吉只好去公安局报案。眼下呢,他正在西宁等待消息。但身上剩余的钱已经不多,他只好带其加在城市的郊外找个便宜的旅店住下来。这当中,他给桑伽族长打电话,想让族长给他指条出路。也就是说,大吉的行踪还是族长告诉我的。族长是在故意向我透露这个消息,因为他知道我正在配合乡里做扶贫工作,并深得齐麦乡长信任。怎么说呢,族长的心固执且又细致。当他看到北山沟的牧民要把娃娃送到县城去读书,便意识到大势所趋——桑伽草原的牧民搬迁只是迟早的事了。如此,他就希望大吉能够返回草原。至少大吉头脑灵活,未来草原经济发展,大吉会是他的一个很好的助手。

　　齐麦乡长听到这么一个结果后,当即抓住我的手,感慨地说:"哦呀扎西梅朵,获得这个消息我真是太意外了。看样子现在不但是我信任你,桑伽族长也很相信你嘛,他的脑壳终于开窍了!"

　　接下来我和齐麦乡长便马不停蹄地赶路。找到大吉时,他正住在西宁郊区的一个简陋的客栈里。一见是我们,大吉非常慌张。他

274

不信里拉会放过他,因为毕竟之前就有家族怨气,又是自己抢了里拉的生意。

"我才不信,我计算了下,这次我让里拉损失了好几万元,他会轻易放过我吗?"大吉疑虑重重,问齐麦乡长。

齐麦乡长却不解释,直接拨通桑伽族长的电话,让族长亲自跟他沟通。

电话里,大吉向族长提出很多顾虑。一方面是针对过去那些扯不清的家族恩怨;一方面是眼下和里拉因生意产生的纠纷。当话题谈到他回草原,将来要怎么生活时,齐麦乡长适时地接过话了,问大吉:"我就问你一句,到底你想不想回草原?"

大吉难过地说:"那是我的家,我怎么不想回去!"

齐麦乡长就跟着发话:"那就跟我们一起走嘛!"

大吉犹豫地问:"我回去,我的牛群都卖光了,钱也被人骗走了,回去又吃什么?"

齐麦乡长走上前,拍拍大吉的肩膀,笑起来了:"那就算你幸运嘛,这次正好赶上政府有扶贫政策,乡里也有整套的扶贫方案;你先回去,到时我看哪一套适合你们家,就由我来负责,帮你实施好吧。"

大吉一听齐麦乡长会亲自负责他的生活,才放心了些,当即追问:"那你能确定里拉不再找我的麻烦吗?"

"麻烦也是你先惹起来的,里拉家肯定要有说法。"齐麦乡长严肃地说。

大吉惊问:"他要什么说法?"

齐麦乡长反问:"你说呢,你把草原做生意的规矩破坏了,就这么一声不响地回去,你自己可安心呢?"

大吉一脸茫然:"那怎么办,乡长,你要叫我赔他钱,我是没有钱。再说那也不是规矩。"

"除了赔钱,你就不能想到别的吗?"齐麦乡长启发大吉,"我们草原上最讲究的规矩是什么,你说嘛。"

大吉想了下,问:"你是要我上里拉家道歉吗?"

齐麦乡长点头,大吉却沉默了。

齐麦乡长见此,开始直言劝大吉:"你自己都知道抢里拉的生意是有些不对,那人家里拉亏了那么多钱还能过得去啊!他现在过不去,你之前又做得不对,你就应该给个台阶让他过去嘛。里拉已经说了,只要你上门道歉,未来你们就是朋友。桑伽乡正在搞产业开发,未来你就和里拉合作,好好做生意!"

大吉试探地问:"乡里搞产业开发,我们族长会参加吗?"

"他当然要参加!"齐麦乡长语气肯定,"我们桑伽乡,就数你们三个是最大的能人,只要你们三人齐心协力,桑伽乡也会变成西宁一个模样!"

齐麦乡长这个话虽是说得很夸张,但对于落难中的大吉,所有善意的话都是力量!

大吉便在轻声自语:"要是真有这么好的事,我大吉是要回去的。"

第 七 篇

57. 我们长大的孩子

时间对于桑伽草原,经常是反复的、循环的。时间像不知疲倦的风车,周而复始地流转着桑伽草原的四季。雪山融化又白了,草地枯萎又青了,河流干枯又满了,日月落下又升起。是的,在桑伽草原,大自然的一切都会得到时间的庇护,死而复生,生生不息。除了人——时间对人却是苛刻的,向来苛刻! 它总是在无情地摧老我们的生命,摇晃我们的思想。就像桑伽草原上的孩子们。时间让他们成长,同时也在打乱他们原本平静的生活。到新的学期来临时,桑伽草原上的孩子们,现状变成了这样:一些孩子去了县城读书;一些则不想读书,直接回到牧场;还有一些,先是抱着好奇心去县城,不久就又跑回牧场,比如帮金和次结。开始他俩都是去县城的中心小学报到了,但不出几天,借着亲戚到县城办事,他俩就跟随亲戚跑回了草原。

跑回草原,这些孩子就算失学了,因为桑伽小学已经没有老师,如果最终我也会离开的话。

是的,我从没想过我会永久地离开;但确实,暂时我是需要离开一阵子。

我要去拉萨见班哲。长久以来,我和班哲偶尔相见和通话,每次只要我提及阿嘎,班哲总会支吾。我向他询问阿嘎地址,他总会抛出一句:等你真的看望他时,我再给你。现在,因为桑伽小学,我真的要去寻找阿嘎了。但我需要先到拉萨说服班哲,拿到阿嘎的地址。另外我也想把五娃子尝试交给小尺呷,让这兄弟俩好好团聚,毕竟小尺呷才是五娃子最亲的人。

我拖着五娃子来到拉萨。是班哲到火车站接的车。我们已有大半年没有见面,感觉班哲越发消瘦了。他就像是不断融化的雪人。先前几年相见,他给我的印象是那种俊朗的清瘦。但最近一年见面,总感觉那已不是清瘦,而是消瘦。他消瘦的脸面上总是裹着一层不易觉察的愁容,即使看他笑起来,我也能够捕捉得到。我想他肯定是背负了沉重的工作压力。确实,先前我有那么多孩子,如今大半都在他这里。孩子们要生存,要发展;另外随着传统文化的没落,藏戏的演出和开发也已经举步维艰。班哲多难啊!

"看吧,你才难呢!"班哲这么对我说,瞧我双手紧紧地抓住五娃子,生怕他跑丢——他说的难处,肯定是指五娃子了。

我挨近班哲,低声招呼他:"这娃已经长大了,比小时候越发敏感,班哲,我们今后说话可要注意一点!"

班哲点头,从背包里拿出一只彩色的藏戏面具,朝着五娃子晃一晃。五娃子立马就被吸引住了,跳起双脚要夺到它。班哲先是把面具戴在自己的脸上,学着唱戏的模样摆动身子。一阵过后,他取下面具,罩到五娃子的脸上。五娃子模仿能力也是多多有了,跟着学起班哲,也摆起了身子。

班哲瞧着五娃子,给我解释:"小尺呷刚好遇到一个急事,不能来接你们。不过在我们回住处之前,他肯定能赶回来。"说罢,凑近五娃子,问,"小娃,这么漂亮的面具,你肯定喜欢吧?"

"哦呀!"五娃子大声回答。

"那好嘛,这个面具阿叔家多多有了,各式各样,让你一天变一个模样!"

班哲朝五娃子眨眼睛,扮鬼脸,努力与他亲近;但他平静时的面相已经那么消瘦,现在扮起鬼脸,就让人感觉消瘦得不同寻常,像是病了一样。

"班哲,我看你气色有些不好,你怎么越发瘦起来了?"我担心地问。

班哲却不回应。他在继续给五娃子扮鬼脸,想以夸张的动作忽略自己的听觉——听不到我的话,就不用回答我的问题了。但是却因为过于竭力,用力过度,突然间,我又看到有条紫黑色的虫子,从他的鼻孔里爬出来!

"班哲你看……"我惊呼。

班哲迅速昂起头,竭力地仰着脸面,整个脸面与天空几乎平行,这时,那条紫黑的虫子才又跟着缓缓地缩回他的鼻孔里了。

"班哲!这之前,我已经看过你这样流鼻血!"我的声音变得有些慌乱。

班哲却把话题转换到我身上来："压力大就火气大,火气大就会流鼻血,你不知道吗？倒是你,听说上次掉进小河里,昏迷一天一夜,多危险啊——你更要注意身体。到现在我总算明白:人的一生,健康第一重要,其次是生存,没有这两点打基础,别的什么都是白说了。"

提及健康的话题,总是让我又心虚又难受。所以又是我把话题主动转移开了:"班哲,我有些累呢,我们回住处吧。"

五娃子一听回住处,立马朝着一辆公交车跑去。

班哲惊讶不已,赞叹:"这娃多多聪明,认得那是可以带他回家的车!"

"那当然!"我顿时又有点小骄傲了,"这娃的记忆力是超常的,只是随我到过两次城里,带他坐过公交车,他就记住了,那个模样的车是可以带他回家的!"

班哲脸上便露出欣慰的笑容,说走吧,孩子们都在等着你呢。

在黄昏时分的桑烟里,我终于见到了阔别已久的孩子们。

昔日,那位肤色酱紫,有着一双黑白分明的眼睛,总是拖着两条长长鼻涕的男孩,如今变了模样。他长高了,超过了班哲的个头。依然一脸酱紫的面色里,多出几分男子汉的矫健;依然黑白分明的眼睛里,又多出几分成熟的柔情。他是小尺呷,曾经让我费尽心神的孩子。

昔日,那位小孩请求画师,要在自己的脖子上画出一百零八颗珍珠做成的项链,画师便把他的整个脖子画满了,排过三圈,排出了一百零八颗珠子。如今,他的脖子上已经佩戴了一串真的项链,由一百零八颗珠子串联,间镶珍珠和珊瑚。他是米拉,通过自己的劳动收获,他真的得到了。

昔日,那一对逃学进山为我寻找草药的小姐妹,姐姐叫卓玛,妹妹叫那姆,如今也长成了大姑娘。两个都是身材修直,面容姣好。怪不得班哲说,她俩喜欢跳舞,面相又好,身材又好,是团队里难得的表演人才。

"是啊,"但听班哲这么对我感叹,"不论是小尺呷、米拉、卓玛、那姆,还是苏拉、达杰、所画——你的孩子们,都已经长大了。不仅是身高和长相的变化,他们的心思也飞向了更远的地方。就像小尺呷,心思大得很嘛——保护藏戏只是他的基本心愿,他的最终目标是,要把藏戏带到北京,带到巴黎,带给全世界!"

班哲说得神采飞扬,而卓玛和那姆姐妹俩已经一人一边地拉住我的手。"老师!"她俩同时附在我的耳边轻轻喊一声,听得出是那种抑制着激动的低吟声;两人身子紧贴在我的两边,几乎是拥抱着我了。米拉和西嘎同时提起我的背包,他们也紧挨在我身边。小尺呷则一把抱起五娃子。可能因为分别过久,五娃子有点小别扭,一边任阿哥抱着,一边身子往我这边扑动。小尺呷便顺着五娃子,趁势和我靠在一起。我们就这样抱成一团。先是卓玛和那姆在轻轻抽泣,接着西嘎、米拉和小尺呷,身子也在跟着抖动,我们都由不住地哭起来了……

58. 它像藤条缠树

晚上,掌管厨房的西嘎领着其他几个孩子,烧了一顿丰盛的面壳,是加了新鲜牛肉、新鲜白菜、新鲜土豆的那种。西嘎手脚麻利,边盛面壳边对我说:"老师,我们为您做的这个晚餐,是过去的味道!"

过去的味道!过去的味道!

我还记得,几年前在我的碉房学校,我们用大铁锅煮面壳。加牛肉,加白菜,加土豆,多么可口又稀有的晚餐啊!孩子们吃的模样大都相似:吃前两碗时都迫不及待,恨不得把食物直接倒进胃里去,亮出碗底也不知其味;到吃第三碗,想要来享受美味,却是撑了。摸着饱满的肚皮,孩子们在听月光讲各种逗乐的故事,见他讲到兴头上,随口编个小调,又唱起来……

现在,我们的晚餐依然是丰盛的面壳,孩子们吃得依然是那么香甜,迫不及待。但我们面对的,不再是月光的歌声,而是我和班哲之间的争执——等孩子们吃完休息,睡熟了后,班哲开始试探地问我:"梅朵,你这次来,肯定不仅仅是看望我们吧?"

"当然!你不是也说了,等我真的要去看望阿嘎,你就会给我地址吗?"

班哲面色黯淡下来,低头不语。一阵后,他说:"你也不是仅仅只去看望他吧?"

"是,班哲,我想寻他回来,来桑伽小学接替我。"我只好承认。

班哲不语,起身走进内屋,伸手把床铺上五娃子不小心蹬开的被褥重新盖起来。这是一个集体大客厅,平时班哲接待客人和睡觉都在里面。前半部是真正的客厅,中间放一口锅庄,我们是围坐在锅庄边谈事。后半部则是睡觉的地方,里面分别摆出两排藏式床铺。我的孩子,以及另外几个学习面具制作的小工匠,都住在里面。班哲也和他们睡在一起。每天夜里,他肯定都会像现在这样,要挨着孩子们的床铺检查一遍。此时,他盖好五娃子的被褥后,又挪身把米拉的被子拂得平整。然后,再往前挪动身子,轻悄地细心地看一遍其他孩子。

等再次回到锅庄旁,他就这样说了:"是嘛,我是对不住你!当时阿嘎以为再也见不到你,他就去了尼泊尔。后来你再次回到草原,我没有把你回草原的消息告诉他。我是想免他在远方为你担心、牵挂。再说,我们为什么要去打搅他呢!他已经找到了阿爸,他们一家人生活得就像从前他小时候那样,有阿爸,有阿哥,有一个家,这不是很好吗——这一直就是阿嘎的梦想,我们为什么要去打破他的梦想呢?"

班哲说得很坦诚,也很竭力。他之所以口口声声说打搅,是因为在他看来,最终我是要在阿嘎身上索取回报——让阿嘎回草原,接替我的工作。

可事实并非班哲想的那样,并非我成心要这么索取。这其实另有苦衷……是,我要说出来!

"班哲,你的心思我完全明白。正是这样,我总是佯装不会想念阿嘎,也总是在克制,不去讨要他的地址。我从没想过要寻他回来接我的班。你忘了吗,每次我问你地址,你不回答,我就不再追问了。

我知道你的心思,我也明白阿嘎的梦想。我更想过,我的碉房学校早已经解散,我的孩子们也正在长大。是的,只要他们生活幸福,我还有什么别的索求呢!但是现在,班哲,我确实是怀揣心愿过来找你了——是,我很期待阿嘎能够回来,接替我任教桑伽小学。想到草原上那么多流失的娃娃,我能怎么办呢!"

"你自身找不到办法,就要牺牲你的孩子来完成你的心愿吗?"班哲反问,语气已变得有些生硬。

这位青年,他的性格从某些层面看来,随和、多愁善感,且充满情趣,但骨子深处不乏康巴汉子的坚实、循规蹈矩。他不支持我找回阿嘎!

我和班哲原本难得见上一面,但在这晚我们却双双僵持不下。这也是我们第一次发生争执,彼此都很难过。这天正好临近月底,二十日,我住在拉萨,但一直同班哲争执,僵持了四天,没有结果。到第五天,也就是二十五日,这天对于我和班哲都是一个难挨的日子。因为我们突然听到新闻报道,说阿嘎居住的地方,我们的邻国尼泊尔,发生了地震!傍晚时分我们听到这个消息,慌忙给住在那边的阿嘎打国际长途,却打不通。

或许就是一个小地震,通信被暂时干扰了。我和班哲都这么想。直到第二天,全世界的新闻都在播出:尼泊尔境内,发生八级大地震!

班哲一听,眼神都跟着涣散了,他一把抓住我,"梅朵!"声音颤抖,"当初是我支持阿嘎去那边,让他去找阿爸。现在电话不通,他不会有事吧?他要是有事,就是我害的!"

班哲狠命地抓住我,把我捏痛了,叫我的声音也跟着他一起哆嗦:"只有天……天才会知道他有没有事!班哲,你难道还不给我地址吗,我要去找他!"

"我也要一起去!"班哲语气坚定。

"他在尼泊尔,你没有办护照,怎么去?"我提醒他。

班哲这才想到,他是没有护照的,就慌张地问我:"听说去尼泊尔的陆路余震不断,路已经被封停,航班也停了,你又怎么去?"

"封停肯定是暂时的。不管陆路还是航空,只要有路,我肯定就能过去!"我语气坚决,反过来,是我又紧紧地抓住班哲了,"现在,就是阿嘎不肯回来也没事了,但我一定要找到他、看到他,班哲!"

"好,我给你地址!"班哲想也没想就同意了。

"那五娃子呢?"

"你就放心去,他留在这里,有我照顾他。"

59. 你在哪里

直到三天后,我才乘上一架国际救援队的直升机,到达阿嘎居住的加都。

地震后的加都街头尘土飞扬,但这并没有让我迷失方向。因为我曾多次到过这里,加都给我的印象一直就是尘土飞扬,只是这次更为严重一些。但人们依然是在漫不经心地生活,就像从不知道苦难和死亡。这让我惊讶。我站在一排已被震塌过半的房屋前,虽然班哲给我的地址完全准确,我也很快找到了阿嘎在这里的住处,但等我真正面对它时,我的心还是沉下去了。这次大地震,加都虽然不在震中地段,但依然受灾严重。民房住宅和商铺,受损情况大致分为三种:一些是房屋的墙面被震裂,等待安顿的人们暂且还住在里面;一些是房屋局部被震塌,在没有倒下的部分,依然有人冒险住下来;一些则是整栋房屋完全被震塌,废墟遍地。阿嘎所在的位置,是第二种。

这是一栋由两排房屋连成一体的群居房。前一半房屋被地震击毁,完全坍塌了。砖瓦木楞混乱地堆埋一起,一根根粗重的房梁,半截埋在砖堆下,半截悬空地翘起,其中缠绕着凌乱的网线。大群流浪鸽扑腾其中,像被电网击中一样,它们哗的一阵整体惊飞,又哗的一阵整体扑落,掀起瓦砾间的浮灰,尘器弥漫。而后一半房屋却突兀地立在那里,墙壁开裂,破出一道道巨大的裂缝,致使横梁倾斜,拖着屋檐朝着街面方向沉重地下坠,岌岌可危!要是再遭余震,它肯定会完全坍塌的!但是阿嘎呢?他在哪里?就像那些冒险住在危房中的人,阿嘎是不是也住在后方那排残存的房屋里?

这么想时,我慌忙爬过断裂的横梁,从它的下方穿过去。这时,一位裹着莎丽的女子迅速朝我跑来,一把拉住我,紧张地与我说话,是乌尔都语,我听不懂。她盯住我身体上方的横梁,努力地憋出一个英文单词:"Danger!"

我下意识地要挣脱她,她却紧紧地抓住我不放,一边朝身后喊话。

就有一位男子立马朝我赶来。我慌慌用英语问他:"这里有没有一位青年——中国人,他叫阿嘎,除了会说中文,他还会英语、藏语、乌尔都语——这里有没有?"

我自顾描述,不停歇,语速太快,把男子惊住了,他在摇头。

"摇头,是不是意味着这里没有——如果没有,那就太幸运了!"我迅速想。

但男子仍在摇头。

我才想起来,尼泊尔人的表达方式正与我们相反,他的摇头就是肯定!

"为什么你一再摇头——就是说,这里本来是有一位中国青年,对吗?但是他没了,被这倒下的房屋压了,是吗?"我双手指着残垣断壁比画,声音像条鞭子。

男子摊开双手,用不太流利的英语解释:"他们那个,全家,没有了。"

"全家没有?那是被……被这些房屋压了?"我指着脚下废墟,语气颤抖。在拉萨的时候,打不通阿嘎电话,我和班哲并不敢乱想,只能告诉自己:是地震干扰了信号。但面对眼前这倒塌的房屋,听到阿嘎邻居这绝望的话语,那除了还没见到阿嘎的人——这是支撑我精神的最后一根主梁,它让我无法悲伤——除此之外,我的希望已变得孤立无援。

而在我慌乱的视线里,我看到男子正在朝我摇晃着脑袋,他在表示肯定——神情非常严肃的肯定——阿嘎全家没了!这在瞬间击垮了我!天旋,地转,双目昏暗,我感觉自己也像是一截折断的房梁,混入了身下的废墟。裹着莎丽的女子搀扶起我,拖着我走出废墟。她是阿嘎的近邻,男子是她的丈夫。他们扶我到安全的地方,给了我热水,稳定我的情绪。其实我并不敢抓狂、绝望,只是茫然不知所向,仿佛大脑瞬间被掏空,只剩下一个空壳顶在身体上方,在呆呆地凝望四周的废墟。我机械地掏出手机,给班哲打电话,问他:"你说,如果两个特别想念的人,他们被生命隔开,那是不是非常痛苦?"

班哲在那边语气急躁:"你说什么?"

"我是说,如果一家人在一起了,不管是天堂还是人间,是不是就会幸福?"

"你说什么,你找到阿嘎了吗?"班哲在那边焦急地问,国际长途信号不好,他可能是没有听清我的意思。

"正在找呢。"我语气缓慢,不会显露疼痛、悲伤,因为到处都是生死场面,叫我痛不过来,伤不过来;再说,生要见人,死要见物,不亲眼见到阿嘎,亲眼确认他的生死,我的疼痛就是根茎,只会扎在深处,不会抽苗。所以我这么对班哲说:"你等着吧,这里余震不断,很危险的,你要给我时间,让我慢慢地、安全地找到他!"

班哲就不敢再催促,只能无奈地答应:"好吧,我在随时等你消息!"

"哦呀,再见。"我挂了电话,依靠废墟坐下来。大脑像是一只空荡的葫芦,只有视觉在机械地寻望。那废墟四周的灾民,他们正在忙碌。那位裹着莎丽的女子,正和她的男人在清理属于他们自家的房屋废墟。残存的砖块被一块一块地挑拣、堆积,以便第二次利用;断裂的房梁被一根一根、小心地抽出,锯得整齐;散落的碎玻璃和碎瓦片已被清出,堆放在没有行人的地方。

这样的时间过去了三个小时,在灾难中默默干活的男人见我依然没有走开的意思,有些急了,放下活计折身走进一条巷子。约二十分钟过后,他给我带来一位会说英语的青年,是来劝我离开的。

这位青年叫杜尔,语言通了,我们的交流变得顺畅起来。我听杜尔在劝我:"中国老师,请回去吧,别在这里等待,这里永远也等不到他了。"

"为什么?"我问,"我们中国有句俗话,生要见人,死要见物,我千里迢迢赶过来,肯定不能只是见到这些废墟……"我说不下去了。

"但他不是死在这里。"杜尔说,瞧一眼身旁的男子,抱歉地解释,"他的英语不好,刚才他是表达错了,那个中国青年是死了,但不是死在这里,是死在遥远的地方。"

"遥远的地方?"我仿佛已经死过了三小时的神经,突然地被挑动了一下——死,就怕见到真人;没有见到真人,或者死亡的说法不一,就表明还存着一线希望!

所以我一把抓住杜尔了,这时才知道痛,才知道伤,才知道要用慌乱的语言询问杜尔:"他……他还会在什么地方? 还会在什么地方呢?"

"他死了。"杜尔语气非常肯定,"但不是在这里,是在雪山那边。"

"雪山那边是哪里? 离这里远吗?"

"很远很远,也很难到达。"杜尔认真地回答。

"再远再难,我也要见到他的人哪! 我一定要见到他,不管是死是活!"我悲痛的根茎已经抑制不住,快要抽出抓心的苗头!

杜尔则摇晃着脑袋,遗憾地说:"那里正是震中地带,路也断了,电也断了,手机也不通,车辆更进不去!"

"但我必须找到他的人!请你帮帮我吧!"我请求杜尔。

杜尔盯住我,细细端详一会,思考了一下,有些不放心地问:"没有别的办法,除非你自己走过去,但是路程太远,你能走得了吗?"

"能!"我坚定地回答。

杜尔又晃了下脑袋:"如果你对自己的体力有信心,我可以带你去见我的媞娅妈妈,她会有办法的。"

我困惑地盯着杜尔。

杜尔便解释:"我的媞娅妈妈在雪山那边有一所慈善学校,受灾严重,我们因此在加都设立了一个临时办事处,媞娅妈妈正在办事处,我们去问下她吧。如果这两天有国际志愿者前往学校慰问,你就可以跟随他们一起去。"

60. 人间怎么会有这样的孩子

杜尔便带我去找他的养母——女校长媞娅。

我第一次见到媞娅。这是一位令人敬佩的达芒族女子,同我一样,她也创办了一所学校,却比我之前的学校更为特别。确切说她办的是一所女子学校,里面收养的几乎都是达芒族的女孩子。其中大半是孤儿,小半是残疾家庭和贫困家庭中读不起书的女孩。媞娅收留她们,安顿她们的生活;而杜尔,是媞娅领养的唯一男孩。

我们在灾难中相见。媞娅面色灰暗,灾难带来的焦虑叫她病了,深深地勾着腰身,不停地咳嗽。她的家乡正处在地震灾区的震中地段,她的妈妈在地震中罹难,家乡的房屋也完全被震塌。慈善学校处在雪山的下方,受损严重。校舍整体开裂倾斜,无法住人。这期间媞娅原本会守在家乡,要送妈妈最后一程。但因为学校同样遭遇灾难,地震过后,物资匮乏,孩子们的住宿和饮食都受到了极大的影响。媞娅这才来到加都,住在学校临时设立的办事处,竭力为孩子们寻求社会援助。

其实近几天内并没有志愿者前往媞娅的学校,只是因为我们的工作和经历,还有心境彼此相通,另外阿嘎曾经也参与过媞娅学校的慈善工作,媞娅理解我的心情,便在匆忙中做了安排,让杜尔专程给我带路,前去雪山那边。

之前在拉萨,班哲在我面前总是刻意藏着掖着,不愿多提阿嘎。直到遇见媞娅,我才具体得知阿嘎的情况。原来他到加都后,大半时间就住在那个已被震塌的楼房里,是陪着一位格拉(藏语:令人敬重的老师,有智慧的人)住在那里。那位格拉正在加都清修苦学。阿嘎一到加都就投靠了他,平时一边帮着照顾他的日常生活,一边参与一些国际性的慈善工作,包括参与媞娅学校的慈善工作。闲暇时他会离开加都,到遥远的雪山那边,因为他的阿爸住在那里。还有他的两位阿哥,虽然是在加都打工,也经常会回那里。这次大地震,阿嘎的住处被震塌,他在加都就没了栖身之地,又很担心他的阿爸,因为阿爸那边正是震中地段,听说灾情极其严重,有些村庄已被整体摧毁,夷为平地。阿嘎心急如焚,冒着余震去找阿爸。但从最近一次由媞娅学校返回加都的志愿者那里得知,阿嘎和家人,在余震中没了!

这样的消息让我悲伤，却也无法痛到深处，因为不管是生是死，除了奋力赶路，尽快找到阿嘎，我不能再从思想上伤害自己，我要给身体蓄积力量，让它走得更快一些。

　　白天，我和杜尔先是一路磕磕碰碰地坐车，沿途不断遭遇余震带来的小股塌方。我们多次下车清路开道，折腾得筋疲力尽。到下午时，路却真正地断了，送我们的车只能原路返回。杜尔领着我进入地震后的大塌方区。这里有两条通往学校的路。一条是抄近路，但曲折陡峭，特别难走；一条就是徒步穿越残损的公路，虽然平缓，但需要绕过很多山地，路程遥远。杜尔让我选择。

　　心那么急，那么痛，我恨不得飞到雪山那边去，当然要选最近的道路。想想在过去，在麦麦草原和月光一起寻找孩子的那些日子，我们跨过了多少艰难险阻呢。那时都可以挺过，现在是生死关头，何尝不能！我们便选择近路。侧身穿行其中，我和杜尔就像两只微小的蚂蚁，周边已经坍塌的乱石堆像是活的一样——看似踏实，人可以通行，但等脚步踏入其中，稍不经意就会听到轰的一声，沙土突然塌陷下去，面前瞬间就被刮出一口深暗的大洞，惊得人一身冷汗，只能迅速反身，绕道，不断地周折，直到最终路彻底断了。

　　是的，到夜幕降临时，我们发现，前方的路在山梁下方被地震彻底撕裂了，再也无法通行！杜尔并没有抱怨我的选择，身处茫茫乱石堆中，他满心焦急，在不停地往外拨打电话，但是没有信号。而我的手机除了没有信号外，差不多也没有电了。幸好出发前有所准备，我们带了帐篷和食物，只好趁着混沌的夜光搭起帐篷，就地住宿。等到天亮以后,我们只能反身。之前的路程算是白走了,我们又回到了昨天下车的地方,沿着受损的公路继续前行。这让我们多折腾了一天时间。

到达媞娅的学校时,已经是两天之后的深夜了。我和杜尔都是一身泥泞,脸上也盖着一层泥浆。媞娅的孩子们忙着为我们烧水,做饭,腾出床铺,让我们休息。我在恍惚中被杜尔搀扶着送进一个地铺,迷迷糊糊地睡了一会。醒来时,才看到是睡在一间巨大的铁皮棚里。有着一张酱紫色脸面、一头棕黄色卷发的杜尔,坐在我不远处的地毯上。见我醒来,他朝我欣慰地点点头,微笑着。一个小女孩早已为我端上热腾腾的甜茶。小睡一会后,又喝下一杯热茶,我的体力和精神才稍微得以恢复。转眼,却看到身旁睡了好多女孩,年龄看似在几岁到十几岁之间。有很多地铺,同我的地铺连在一起,拼成一排,我们就共同睡在这间铁皮棚里。杜尔也睡在我们当中。他没有睡意,正在给孩子们小声哼着歌儿,像是一首哄着幼儿入睡的摇篮曲。轻悠的、柔缓的声音,摇曳着,绵延而去。夜那么沉静,孩子们静静的,也像沉静的夜。她们在默默地聆听杜尔的歌声,像在聆听孜孜不倦的溪流声一样。

这个铁皮棚里,大孩子杜尔正在陪伴着那么多小孩子,他为她们唱歌,哄着她们睡觉,他多像一个人——阿嘎——他们年龄相仿,生活也是这么相近! 这叫我的目光变得有些飘忽。

"阿嘎……"我说,不,是在喊杜尔,因为需要尽快找到阿嘎,我在竭力地向杜尔表述,"杜尔,跟你现在一样,我的孩子阿嘎,在过去，我不在学校的时候，小一点的孩子也总是由他在管着，因为他最大嘛，我就把小娃娃都交给他！"

杜尔朝我点头，表示理解。等把孩子们都哄睡了，他便起身招呼我："老师，我到隔壁那个雨棚去。有个女教师，她知道阿嘎在哪里，我帮您喊过来。"

地震把这个山谷中的房屋全部摧毁了，所有人都住在外面。有条件的人家搭起了临时的铁皮棚，没条件的就撑着一块塑料布，窝在里面睡觉。杜尔说的雨棚，就是由塑料布搭起的简易雨棚。他要找的女教师就睡在那里。

杜尔出去一会就回来了，跟着进来一位女教师。

说起阿嘎，这位女教师满脸焦急："中国老师，你来了正好，你的孩子阿嘎，他肯定快要死了！"

"快要死了，那就是没有死对吧！！"我张大嘴，心里发出的话由于过分猛烈，竟以雷电般的速度飞出去，抓也抓不住，我雪亮的目光，就像一道闪电射向女教师。

而杜尔已经惊讶得跳起来，慌忙对女教师发问："啊？我们的志愿者回来，却说他们全家没了！"

"不是他们全家没了，是他的全家没了，但是他还在！"女教师纠正说，"一字之差啊！"

"对，对，一字之差，肯定是志愿者听混了！我们身旁到处都是受难的人，我们的听觉已经被灾难击垮了！"杜尔解释说。

他俩的对话就像太阳，穿云破雾，终于撕开了我心间沉浮多天的雾霾——阿嘎果然还活着！我一把抓住女教师的手，就像已经见到阿嘎一样,我紧紧地抓住她:"只要还活着,就是快要死了,他也不会死的! 他在哪里? 我要去救他!"

女教师安抚我坐下来:"不要过于急躁,中国老师,救阿嘎的事要慢慢来。"

"为什么? 救人时间紧迫,容不得等待啊!"

"他的情况不一样,怕是越紧迫越容易出事吧。你已经来了,就要听我细说。"女教师解释,"地震时,他的阿爸正住在一个房子里,地震把那房子震倒了,他的阿爸被埋在里面,还有他的两位阿哥也在里面! 他在三天之后赶过来,就认为是自己来迟了,是自己的责任,没能及时救出阿爸和阿哥。另外他说在地震的当时,他第一个想到的人并不是阿爸,而是一位格拉。他为这个内疚,问自己:'你的心中到底有没有阿爸和阿哥? 为什么在最危险的时候,你心中第一个想到的,不是你的亲人?'他陷入这样的自责中出不来,就一头钻进埋住他们阿爸的那个危房,把自己关在里面了,不肯出来。那房子已经震倒了一半,如果再有余震发生,他肯定会有危险! 我们当地的救灾人员天天过去劝说,但他态度坚决,好像成心要等待余震到来一样! 中国老师,你说吧,人间怎么会有这样的孩子!"

女教师这番话,听得我心头一晃,身子也跟着一晃。女教师紧张得叫起来:"啊,又发生余震了!"她敏感地抽身往外躲避;我却一把抓住杜尔:"你带我走,去那危房!"

杜尔看一下夜色,提醒说:"老师,这还是半夜呢。"

"要是这半夜里发生余震,怎么办?"我反问杜尔,紧紧抓住他不放,"现在必须走,求你了!"

61. 危难时刻

　　杜尔只好摸着黑夜带我上山。即使这样,我们还是花去了两个小时才爬到山顶。因为地震把道路震裂了,我们绕过很长的弯路。到达山脊时,天边已经泛出曙光。而雪山就在眼前! 清晨的雪山,被浓厚的云雾拦腰切断,一半浮在天上,一半坠落在地。地上,山脊之间,有一片被地震摧毁的废墟,像是一栋民房,但房梁完全坍塌了,遍地都是被砸烂的残砖、木楞,和盖上一层厚厚泥浆的断裂的横梁。唯一有一间没有完全倒塌的危房,立在大片废墟当中,岌岌可危,像是只要用手一推,立马就会轰塌。

　　阿嘎正住在里面!

　　为什么人们不敢轻易去动那间危房,强行拉出阿嘎呢,就因为那屋子已经严重倾斜,再不能过度用力,一用力就会轰塌,阿嘎就会被房梁压住,非死即伤! 现在,他正守在亲人身边。他的阿爸和两个阿哥之前就是住在这栋民房里。阿爸就着民房开了个小店,卖点日常用品维持生计;两个阿哥都在加都打工。这样的日子已经过去很多年。地震发生当天,两个阿哥正好回来看望阿爸,就这样都没了!

　　我已经小心地穿过了满地断壁残垣,杜尔静悄悄地跟在后面。在快要挨近危房时,我很想喊一声:"阿嘎!"但从胸腔里喷出的忐忑气息堵住我的咽喉,让我发不出声音。杜尔在身后小声招呼我:"老师,等会到门边,你别挨得太近,距离要远一点,声音也要轻一点,都已经来了,就不能急了!"

298

杜尔的声音虽然不大，但还是打破了清晨的寂静。突然，一群野鸽子哗的一下从屋子背后的废墟里飞起来，发出咕咕的叫声，惊得杜尔倒退了几步。我的身子已经挨近危房的门边了，这让杜尔看到，惊得又多退了几步。

贴近门边，我侧耳倾听，屋内果然有声响，是轻微的呢喃声，非常轻微，就像是在心里，自己对自己说话那样。

"阿嘎……"我的嘴唇贴在门缝间，轻轻地唤一声。

里面那轻微的呢喃就断了。

"阿嘎……"我更轻悄地唤了一声。我想，不管我的声音是高是低，只要阿嘎能够听到，他就会知道是我！

"阿嘎，你知道是老师来了，对吗？"我的音量又提高了一些，"你的班哲阿叔，他忘了告诉你，老师并没有死，老师又回草原了呢。"

突然地，我听到里面什么东西啪的一下，坠落至地，摔成碎片，然后一切恢复寂静。

我知道阿嘎就在里面。他不知打碎了什么，但肯定是因为听到我的声音，由于惊乱而打碎的。我知道此时他心情复杂，我这么突然地到来，肯定让他惊喜又惊愕——他能发出惊讶声，有这样的感知，他的心就应该还没有绝望！是的，我得趁着这样机会，好好引导这个孩子。

于是我倚着门框缓缓坐下来，坐在冰凉的地上。我是真的累了，需要休息一下。除此之外，我想以这样自虐的方式，给阿嘎传递这样的决心——今天我来了，如果见不到人，就是睡在地上，死在地上，我也不会走了！

"阿嘎,你是知道的,老师来了,老师看望你来了。"我说。"你也听到了老师的声音,就像老师知道你就在里面!"我说。

"如果你不想这么陡然地面对老师,也可以,你就听听老师说话吧。"我说。一边细细梳理思路,开始与阿嘎悉心叙述:"你也听听老师的心声吧——不是你,阿嘎,不是只有你面临灾难时,才会那么慌张,那么不同。我们每个人面临突发灾难时,在死亡面前都是一样的,都有相同的感受——什么也来不及想,时间是静止的,脑海是空洞的,直到有了知觉。这时,我们第一个想到的是离我们生活最近的人,不管他是不是我们的亲人。这种经历,老师有过很多次了……"

我有些不敢回忆——苦难的回忆就像恶病缠身,一旦陷入,即使身体不是真的被侵袭,精神也会因它承受巨大的痛苦。这让我时刻都在提防,不敢陷入回忆的深渊。

但又有什么办法呢!此刻,除了投入疼痛的复述,以此慢慢稳住阿嘎的心,我别无选择。

我便开始改口,以第一人称"我"与阿嘎相称(这样是不是显得更为亲近一些?):"知道吗,阿嘎,很多时候,我也是没有把父母亲人放在心上。记得,六年前,有次在麦麦草原,我在雪山下迷路,那时,紧张和疲惫已经将我打倒,瘫在路上爬不起身;被一位进山采药的人救起时,我第一个想到的人,却是月光。记得,五年前,我去一个草原人家家访,途中大雨淋湿了衣裳,回来后严重感冒,高烧昏迷,是草原上的村医及时赶过来救治,等我最终清醒过来时,我第一个喊出的人,又是月光。记得,半年前,在桑伽草原,我掉进冰凉的河水,被草

300

原上的队长救起,及时送去就医,等安全时,我第一个想看到的人,并不是救我性命的恩人,还是月光!这些苦难发生过后,我也和你一样,总在责问自己:我心中到底有没有恩人?有没有亲人?为什么苦难当中,我的呼唤——我心灵的依靠,不是我的亲人!"

嘴唇贴在门缝间,我竭力地询问里面的人:"阿嘎,我说这些,你都听到了吗,你是听到的对吧!"

我在等待阿嘎的回应,侧耳贴在门上,我小心地探听里面的声音,希望我这么苦口婆心的倾诉,能够打开阿嘎的心门。

但阿嘎并不回应。

我的倾诉俨然是一根藤条,要一直延伸:"所以阿嘎,那不是我们的错,不是我们心中没有亲人,是我们自己的生命遭遇突发危险,它把这种惦念暂时掐断了,但只要生命仍在继续,亲人永远都在心上!"

我的眼泪跟着掉下来:"阿嘎,我知道你是明白的,我也知道你的痛——我们的痛是一样的!你的阿爸在天上,我的阿爸也是,这是生命最终的归宿,我们谁也怨不得,谁也无法选择!"

我的身子扑在门面上,泪已经打湿了脸面。

"还有,阿嘎,这么大的灾难,到处都需要人帮助。你就是不珍惜自己的生命,也要想想身边的人。一路寻你来到这里,我看到那么多村庄受灾,他们的房屋完全倒塌,没有住的地方,老人和小孩住在废墟中。我只是路过,他们却以为是来救援;围上我,语言不通,他们就用手指比画,他们需要一切——住的,吃的,穿的!山下,媞娅的慈善学校,你是知道的,那么多孩子,她们挤在一间铁皮棚里,多么危险！媸娅的大孩子还跟我说，我们走过的只是地震带的一条路线，还有很多受灾的地方，我们不知道路线，也无法到达。阿嘎！你在这里生活了很久，你懂得这里的语言，熟悉这里的路线，你是可以为救灾人员翻译和带路的。这样的危难时刻，他们是多么需要像你这样的人！"

我一口气说这么多，说得太急，也太用力，之前的疲惫和现在的竭力，弄得我气喘吁吁。如果还是不能打开阿嘎的心门，我也没有气力再继续了。我浑身已经完全瘫软下来，脸面伏在门板间，冰凉的地面和长时间卧地不起，叫我的双脚也麻木了，动弹不得。我就不再说话了，闭着眼，倚在门槛上，疲倦让我浑身乏力，很想睡觉。

这时，门，终是缓缓地拉开了一道缝隙！

迟疑一阵后，门开始慢慢地张开。接着是一双手，小心地接住我倚在门槛上的身子。经久的绝望、饥饿，叫阿嘎丧失了气力，但他仍然可以搀扶起我。我们相互拥抱，都无法说话。因为极度疲惫，我们需要好好地依偎在一起，温暖对方。

62. 阿嘎的格拉

最终阿嘎随同我下山，住进慈善学校的铁皮棚。

直到真的救出阿嘎时，我的心才安定了。这时才有心思想到，要给远方的班哲报个平安。但等我一把抓起手机，却发现屏幕是黑的，没有电，关机了。杜尔在一旁摊开双手，无奈说："你出发前我就已经说了，这里没有电，我们没法给你充电，就是有电，也没有信号。"

"那怎么办！我需要给国内报平安啊！"新的焦虑扎进我的脑海。

杜尔问："这个平安很重要吗？必须报吗？"

"是！也像生命一样重要！"

杜尔想了下："那只有一个办法，你到附近的国际救援部去，他们有卫星电话。虽然信号不好，但报平安肯定可以。"

阿嘎听杜尔这么一说，立马拉住我的手，抽身往外跑。

原来阿嘎几天前就是和国际救援部的人同道而来，他们已经熟悉，所以很顺利，我们很快拨通了班哲在拉萨的电话。

那边接电话的却是小尺呷，这孩子一听是我，语气就有些抓狂："啊！老师！老师！为什么整整三天没有您的信息！"

"我们在山里，没有电，也没有信号！"我说，顾不得解释太多，"我们都好好的，我和阿嘎——我找到阿嘎了——你的班哲阿叔呢，告诉他，阿嘎也是好好的，我见到他了！"

我听那边传来惊叹、嘘唏，由于极度兴奋而发出的喜泣声，那是班哲的声音，他同小尺呷在喜泣中暗地争执着什么。一个在央求："阿叔，你让我说出来。"一个在反对："说什么，他们的安全就是一切！他们的……"

我打断了他们："哦呀，听到我们安全，你们定是高兴坏了，但现在这边是借了卫星电话，不便多聊，我们就先报个平安，等一切安顿后我们再来细细谈啊。"

那边是班哲的声音，在响应："哦呀好！"

阿嘎听是班哲的声音，接过电话，亲自报了平安。

班哲已在欣慰又仓促地招呼："哦呀，你们安全就好。卫星电话不方便，先挂了吧。"

他那边自动挂了。

我真是太粗心了，不是吗！我忽视了在这样的生死关头，我在远方这样断失音信，现在终于联系上，我是应该给牵挂我们的人，送上一些温暖的话，以此安抚之前因为担心我们的生死，他们日夜焦虑的那颗心，不是吗！但确实是面前的灾难太大了，不容我们想得太多。我们很快就返回学校。

杜尔和阿嘎像一对要好的兄弟。因为阿嘎中文和英文都非常好，之前杜尔还建议过阿嘎，让他来媞娅的慈善学校支教。阿嘎原本是想过来，但他更想留在加都照顾他的格拉。所以在过去，很多时候阿嘎只是在帮慈善学校兼职做一些接待工作。

这个夜晚，杜尔又在建议阿嘎帮媞娅的慈善学校做事。因为孩子们都挤在一间铁皮棚里——本来都是女孩，生活还算方便，但地震过后媞娅又收留了一些地震孤儿，他们却是男孩，铁皮棚因此变成男女混居，生活上就多出一些不便了。杜尔请求懂得三种语言的阿嘎回加都，帮着媞娅去寻求国际援助，以便尽早解决孩子们的住宿问题。

阿嘎却不想回加都。他向杜尔提出这样的观点：至少媞娅的孩子们现在还有住处。虽然生活有些不便，倒也不用担心大风大雨的天气。但在山的那一边，不通公路的山谷里，有个村庄的房屋全部被震塌，连铁皮棚也住不上。那里的农户天天裹在雨水中，生活更加糟糕,如果救助,应该先从那里开始。

我完全赞同阿嘎的观点。因为他所描述的灾情,一路以来我也在目睹。确实,在大家都需要救助的时候,我们应该选择那些最为困难的人群。

杜尔便显得有些不悦了,抽身离开我们,边走边嘀咕:"还不是因为你的格拉也在那个山谷,不然这么大的灾难,路又难走,你还会去吗!"

第二天,只做了个简单准备,我和阿嘎就匆匆出发,前去大山背面的山村。那地方因为不通公路,救灾人员还来不及到达。我和阿嘎主要是想先去了解那里的受灾情况、最需要什么样的救助,之后再回加都想办法。

我们深入大山,就发现受地震影响,脚下的山路到处都被塌方堵塞,非常难走。这果然应了杜尔昨晚说的话了;但杜尔昨晚还说过一个阿嘎的格拉,他又是何人呢?

是的,我要趁着行路的时候探问一下阿嘎。

"阿嘎……"我说,停下脚步。

阿嘎回头问:"老师,您累了吧?"

"哦呀,这山道有点难走。"

"那我们慢点走。"

"慢怕也不行吧,我们要去的山村是不是还很远呢?"

"远是有点,但安全第一嘛。"

"哦呀也是!对,昨晚我听杜尔说过,你有个格拉,也是住在我

305

们要去的山村吗?"

阿嘎低头往前走,佯装没听到。

"呃,他不是住在加都吗?"我故意追问。

"加都那里只是一个学习的驻地,现在房子都已经倒塌,住不了。"阿嘎这么解释,语气既有无奈也有欣慰。

"那……他是谁呢?"我终于问了。

这话似乎引起了阿嘎的警惕,刚才他肯定是一时大意,顺着我的话谈起了格拉。但等我认真地问他,他却在竭力回避了,快速往前走。

我紧步赶上他,追问:"他是在我们要去的山谷里吗?"

"到那个山谷的路确实有点远,老师,我们还是快点走吧。"阿嘎这样回答,他在含糊其辞,一边更加快速地往前走去。

"那,我们能不能拜访他呢?"犹豫片刻,我继续问。

阿嘎走得太快了,脚步砸得地面发响,像是真的听不到了。

我当然有办法让他停下来。踏上前方的一处土坎,我突然脚一崴,"哎哟!"我说,跟着倒在地上。阿嘎转身一看,慌忙朝我跑来:"老师您没事吧!"他一把搀扶起我。

这个孩子,十来岁就随在我的身旁,朝夕相处,他的每一个眼神、每一次情绪,我都能看得清晰明白。是的,只要能与他对视,其实什么也不用说,我就能从他的目光中读出他的想法、他的答案。

我看到阿嘎目光惊慌又凌乱,惊慌是担心我真的会崴伤了筋骨,凌乱是害怕我再来问他。

那就不能生生地为难他了,我得换个方式,或许从中可以获取信息。

所以我发话:"阿嘎,你走得太快了,我有些跟不上,我们歇一会吧。"

阿嘎点头,盯着我的脚:"老师,是哪里崴了? 我来帮您揉一下。"

"不用,就是不小心滑了下脚,一会就没事了。"我说,瞧着身旁开裂的土坎,"这肯定是余震造成的。"

阿嘎点头感慨:"余震还有下雨,一直就没停过!"

"就是,从我到这里来,没有哪天身上不是湿的,还好天气不太冷。"我抬头仰望群山,见它们已被浓厚的雨雾笼罩。"这么大的灾难,阿嘎,我很难想象地震当时,你是什么感受。"我说得有些不经意。

阿嘎语气深沉,回答:"要说感受,真是太多了! 最深刻的就是——之前我总觉得,我们每个人都有一个家;灾难发生后,我只有一个感觉:所有人都是一家人!"

"你为什么会有这种感受?"

"当时我也不知道为什么,后来问格拉,他这样告诉我:因为我们正在承受共同的苦难,感受相同的痛苦。不是一家人,痛苦就不相同,感受也不一样。"

他果然又提到格拉了! 我在心里庆幸,期待的目光瞧着他,等他继续。

"哦呀,灾难发生那刻,我真是太慌张了,但格拉却不惊慌,他还在看他的书呢! 后来我问他为什么会那么平静。他说,苦难在告诉他:人的生命是自然给予的,自然决定了我们的生死,所以怕也没用,不如安心面对。"

"就是嘛!"我连忙响应,心里想:阿嘎一边在回避谈格拉,一边却又在反复地提起;这肯定不是因为他的大意,而是他与那位格拉朝夕相处,生活到深处,就像是一个人了——自己对自己说话,就不需要防范。

这叫我忍不住还是要说:"哦呀阿嘎,你说的格拉,看起来很有智慧嘛,我可以拜访他吗?"

阿嘎像是突然才反应过来,立马不应话了,低头疾步往前走。

63. 只要是在家里,我们就安心了

是不是阿嘎的心思完全陷入矛盾和斗争中,因而忽视了路程与方向呢?我们早晨从慈善学校的铁皮棚出发时,计划是傍晚时分赶到目的地。但现在天色渐暗,我们的行走却依然看不到尽头——山道像是越走越深了,越发寻不着人烟的迹象;而山间浓厚的流雾已经裹住我们的视线,除了脚下的山道还能依稀看清,可以摸索着前行,我们再无法辨识更远的方向。

大约黄昏时分,阿嘎终于停下来,对我解释:"本来,以雪山为参照,朝着雪山的方向行走,我们当天是可以到达山村的,但今天沿路的雾气太大,我们上午的路程中又出现过塌方,当时我们是绕道行走的。可能在绕道中出了点小问题,搅乱了我的方向感,所以现在,路好像走偏了。"

"走偏？那就是迷路了！"我的心往下一沉，慌慌说。

"不怕。"阿嘎安慰起来，"我懂这里的语言，不管走在哪里，只要语言相通就不用怕！"

"那要是遇不上人家呢？"我担心地问。

"不会，虽然这里山很多，但并不是原始森林，只要有山道，就会有人家。"阿嘎显得经验十足，继续前行。

我当然相信阿嘎，也只能跟着他前行。阿嘎先是走走停停，脚步迟缓不定，但不久后，却又像是发现了可以让他辨识方向的标志，他因此锁住脚步观望，默默寻思。一会后，他折身朝着与我们来路截然不同的一个方向，疾步走去。

我来不及追寻他刚才的视线，只能紧步跟上去，充满顾虑地追问："阿嘎，你确定前方有路吗？"

"走吧老师。"阿嘎说。

"那你熟悉这个方向吗？"

阿嘎沉默了一会，回答："不熟悉。"

"那还能继续走吗，不会越走越深吧？天可马上就要黑了！"我提醒阿嘎，一边四处寻望，但见视线所有触及的地方——远处，暮色一片苍茫。近处，丛林影绰鬼魅。脚下呢，山道则像是被山神设下了密咒，你走走，它断了；不走，它又在脚下延伸；等你反悔折身时，天就彻底黑下来，连后路也看不清了。当视线遁入这样的混沌中，不经意间一个转身，我就看到有点点亮光，摇曳在身后的一堵山崖上！确实，即便暮霭那么浓厚，几乎吞没了周边的一切，那点点亮光却是那么奇特，它竟然穿破雾霭，亮在那里！

我相信阿嘎刚才正是看到了它，以它为参照，才折身走向截然不同的方向。

"阿嘎你看——我们身后有灯光！"我惊喜地叫起来，同时也有些着急，"阿嘎！有灯光的地方就有人家，我们应该朝着灯光的方向走才对，现在是不是走反了？"

夜幕里，阿嘎却不响应我的话，也不止步，只在匆匆赶路。这让我更加着急，因为天已经彻底黑下来，除了身后的灯光可以给我们方向，我们再无法辨识前方的道路。

我的语气因此有些凝重了，朝着阿嘎大声强调："阿嘎！我们为什么不能朝着灯光的方向走呢？如果那是人家，我们还可以在那里借宿！"

阿嘎不回话，继续前行。

"阿嘎！你再不停下，我不走了。"我只好以这样的方式命令他。

阿嘎这才放慢了脚步，匆促回一句："那里的路震裂了，我们走不过去。"

"地震过后你又没有来过这里，你怎么知道震裂了？"我连忙问。

阿嘎肯定是不知怎么回答了，便沉默，但仍然坚持自己的方向，快步往前走。看起来他很坚定，也有点一意孤行。

我们又一次陷入僵持中了，彼此互不理会；只有夜色混沌的山道上，泥泞中脚步砸地的声音，击打着我们的神经。

大约又走了半小时，我感觉我们根本不是凭着方向在走路，只是觉得哪里方便落下脚步，就由着脚步带动往前走。直到最终，我们的脚步抵达一片废墟,这才看到,废墟深处摇曳着几点亮光,应该是蜡烛的亮光,温暖地映入我们眼帘。这叫我心头窝着的火气终是得以缓释,就不想再计较阿嘎了,因为终于赶到了目的地。

我们走进一个受灾家庭。阿嘎并不熟悉他们,但他们家的一个年轻人却说知道阿嘎。他是从媞娅的学校听说过阿嘎的,这也叫我们更为放心,当晚就选择住在他们家。其实说家,只不过是有灯光的地方而已。对于重灾区来说,家并不是以房屋为概念,而是以灯光为概念,哪里有灯光哪里就是家。

夜晚,烛光微弱地照着这个受灾的家庭。其实这只是一处用残砖断木在废墟旁堆起来的临时窝棚。全家人都挤在里面。一位年迈的老人,是家里的阿爸。他的老伴在地震中遇难。两个儿子一个是先天性残疾;一个刚娶了媳妇,女人正好赶上孕期,行动不便。老阿爸也在地震中受伤,左脚被屋顶飞下的横梁给砸了,不能下地走路。肯定是伤到了筋骨,不间断的疼痛已经折磨得老人面色灰暗,说不出话。可是这里不通公路,山又太深,老人无法出山医治。

阿嘎难过又焦急地对我说:"老师,这位老阿爸需要紧急救助,我们要记下他的资料!"

却听老人的儿子在一旁摇头,提醒阿嘎:"十分感谢,但我们的爸爸不会出山了——不管怎样,只要是在家里,我们就安心了。倒是还有更多的地方需要救助,等天亮你们看到整个村庄,一切都知道了!"

64. 他像个影子从我身旁飘走

窝棚里空间太小,容不下床铺,我们大家都是和着衣物,挨着身子睡在地席上。因为白天一路颠簸,实在疲惫,我一躺下就睁不开眼了。睡梦中,我感觉阿嘎并不在身边,他像个影子一样从我身边无声地飘走。我想用双手抓住他,但我浑身就像一堆朽木,双手就像被挂在朽木上的游丝,没有半点气力。

第二天清晨,我从沉睡中醒来,四处张望,果然不见阿嘎。

他在哪里呢?是昨夜根本没睡,还是先起床出去了?

我在喊阿嘎。喊过多声,不见阿嘎,却听到窝棚外传来孩童的哭啼声,有些怪异和不同寻常的哭啼。这时我才看到阿嘎匆忙地赶进窝棚来。

“阿嘎,你到哪里去了?”

“我……我在外面……”阿嘎慌慌说。双脚沾满泥水,浑身也是湿的,像是走过了很长的山路一样。我摸摸身边的地席,是冰凉的!他肯定是一宿没睡在地席上,他究竟去了哪里?

我正想再问,却听阿嘎没头没脑地说一句:“只是没办法!”

“什么没办法?”我惊问。

“那个哭闹的孩子,他的阿妈没了,是在地震中摔断腿脚,活活疼死的。”

“唉!看来这里除了需要食物,救死扶伤也非常迫切!”我在焦虑中感叹,思绪就被身旁的苦难拖住了。

阿嘎点头应话:"是的,救死扶伤是第一重要的! 其他的,食物倒不用怕。房屋倒塌,粮食总还能抢出一些。本来人们生活就很简单。农房四周还有灰梨、香蕉和菠萝蜜,都已经成熟,也可以用来充饥。就是住宿,是个大问题。天天雨水不断,老人和孩子裹在泥泞中生活,长久下去就怕感染疾病,要是也能住上像媞娅学校那样的铁皮棚就好了!"

阿嘎的话叫我心情沉重,胸口像被灌进一桶泥浆,又堵又黏。抬脚走出窝棚,面前的一切看得人灰心、绝望、浑身冰凉。昨晚,夜幕埋住群山,我们身处困境,一心只盼早早抵达目的地,所以无心留意沿路灾情,但是现在,真正目睹眼前这满目疮痍的场景,我的心还是被震裂,视线彻底被它伤到了。

我面前的人家,房屋已经完全被地震摧毁。断裂的房梁、木楞、石块,混着黄土和碎石堆埋遍地。废墟,以那种捣毁一切的方式,埋葬了一切,寻找不到任何昔日生活的痕迹。而整个依山而建的村庄,只要有一户人家,就会有一片废墟。因为彼此房屋并不相连,所以人站在高处,会看到满村庄的废墟,东一片,西一片,一直延伸到丛林深处视线被遮掩的地方!

那丛林深处虽然弥漫着一层雾气,但肯定还有人家。我想,正准备过去,可我的眼部神经却突然间抽了一下,因为我看见,丛林当中有一条横亘的山脉,在山脉的正中地带,耸立着一座陡峭的山崖。与四周绵延起伏的山脉地貌完全不同,那山崖形如一面巨大的屏风,倾斜着突兀在青山之上。而就在那倾斜的半崖间,竟然"挂"着一排房屋! 确实,远远看去,它像一堆积木叠加在山崖上,红色的屋顶叫它显得那么醒目,再远的地方我也能看到它。

我的心就被拖到那里去了。

"阿嘎,你看那山崖间有排房子啊!肯定是我们昨晚看到那个亮着灯火的地方!"我急切地说,同时感叹,"确实,那地势太陡了,难怪你昨晚不肯冒险带我上去。但现在是白天,我都看清了,那丛林中有条山道呢,我们能不能顺着山道去那里看看?"

阿嘎没有直接回我的话,却在这么警告:"老师,我们不能进入前方那片丛林,因为地震中那些遇难的灵魂都被安顿在那里。他们活着时受难太深了,我们不能再去打搅他们的安宁。"

阿嘎竟然拿遇难的人说事,这是成心要堵住我的心思啊。但确实,面前的灾难实在太大了,毁灭性的灾难已经无法安顿我们的心情。除了遥不可及的天空,地面上的一切——疼痛中活活等死的老人,完全被摧毁的房屋,连日不断的雨水,和幸存的人们悲伤、焦虑、无助的面容,叫我们看得惊慌,不知所措。

而对于我个人,最让我惊慌的还不是这些,是接下来,我又听到一阵怪异的孩童的哭啼声!

"阿嘎你听,那个孩子又哭起来了!我得去看看。"我听到哭啼的方向,是从前方的一处废墟间传出,我准备赶过去。

阿嘎却不动身,语气吞吞吐吐地说:"老师,那个孩子……没什么。"

这让我更不放心,抽身朝废墟跑去。

这里同样是一户被地震摧毁的人家,房屋完全倒塌了。幸亏这

314

家人还留有几只山羊，它们却不觉这样的灾难，正在坍塌的废墟中钻来钻去，一边咩咩地叫着。和山羊混在一起忙碌的是一个男人，他在废墟中小心翼翼地挑拣还可以利用的木块和石块。我正准备上前与他招呼，但我同时看到，在废墟旁一根断裂的房梁下，有个孩子，竟然被麻绳牢牢地拴着！孩子赤裸着双脚站在泥水中，浑身已经沾满泥浆，脸面和头发完全被泥浆裹住，除了一双不同寻常、灼灼放光的眼睛外，我已看不清他的面容！见有陌生人到来，这孩童越发闹得凶了，一面拼命地挣扎腰间绳索，一面朝着我又哭又叫。这也惊到了正在忙碌的男人，他放下手中活计，惊讶地盯着我。他不能明白，此刻我的心连同我的魂魄，都已经被他的孩子抓走了！

幸存的人需要尽快恢复一个家，多难啊！但是这个孩子，他和五娃子一般大小，不是吗！见他这般状态，定也和五娃子一样地病着，不是吗！失去娘亲的孩子，面临这么大的灾难，谁来看管他呢？病着的孩子，失去妈妈的孩子，即使幸运地躲过灾难，又能怎样呢？生存中的厄运已经向他扑来！而我，我也是阿妈，五娃子的阿妈……不知离开我的日子，五娃子过得怎样……

阿嘎已经赶过来，瞧我正在小心地解开房梁上的绳索，他只好去跟惊讶的男人解释："她是好心人，是来帮助你们家的，她有很多孩子，和你家孩子一般大小，所以她是看得难过了，才想放开你的孩子。"

男人表示了理解，朝我点头，一边无奈地解释："我们需要尽快搭建窝棚，顾不了孩子。这里遍地都是石块和钉子，怕他乱走会扎伤双脚,所以才拴了他。"

拴在孩子身上的绳索终是被我解开。只一放手,孩子就溜身跑了。他钻进羊堆里,撵着山羊四处扑腾,这也叫他自身陷入废墟当中。他顺着一根断裂的房梁往外爬,这时,一只被惊动的山羊从他身旁迅速蹿过去。眼看孩子就要被山羊撞落,坠入裂断的石块当中,阿嘎紧忙奔上去,一把接住他,抱他在怀里。好惊险!这个孩子!他在阿嘎怀里一边哭喊一边挣扎,阿嘎却不想放开,这孩子一身泥浆就在扑腾中染了阿嘎一身,他俩顷刻都变成了泥人儿。这孩子眨眼一看,彼此都变成一个模样了,才跟着咧嘴笑起来。阿嘎趁势把脸面朝着孩子的脸面贴上去,竭力地向他表达亲切,同时双手轻轻地拍起孩子的后背。

阿嘎的举动,把我拖入回忆中了……

是的,我要抱住这个孩子,不管接下来这孩子身体里的小魔兽会不会发作,我现在所能做的就是紧紧地抱住他,让我也同他一样,浑身沾满泥污,然后我会告诉他:"娃儿你看,其加这只是在和我们玩游戏呢,他把我也变成了这样——和你一样!你看看,你看看,我也和你一个模样嘛……"

同时,我抓起一把泥抹在自己脸上。

同时,我又在朝发呆的次结发话:"小孩,你怎么还不过来呢,我们一起玩泥巴,一起打泥仗呀!"

五娃子望望自己,望望我,再望望次结。

次结好聪明,立马一头滚到泥堆上,等他爬起来,他就变成了一个大泥人。五娃子见我们都是一身泥,和他一样,咧开嘴笑了……

65. 我不想成为你,只想和你并肩作战

当我从恍惚中回过神来,就发现,面前的孩子竟然卧在阿嘎的怀里,不是咧开嘴笑,而是安静地睡了。

阿嘎小心地把孩子放在一旁的毯子上,瞧着他,陷入沉思。

"十年前,我也是和他现在这般大小嘛。"阿嘎说。

我盯住阿嘎。"怎么看,他都像是五娃子呢!"我想这么对阿嘎说,但最终我却在这么问:"阿嘎,你是不想回去了?"

阿嘎含糊回答:"我们还能回到十年前吗?"

我注视着阿嘎。

阿嘎的泪就在眼眶里打转了:"我情愿回到十年前,至少还可以在期盼中生活……见到阿爸。"

"阿嘎! 我们不能再这么想了。"

阿嘎就断了话,侧面注视睡着的孩子,许久后,他问:"老师,您说,生命是平等的吗?"

"当然,世间的一草一木都是平等的。"

"那我不想回去了!"阿嘎语气非常肯定。

虽然我对此早有预感,但听到阿嘎亲口说出来,还是把我惊住了! 我盯着阿嘎,知道他做出这样的选择,定有他足够的缘由。我在等待。

但听阿嘎深切地说一句:"我的阿爸在这里,阿哥也在这里,这里就是家了!"顿一下,又像是专门针对我的心思,在说服我,"既然

生命是平等的,在这里工作,和在家乡也是一个模样的。是嘛,哪里需要就留在哪里好了。其实帮扶工作就像转陀螺一样,只要用足了劲头,使劲地抽打,它就会一直地转下去。有时是在原地转,有时又会转到别的地方,但不管转到哪里,都是在地上,您说是吧?"

这叫我怎么回答呢,如果他是铁了心肠不想跟我回去,我还能再说什么!

但阿嘎继续道:"这里经济太落后,遇到这样大的灾难,一时半刻怕是难以恢复了,所以更需要人来坚持,长期帮助他们。就像这个孩子,阿妈没了,失去阿妈的爱护,未来他的生活又会怎样——如果我能经常过来看望他,至少在我到来的时候,他是可以不被拴着生活了!"

"别说了阿嘎,别说了好吗,别拿这个孩子说事!你不知道五娃子吗,你不知道我在想念他吗,但我现在也离开了他!你这样说话,是不是就要把我说服了——你不再跟我回去,你要留下来,你的心也像我一样——我已经被五娃子拴住,你也要被这个孩子拴住了!"

唉,我的话说得有些混乱是不?我不知道为什么,昔日与我共心共性,让我无比踏实的孩子,如今却弄得我如此慌张,语无伦次。

确实,我也无法再像昔日那样,看清阿嘎这个已经长大的孩子的心思了!

因为接下来阿嘎突然显得特别冷静,语气坚定利索:"老师,眼下我俩最需要做的就是,尽快把这里的灾情统计出来,发送出去,这事迫在眉睫!"

我就不明白了,这么思路清晰、理智清醒的孩子,之前怎么会那样糊涂又决绝,守着阿爸的危房不肯离开?我一气,一急,内心那躁动已久的心魔就嗖的一下蹦出来了,它怂恿我脱口而出:"之前你待在那个危房中不出来,那么要死要活的时候,可也想过外面的灾情迫在眉睫?"

阿嘎神色一晃,"啊"了一声,他没有料到我会说出这样的话。他突然抱头蹲下去了,浑身在轻微地颤抖。抽泣,先是断续地,像是低吟的风声;慢慢地,变得更像是在深切地感叹——确实,他把悲伤的闸门努力地锁上了;当再次立起身时,他就在这样对我表述:"老师,我生命的转折有三次。小时,阿爸离开的时候;后来,和您在一起的时候;昨天,您来看望我的时候。我人生的路程,也因您的到来发生转折——过去,我一直是在向着自己的理想走路。现在,我要向着自己的灵魂走路。"

我不知怎么接话。

阿嘎则挨近我,双目注视我,像个成熟男人那样地,语气深沉、坚定:"老师,我不想成为你,我只想和你并肩作战!"

我别过头去。"对不起,"我说,"我有难处,你知道的。我来,是为了寻找你。地震后我和你的班哲阿叔都在担心着你。现在看你安全,我也放心了。五娃子还丢在拉萨,其加还没有安稳住处,帮金和次结还流浪在草原上;所以我无法留在这里,和你并肩作战……"

"老师,这些我都知道。"阿嘎语气充满信任,"但您还是可以帮到我们很多,至少是媞娅的学校,您能帮到她们!"

"你想让我怎么做呢?难道你有了计划?"我盯住阿嘎。

阿嘎点头,慎重道:"对,我是有计划!这个山村灾情太严重了,恢复非常困难。但不管怎样我都会坚持做下去。只是我个人的能力实在太有限了，媞娅的学校也需要救助，我却难以顾及。我在想，至少从经济上，您是可以帮到媞娅的。"

"你是说让我回国去募捐？"我吃惊问。

"是，老师！媞娅现在留在加都，就是等待社会救助。但这样大的灾难，受灾人口实在太多，仅仅依靠等待，媞娅真是太难了！您也看到，媞娅的孩子们都挤在一间大铁皮棚里睡觉，长久下去不是办法。要是能盖一排活动板房就好了。还有饮食问题，地震过后，物资匮乏，孩子们的饭食极其简单，缺乏营养。这些都需要钱！"

阿嘎的建议其实我不是没有想过。但如果让我回国为媞娅的学校募捐，就算我可以整理资料带回去，毕竟是国际救灾，路途遥远，怕也难有说服力。除非是媞娅本人肯去中国一趟，带上她和孩子们的实际资料，我倒可以帮她想些办法。

当我把这个想法说出来时，阿嘎给我算了一笔账——由于受地震影响，尼泊尔到国内的陆路口岸全部中断，媞娅只能坐国际航班。往返的机票、行程费用等，一万元肯定需要。现在对于地震灾区，救援资金非常紧缺，一分钱是当作两分钱用——省下这笔钱，用在媞娅的学校，那又是一个巨大的帮助！

阿嘎真不愧是从慈善学校出来的孩子，思维细密，事事周到。我还能说什么呢？只能答应。

阿嘎见我应承，激动得几乎失控了。他跳起来，抱着身旁的一棵树，亲了又亲；扑上身旁的一堵残垣，亲了又亲；抓起地上的一只罐子，亲了又亲；就差点没有扑上我的脸面亲一口了。

瞧阿嘎对于救灾的这份急迫与真切,我心下既感动,也已经明白——终究我是无法带回他了!

　　一时间,失落的情绪和灾难的场景,搅得我的视线有些混乱。目光在欣慰与纠结中游离,晃荡,渐行渐远,直到被前方那堵山崖拦截。那山崖间,那悬空的房屋,它依然那么坚韧地"挂"在那里。不畏自然灾害,不畏人间苦难,由着清风薄雾陪伴,叫它显得真切,又若隐若现,似在人间,又似在天上。

　　我们同时在凝望它,我和阿嘎,我们都在默默地凝望。

　　而我心中已经明白,昨夜阿嘎一宿不在窝棚,他是去了崖间的那排房子。地震后他与他的格拉离开加都,他去寻找阿爸,那位格拉肯定是去了那个房子。地震把他们分开,但余震一直不断;他来这个山村,多半还是想探得格拉的平安,所以才趁着黑夜前往那里。他知道,如果白天去,我肯定也会跟上他的。这孩子的良苦用心,我何尝不知!

　　是的,阿嘎的格拉,他就是月光——那个住在崖间的人,他就是月光!从那晚阿嘎看到那个崖间灯火,他宁愿在黑夜里迷路也要义无反顾地转身,那时我就知道了! 我不想挑明,是因为我还没有做好面对的准备。是的,就像一件深埋泥土的远古时代的彩陶——你能想象它的光彩,但你没有把握让它重新释放你所期待的光芒。这时,你为什么要去破开泥土呢?

　　身旁的孩子仍在熟睡,他的父亲一边忙碌一边朝阿嘎感激地点头,口里说着感谢的话。阿嘎回敬他一个柔和的微笑,他又把这样的笑意投注到我的脸面上来,在我的眉宇间徘徊一阵后,再次转向前方那堵山崖,停在那里,继续凝望。

一会过后,阿嘎像是发出梦呓之声,这么对我说:"老师,您一定要去那里吗? 如果真的想去,我还是带您去吧。"

我强行闭上双眼,把目光从山崖的方向生生地拖回来。抬起头,展开双目,仰望天空——只有天空之上,才有极度纯净的风景——它会让我暂时地摆脱眼下的灾难,和内心深处那一触即发的痛苦回忆;它也会把我的目光带到遥远的地方去,就像看到奇幻的海市蜃楼,它会让我看到远方的雪山、草原、帐篷、学校,以及我的孩子——帮金、次结、其加、巴巴、五娃子……

五娃子,他简直就是我的神明! 因为无论我有多么复杂混沌的心思,五娃子都可以用他小小的双手,将它击碎!

所以最终我说:"不,我想早点回草原去。"

第 八 篇

66. 河流

　　由于陆路受地震影响，边境口岸还未通行，从加都回国时，我只能先坐飞机到泰国，再转回国内。国内的这趟航班，正好到达苏拉读书的城市。

　　自从离开阿嘎后，我就想好了，要去找苏拉。因为苏拉已经考上师专。师专是两年制，不久她就会毕业。我的想法是：只要桑伽小学还有学生，哪怕是一个，就一定要复课。之后，就算我的身体无法坚持太久，等苏拉毕业，她也可以接替我的工作。

　　公交车拖着我来到苏拉的学校。我从未到过这所学校，也很久没有见到苏拉。我在想象苏拉，她长成的模样——那曾经染着深紫色高原红的小脸颊，如今是不是染上了少女的红润？那一头乌黑发亮的酥油辫子，如今是不是也束成了马尾？那个纤纤细细的小姑娘，如今是不是已经长得饱满，变成了模样俊俏的大姑娘？确实，我已经无法在花花闹闹的校园里,第一眼准确无误地认出苏拉了;是一位自称苏拉同学的女生,她指着站在女生宿舍旁的那位时尚女孩,告诉我:"那就是汉苏拉。"

"谢谢你,但可能弄错了,我要找的女生叫苏拉。"我解释。

女同学反问:"您是要寻找从麦麦草原下来的苏拉吗?"

"是。"

"那就是她,汉苏拉的'汉'是她自己加上去的,因为她的阿妈是汉族。"

我的心被拨动了一下,紧步朝前赶去。苏拉灵活的大眼睛却早已经发现我了。

"老师! 老师!"苏拉惊喜地朝我奔来。凑近我时,我发现她的身高已经超出了我——她的惊喜和她的身高都绝对地把我的目光覆盖了。

"老师,是您,真的是您呀!"

我点头,一时还不能自然地领受面前这么欢腾,气息这么热烈的姑娘。

"老师! 您可让我想坏了!"苏拉以一个紧切的拥抱,紧紧紧紧地抱住我。这让我想起多年以前第一次接触一位外国朋友。初次见面,他直爽又热情地拥抱我。我当时心情激动,却也小有不适。这是一种无法描述的微妙!

为了让自己尽快适应状态,我匆忙说:"老师看你来了,哦呀,先到你的宿舍再说吧。"

"宿舍里人多,太嘈杂啦。老师,我带您到校园外的茶座,那里既干净又安静!"苏拉已经拉上我的手。这时,倒像是我变成了局促的小孩,由着苏拉一路挽手,进了茶座。

坐定后,苏拉熟练地为我点了茶水——不,是咖啡。小而精致的玻璃杯,一杯卡布奇诺,细密的泡沫上浮现出一颗心的形状。苏拉小心地送到我面前深情说:"老师,这是您的!"

她自己也要了一杯,是现磨的南山咖啡,香气四溢。

"还是酥油茶的味道更好,更为地道。"我说。

苏拉点头,惊喜地望着我,像是有很多话,又因激动无法表达。

我这才细细地注视她。这姑娘已经剪掉了一头乌黑的酥油辫子,变成新潮的短发,且发丝间又作过几束金色的挑染,看起来倒也活泼、时尚。

"还是酥油辫子更为好看。"我说。

苏拉目光轻微地晃动了下,笑着解释:"是,老师,只是短发更好打理一些,也节省洗发液。"

"还是不用洗发液更好,那是化学品,会伤头发的。"我说。

苏拉冲着我笑。她再不是一身氆氇袍子的装束。上身穿的一件粉红色短衫,下身是一条乳白蘑菇裙,脚踩一双低跟平底的白凉鞋,周身穿戴看起来鲜明又活泼,显露着时尚阳光女孩的气息。

"不错。"我说,仔细地打量她,"你真是长高了不少!"

苏拉笑得非常开心,故意冲我立起身子,好让我多多地瞧个够。

"这么修直的身材,还是穿上氆氇袍子更为适合。"我补充说。

苏拉的笑就凝滞在脸上了,忽然变得有些不自然。

"是嘛,是个大姑娘了,会懂得爱惜自己、打扮自己,这样也好!"我这么夸赞。

苏拉有点不知所措,不知怎么回应我的话。

"那生活得怎么样呢? 在这里还习惯吗?"

"习惯!"苏拉脱口而出。

"哦呀,习惯就好……"我说,语气有些迟疑不决。其实我主要是想表达这后一段话:"习惯就好,但不能把习惯变成自然——如果沉迷外面的花花世界,你就不是草原姑娘了,你也看不到从前的时光了。何况,也是我们的格桑在供着你读书,更不能对不起他的爱心和期望!"

最终我没有这样说。

但见苏拉的目光,已经下意识地变得紧张起来。

当这个孩子的目光最终在我近似于责备的语气里,变得惊慌失措时,我同时也在质问自己:为什么这孩子的周身装扮都让我看不惯呢? 为什么我总在用挑剔的眼光看她呢?

当我这样质问自己时,我就不便说出更多了,比如我这次来,除了想念,除了看望,还抱着一个明确的目标:说服她,毕业后回到草原,接替我的工作。

我瞧着苏拉,满腹翻腾着要说的话,但目光飘晃在她的发式、装束、脸面上,却怎么也说不出口。

苏拉已经从我的神色中觉察出问题,她开始小声地解释:"老师,请您到茶座来,是我勤工俭学和打工攒的钱,还有奖学金。因为在这里读书费用有些高,我不能总是让格桑阿哥为难。所以除了上

328

课,平时只要放假,我就会到校外打工,就连看望您的时间都用在工作上了……"

听苏拉这么解释,我的心才又慢慢缓和了些,便开始为苏拉铺开一条长长的回忆的路程。

"苏拉,你还记得我们的学校吗?"

苏拉怔了下,点头。

"我们当初的学校,那是一座碉房。"我说。

苏拉当然记得,但她不明白我这么陡然地提及过去,意味着什么。

"那时你才多大呢?"我问,跟着自问自答,"是九岁吧。"

苏拉就被我拖入回忆中了,目光游向窗口之外。

"九岁,个头太小了。第一次,我看你在院子里拔蒿草,不注意我看不到你,只看到一棵棵蒿草在院子里移动,那是你在抱着蒿草去晒场。蒿草太高了,你的气力很小,但却能一次抱出很多蒿草。看得出,那时,你是多么努力!"

苏拉的思绪在我的话语里沉浮。

"后来,我们的学校终于开课。所有孩子当中,就数阿嘎年龄最大,个头也是他最高,所以我选他当班长。你却不知班长是什么,去问曾经上过学的米拉。米拉那么夸张,他说班长就是管人的大官。后来你就特别想当班长。我记得当时,我是分配你当组长,对不?"

苏拉想回话,但我紧接着又在发话——我是不想让她打断我的回忆:"后来,是开学过后,我们去雪山背面的草原。路那么远,你却带去很多小石块。白色的石块,你说是送给草原的礼物。"

苏拉的双目,像是罩了一层雾气。

"我还记得,当时你穿的一身紫色小氆氇,腰间围着五色帮典。远远看去,你小小的身子,多像一幅小小的彩绘游动在草原上!而你整个人已在敬畏中收缩,你想把身子也收缩成手里的小石块那般大小,然后就可以和石块共同地、永久地落在草原上。看得出,那时你对草原的情感,是多么真挚!"

苏拉突然用手捂住脸面,她是不是害怕再听这么深沉的回忆?

可我仍然要说:"那些日子,我记得,只要是冬天,天空如果长久地陷入阴霾,不开天日,你就会担心地问我:'老师,天是不是要下雪了?'——我们都害怕下雪是不?我们的最后一夜,那个风雪交加的夜晚,你还记得吗?"

苏拉捂住脸面的手开始微微颤抖。

"那一夜,我们都不敢睡,点起一盏酥油灯,却没有窗外的雪光亮。你,阿嘎,米拉,卓玛,那姆,小尺呷……你们抱成一团,眼巴巴地望着窗外那不断呼啸的雪片子,一夜不敢合眼……看得出,那时,你是多么担心!"

苏拉开始啜泣。

"后来,黎明后,我要带你离开,你却不愿离开。你站在风雪里,突然喊我一声,阿妈……"

苏拉哭得凶了,浑身跟着颤抖,说不出话。

而我,是的,此时我心中那个沉睡已久的心魔,它已在苦难的回忆中苏醒,武断地占据我的整个心胸,拖着我陷入索取的泥沼,欲罢不能!

夜幕在悄然中来临。苏拉虽然停止了哭泣,但她低垂双目,不敢望我。这是我的第二个孩子。我的第一个孩子是阿嘎。他俩像是一个妈妈生下的孩子。和中国所有拖儿带女的家庭一样,作为一个妈妈,要想培养更多孩子,就必须学会安排一些孩子做出牺牲。这不由让我想起我的家境贫穷的表姐。为了给家族传宗接代,三十年前表姐东躲西藏,相继生出三个女孩。上天保佑,女孩们个个聪明伶俐。但成长中的孩子,读书成了大问题。表姐自称很有智慧,她安排大女儿读到初中后,辍学,外出打工,为二女儿赚取学费。到二女儿读完初中时,因大女儿结婚,另立门户,便让二女儿辍学,接替大女儿外出打工,为三女儿赚取学费。到最终,全家只有三女儿顺利读完大学。

难道现在的我,亦如当年我的表姐?

现在,连我自己也难以捋清这种感觉:我心中对于阿嘎、对于苏拉的期望,就像生病的人对于苍天的呼唤——那么信任,又无法把握。

67. 他在天边等着你

我在第二天离开苏拉的城市。

给班哲打电话,询问五娃子近况。班哲却似乎对阿嘎的事更为上心,强调说:"梅朵,阿嘎那边生活不易,救灾时间也很紧迫,你就别来拉萨耽搁嘛。孩子既然提出请你回国募捐,这事你就不能放下,一定不能放下!"

"班哲,你就不容我解释吗?"我说,内心对于募捐之事虽是有些顾虑——这多半是因为之前那次募捐留下的阴影,另外我也对阿嘎选择不归有点小情绪。但即便这样,对于募捐我心中其实已有打算,可被班哲这么不分青红皂白地一通强调,心中还是觉得委屈,就不想道出我原本的想法,只想与他发个牢骚,以便发泄内心的憋屈。

但听班哲在直言相问:"阿嘎还是你的孩子吗?"

"他是,但五娃子也是!"我较劲说。

"五娃子我说过了,你能带好,我也能带好,你不用过早来接他的。"

"但是阿嘎不会回来了!"

"他就是在天边,也永远是你的孩子。"

"可我们还有很多孩子!"

班哲就不再吱声,他被我的话给堵住了,在电话那头憋着不出声,也不挂电话,像是在等待一个没有归期的人归来。是的,如果我一直不发话,他也许会一直这样等待下去的。

我只好这么说了:"好了班哲,刚才是你不容我说话,就把我的思路切断了。我没说要放下阿嘎的事;再说,那也不是他的事,那是我们每一个有良知的人,都应该做的事。"

"谢谢你。"班哲在那边低声地回我。

最终我决定去找金卓玛,募捐的事我想还是金卓玛更有经验。

这时金卓玛已经通过县里的招干考试,顺利地当选草原村官。虽然不是分配在桑伽乡,但终究是如愿地获得理想的工作,金卓玛对此踌躇满志。我电话打过去时,她刚好在州府,是在州府进行为期十天的工作培训,还有一天就要结束,她正准备过两天回草原呢。我便匆匆赶到州府。

见金卓玛时,我向她提起寻找苏拉接班的事。

金卓玛认为不妥,坦言说:"你替孩子自作主张,这是不对的。"

对她这个评述,我不想回应。

金卓玛便向我摆出一套理论:"这孩子,今生之所以遇到好人,也是她前世修来的福报。这好人,就算是你吧——你,也只是一个帮她圆满因果的对象而已,你有什么权力安排她的人生呢?你帮了她,之后又要索取,这就不是在帮她,而是成了她因果路上的绊脚石!你明白吗?"

"就算不明白,我也不想明白。"我固执说。其实我是不想被金卓玛的话给绕住,让自身变得被动。

金卓玛就进一步阐述:"那我这么说吧,苏拉的事,就像自然的河流。河流如果被人工堵截,那还是河流吗?"她反问我,想了一下,则又这么说,"当然,如果是五娃子的事,就要另当别论。"

我盯住金卓玛,知道她接下来想要说什么,就帮她提前说出来:"因为五娃子那是病,身体就像自然的河流,病是堵截河流自然流淌的凶手,对吗?"

金卓玛大声道:"你说得太对了,像五娃子这样,就需要进医院治疗!"

"我们不谈这个好吧。"一提到五娃子,我就没耐心了。

"但我还是要提醒你嘛,我有一个医生朋友,是专门看五娃子那种病的。你以后如果需要,我可以帮你联系他。"

"我们不谈这个好吧。"我重复说。

金卓玛便朝我摆起手来:"好好好,那你说嘛,你这么急匆匆地找我有什么事?"

我便把媞娅的情况说了。

金卓玛就带着调侃语气问:"这回你依然要像上次那样,不给资料,只现身说法吗?"

"不是呢,这回是反的,只给资料,没有现身说法。"我说。

金卓玛笑起来了:"那你这回还真是反了——这次是国际救助,路那么远,还真需要现身说法,仅仅给个资料,没有说服力啊!"

"那你信任我吗?"我问金卓玛。

金卓玛双手一展,点头说:"我当然相信你。"

"那我可以拿人格告诉你,媞娅的需要都是真的!"

金卓玛为难道:"我是相信你,也相信媞娅的需要都是真的。但人家会相信我们吗——要是募捐,肯定还得找万慧吧。但她那边也是需要寻求社会的力量。现在我们就凭着一纸资料,为那么遥远的地方募捐,确实难有说服力——她就不能自己过来一趟吗!"

我就把之前阿嘎的想法——就是要怎样省下往返旅费的事——说一遍。

金卓玛一听,摇头说:"要募捐,又想得这么复杂,那就更让人不放心了! 除非嘛……"金卓玛说,却被我打断了。

"除非是在熟人圈里募捐,知己知彼,就像你信任我一样,才会叫人放心,对吗!"金卓玛一提"除非"二字,我就猜出她的意思了。我心下已在盘算——对嘛,我可以回家乡去,家乡熟人多,朋友、同学、亲戚、过去的同事，都是知根知底的，应该可以发动起来吧。

我把这个想法说出来。金卓玛果然点头赞成："哦呀，看来我俩合作久了，不用嘴巴，用心也可以对话嘛。"

68. 春风从草原吹来

我和金卓玛便赶往州府车站，她要买两天后回草原的票，我要买当天回家乡的票。

正在排队买票中，我却接到齐麦乡长的电话。

"哦呀扎西梅朵，你现在人在哪里？"齐麦乡长开门见山地问。

"我准备回家乡去，乡长，您好吗？大家都好吗？"

齐麦乡长在那边笑："不但是我，桑伽、大吉、里拉，我们都很好嘛。"

"哦呀，这就好。您这打电话，是有事吗？"

"当然有事，有两个事，向你汇报一下。"

"乡长，您可别折杀我了，您是领导，有事应该我向您汇报。"

"什么领导嘛，在桑伽乡，有思想有能力的人就是领导——桑伽、大吉、里拉，现在都是领导。"

"啊？什么情况？"

"这个等会再汇报嘛。先讲第一个事。我听说了，你要去城市里找人募捐，这个我们可以帮一下嘛。桑伽乡农牧产品合作社的几位领导，桑伽、大吉、里拉，和我已经商量好，也要为地震灾区人民表个心意，已经筹到两万元捐款。"

听齐麦乡长这话，就像天上掉下一块大馅饼，都有点砸蒙我了。

"乡长，您说什么，桑伽乡农牧产品合作社，"我急切询问，"就是说，上面的产业扶贫项目，已经具体落实到桑伽乡了？"

齐麦乡长笑道："你别急嘛，这个我等会再跟你细细汇报。先说捐款。这两万元捐款并不是合作社的公款。是我们四人和一些工作人员共同捐的。桑伽族长的那些小虫草卖出去了，他拿了三千。里拉一直做生意嘛，条件比我们都要好一些，他捐了七千。大吉私人没什么积蓄你也知道，他要捐一千，我们只让他拿了三百。我嘛，是拿了半个月工资。另外格桑和其他几个乡干事，又共同捐了五千。"

"乡长……"我不知道说什么好了。

"什么也别说嘛，你帮了草原十几年，我们回报社会也是应该的！"

"好！好！那我先替灾区的娃娃感谢你们了！"

"哦呀，娃娃们更要感谢的人是你，不是你我们还没有这个机会！"

"好吧，我接受这个感谢……对，乡长，既然桑伽乡农牧产品合作社已经成立，那对于草原上的那些特色产品，可注册了名称？"

"这个嘛，就是我要向你汇报的第二个事。先说一个好消息吧。你工作过的格子卡片区，已经被列入政府产业扶贫的重点地区，也就是说，格子卡的村民不用搬迁了。因为格子卡的原始森林面积大，林下资源非常丰富，为了充分利用当地资源，政府将会针对格子卡架桥修路。路通了后，格子卡丰富的林下资源就可以走出大山了。这不但能够让格子卡人自给自足，还可以惠及周边地区。格子卡的产业开发,急需人手,这正好一举两得——桑伽草原人可以迁到格子卡的山脚下,参与格子卡村的产业扶贫,一起开发林下资源。草原上的虫草毕竟是有限的,不会再生,又破坏草场,所以桑伽乡的产业就要从牧区一步一步往农区转移。我们的农牧产品合作社正是在这种情况下,才这么快地成立起来。合作社的产业一部分是牛肉和酥油,另一部分就是格子卡的林下产业。不但有各种珍贵的菌类,还有藏马鸡和藏香猪的养殖。我们已经申请到产品经营许可证,所有产品都注册了一个统一的名称:雪莲花。"

雪莲花,这个名字,竟是说到我的心坎上了！叫我抑制不住地发出感慨:"啊哈,这名字真的不错嘛！大家是怎么想到的?"

齐麦乡长没有直接回答,只在大声问:"需要我夸你一下吗?"

"乡长,还是我来夸您吧——雪莲花,开放在海拔四千米的冰岩上。不怕环境恶劣,也不怕艰苦严寒。它这个顽强的生命力,和坚忍不拔的精神,就像您一个模样嘛！"

"哦呀,这个我接受啦！"齐麦乡长笑起来。

"那以后我们的牛肉就叫雪莲花牌牛肉！菌子就叫雪莲花牌菌子！酥油就叫雪莲花牌酥油！"我说。

乡长在那边接应道:"那你嘛,就叫高原上的雪莲花！"

"哦呀,这个我也接受啦！对,乡长,等格子卡的路通了,大家就要忙起来了,那电网的事怎么样了?"

"这个也正是我要说的。国家电网已经在我们这片草原立项,不久桑伽草原和格子卡都有网络了！"

"那等路通了,电通了,草原上的电商也要做起来了！"

"是啊,电商如果做起来,对于桑伽乡的农牧产品帮助就更大了!"齐麦乡长兴奋地说,完了,则又道出一个顾虑,"就怕到时合作社忙不过来。社里现在的分工是:桑伽和大吉负责牧区产业,里拉将要进入格子卡,负责农区产业。但他们三人都是网盲,网店的事做不来;另外随着年龄增长,精力也很有限。要想持续地发展草原经济,还需要年轻人的加入!"

　　"确实是了!"我感叹,同时若有所思,"到时网络通了,网店开起来,没有新生力量的注入,肯定忙不过来,这个我们得提前想想办法才好。"

　　齐麦乡长赞同道:"哦呀,是要提前想办法!"顿了下,话锋一转,又这么说,"另外嘛,就是还有个事要跟你说,大吉和里拉虽然共同组建了合作社,但刚开始经验不够嘛,所以乡里已经出面联系了外县一个发展成功的村寨,乡里决定让大吉和里拉先去那里培训一下,学习人家的先进经验。大吉这一走,其加娃就没办法了,没得地方去。我把他带到乡政府,安排了住处。但他不想待在乡里嘛,非要回学校去,说是除了学校他哪里也不去。没办法,我把他送回桑伽小学了。"

　　"啊!那是他一人在学校吗?"

　　"纳森现在正好在草场上,我已经招呼他了,要每天去学校看一次,送些吃的。"

　　"唉!"我叹了口气,心下已经决定,要尽快去拉萨接五娃子,然后回学校去。

69. 迷雾茫茫

收到桑伽乡农牧合作社的捐款后,我们迅速把钱汇到媞娅在加都的办事处。这之后,金卓玛准备赶回草原,因为她的州府培训已经结束,再过十天,她就要前往她的新岗位实习。而我也准备去拉萨接五娃子。

但就在快要离开的时候,我和金卓玛同时接到电话,金卓玛接的是堪珠老师的电话,我这边则是格桑打过来的。两边同时报出一个喜讯:一周前,格桑终是从一位土司的后代手里得到一本《康藏文化备考》。书中果然针对之前我们一直就在寻找的彩绘石窟做了详细标注,地点就在桑伽乡裹坝寨的一个深山里。现在堪珠老师和格桑正带领县文化委的工作人员赶往裹坝寨。因为金卓玛算得是半个裹坝人嘛,我又在桑伽乡工作,堪珠老师就希望我俩也尽快赶过去。

这消息太振奋人心了。金卓玛想也没想,拉了我就走。

我本来是要去拉萨接五娃子,现在听说要回桑伽乡,想到其加是一个人住在学校,确实也让我放心不下,那就只能先放下拉萨的行程。

与堪珠老师的队伍会合后,我们果然只用了两天时间,就在裹坝寨的山林里发现一处遗址。金卓玛之前把县志里描述的场景都画在客栈的四方墙壁上,天天盯着它研究;现在面对实地场景,思路就要比我们大家更为清晰一些。但见她已经利索地跳上一堵残墙,领着我们实地介绍:"'石窟,处于丹峰,面向西南。内三十丈。外有巨岩,呈碉房状。周边有方石砌墙。下有平坝,可纳百人。'这是县志里的记载。大家都来看,我身后的这堵岩面,不论朝向、形状、规格,都与书里的记载完全吻合,说明它的内侧,应该就是彩绘石窟!再看我的脚下,这些残墙,你看它的厚度,不会少于二米,除了集体的力量,一般小家小族根本做不出这么厚重的墙体,说明这些残墙,应该就是石窟外围的护墙。"金卓玛说完,就着墙体攀到高处,俯视前方,继续介绍,"大家再看,这墙体的前方,山林平坦开阔,范围完全可以纳入百人——这应该就是石窟前方的锅庄坝子!"

堪珠老师听得频频点头,一边提醒金卓玛要小心,注意安全,一边在忙着招呼手下的工作人员,吩咐他们记录、拍照、标注路线。

这时金卓玛正准备再往高处攀爬,试图先进入石窟,被格桑慌忙叫住了。

"阿姐,你不能再往上爬!"格桑朝金卓玛摆手,"快下来阿姐。再上去就要破坏石窟了。现在都不知道那里面的壁画到底处在什么状态。既然它还是封闭的,这也是好事,我们得请专家来完成这里的工作!"

格桑不愧是做文化工作的,有这个经验。

这时堪珠老师则已经给州博物馆打电话了,在商量请考古人员过来。

金卓玛听到格桑的建议后,觉得在理,便小心地往后退,一边发出感慨:"没想到彩绘石窟就处在我们褒坝寨!那里面记录的肯定有我们褒坝祖先的影子。哇,那我们祖先的一切风土人情、婚丧嫁娶、农耕放牧,都可以重现了!"

格桑笑着对金卓玛说:"那裹坝寨和哥坝寨,整个桑伽草原,还有麦麦草原,女娃们的婚姻肯定也是画在里面了。"

金卓玛点头:"那当然!这有岩画记录,我们就会知道现在我们女娃的婚姻,和我们的祖先相比有什么变化。"

格桑就道:"你们裹坝寨的婚姻应该是从祖先开始,至今没有发生太大的变化。但哥坝寨和麦麦草原的变化可就大了,那种祖上延续的传统婚姻,麦麦草原上已经绝了。"

打完电话的堪珠老师跟着反问格桑:"你怎么知道绝了?"

格桑拍起了胸脯:"我是麦麦乡的文化站长,我当然知道。"

堪珠老师笑起来了,语气神秘地对格桑说:"你说得不错,不过,有人却想从名义上延续传统呢。"

格桑诧异问:"哪个年轻人会那样呢?"

"班哲!"堪珠老师脱口而出,"你们东边草原上的班哲,他想在自己身上有所传承。"

我心下吃惊,班哲的事我是知道的,但那只是他个人的意愿,也是过去的想法。现在他常年住在拉萨,基本都不回草原。

所以我便把这话提了。

堪珠老师自信地说:"他会回草原的。"

"可是他的阿哥金格已经亲口跟我说过,对于那个祖传的婚姻,他不同意,就算挂个虚名,也不同意!"我说。

堪珠老师话里有话地道:"现在情况不一样了,金格会同意的。"

堪珠老师这话是什么意思呢?金格为什么之前不同意,现在却又同意?

我很想追问堪珠老师,但如果他不愿直说,可能就是不便说了,那我就不好去追问。

暮色已近,望那遗址深处,迷雾茫茫。而我心中的迷雾,一波刚落,一波又起——刚才堪珠老师话里有话地说起班哲,让我的心头又荡出一层迷雾。

70. 只是回家来了

确定了遗址后,堪珠老师领着工作人员急匆匆地赶往县城,他是想尽快确定石窟考古的事。金卓玛也赶往她的新岗位报到去了。

我抽身回到桑伽小学。

进校园一看,除了听不到往日孩子们的琅琅读书声,其他一切如旧。校园中央,高高的旗杆上,五星红旗正在迎风招展。前方的教室间,玻璃窗户整洁明亮。两侧的学生宿舍也被打扫得清清爽爽,一如往日的模样。

只是有一盆花——一盆鲜花,非常醒目地搁在我的宿舍窗台上,显得有点不可思议。我迈步赶上前,细细看,似曾熟悉的一只玻璃瓶子,里面插的都是野花,均是我喜爱的:翠雀花、点地梅、凤毛菊、毛萼多乌子,大朵大朵的,或者细碎细碎的,混杂着用蒿草扎在一起,插在玻璃瓶中。欣喜和吃惊之余,我在想,至少点地梅,在桑伽草原这么高海拔的地方不会有,那么定是有人从草原下方的河谷里采过来的。

是谁呢？是其加吗？那么眼熟的玻璃瓶，那么眼熟的插花，我的心被拨动了一下。难道是苏拉？是她看望我来了？多年以前这孩子总是会频繁地为我采摘花朵，除了她，我想不出谁会这么细心。

连忙转身四处寻望。这时，就见校园的大门外晃动着一抹紫色，随后苏拉真的站出来了！

她穿的一身青紫色的藏袍，站在门外，面色红润，紧张地盯着我，像个犯错的孩子。而我记得她那藏袍还是多年前班哲送给她的——在参加金格的草原婚宴过后，班哲送给我们孩子每人一件新衣袍。那时孩子们真是乐坏了，连最调皮的小尺呷也是那么感动，新袍子穿得规规矩矩，舍不得坐在地上，生怕一不小心就弄脏。苏拉呢，最爱惜衣袍的就是她了，穿起衣袍，走起路来要用双手把底边拎得高高的，坐下时也要先把板凳细细地拭抹干净，到哪里都显得安安静静的，把那衣袍穿得有模有样。

如今的苏拉已经长大，个头也已经长高，穿它时再也不用双手拎起来。她修直的身子刚好配得上那件修长的衣袍。款款而行，她站在我的面前。

"苏拉！"我紧步上前去，"进来孩子，见到你太意外了！"

"老师……"苏拉想说话，但被我拉进校园，进了宿舍，她就说不出话了。

"来了就好，来了就好，坐下孩子，老师给你烧个茶。"我开始手忙脚乱，惊喜让我变得手忙脚乱。

"老师，让我来吧。"苏拉抢着要帮我。

"不用不用，你什么也不用做，来了就好！"我把苏拉按回原处，忙着生火烧茶。

这时,其加不知从哪里钻出来了。一见我,这娃乐得小嘴像是笑开了花。"老师,老师,您真的回来啦!苏拉阿姐说您就要回来,她给您采花儿,我就给您捡到一块好看的石头!"说完,一只白色的石片子朝我递过来。

"好吧,放在花瓶的边上。"我说。

其加愣了一下,他为没有得到我的表扬而满脸失落。

是嘛,我回学校,本来就是专门看望其加的。但不知为什么,现在看到其加,我的心思却不在他身上。确实,现在我所有的心思都在苏拉那里。我的目光也一直就投注在苏拉的脸面上。

苏拉便有些坐不住。她站在我身边,紧张地帮着递送酥油、糌粑,帮着添加柴火。

其加见这一幕,又似乎从中看出了微妙,便招呼也来不及打,又转身跑了。

我和苏拉热了锅庄,烧好酥油茶。我先给苏拉倒一碗。"喝吧,趁热喝!"我说。苏拉却在等着我。我就给自己也倒了一碗,但是太烫了——心急的人喝不了酥油茶,因为不但会烫着嘴皮,还会烫到心口上。我只好停下来。苏拉低着头,眼睛盯着茶碗——我们都在盯着自己的茶碗,望着它由刚才的热气腾腾,慢慢地变凉。

这时才听苏拉说话。"老师,对不起!"苏拉语气里裹挟着一些像她此时的双目一样的湿润的气息,"老师,那天,直到您走后,我回想您的眼神,才感觉,您的目光里全是要说的话,但您却没有机会说出来,因为……"苏拉哽咽了,"因为我的哭声把您的话截断了,您就不再说!"

"别多想孩子。"

"老师,我错了!"

"你没错孩子,是老师心急了。"

"不,老师……老师……"苏拉像有满腹的话语,却被哽咽搅乱了,不能流畅地表达。她努力了很久,最终这样说,"老师,我毕业了就会回来,我要把您失散的孩子也找回来。"

我盯着苏拉,想用我颤抖的唇齿表达点什么,可此时我和苏拉的心情是一样的,我们心中都在翻腾着海浪一样的心声。最终我们都无法表述。这时苏拉已把头依靠在我的肩上,轻声地招呼:"老师,正如班哲阿叔说的——我只是回家来了。"

"班哲?"

"您走后,那一夜我心里堵得慌,只好给阿叔打电话,把我的感受都说了。阿叔别的也不会安慰,只说:'苏拉,别以为这是一个艰难的决定。其实返回草原,你只是回家了。一个人想回自己的家,还需要犹豫吗?'"

我不知道该用怎样的心怀,表达对班哲的情义。是的,我也要尽快去拉萨接五娃子了。

但听苏拉这么对我说:"老师,我这是请假回来的,是看望您,也是看望班哲阿叔。"

"傻孩子,你有回来的心就好,为什么还要特地请假呢——那你是要和我一起去拉萨吗?"

"老师,阿叔带五娃子回草原来了,小尺呷也回来了。"

"啊,他们回草原,我怎么不知道——班哲为什么不提前告诉我呢?"我惊讶不已。

苏拉语气就吞吞吐吐了:"老师,我……我也是和阿叔通话过后才匆忙赶回草原的。我已经是……看过阿叔了……我在想,阿叔不告诉你回程,肯定是不想让你太着急吧,因为他要回草原,但他的公司还在拉萨,您的孩子们也在拉萨……主要还是他家里的事,可能需要他自己处理才好,提前告诉您会有些不便吧。"

我朝苏拉摇头:"我没听明白,孩子,什么他要回草原,什么我的孩子还在拉萨,什么他要处理自己的事,孩子你说得太乱了!"

苏拉为难地说:"老师,我也说不清了,您还是自己尽快去阿叔家吧。"

我不作声了,白天落入心中的那团迷雾开始在胸前晃荡——我说班哲住在拉萨,堪珠老师却说他会回草原;我说班哲的阿哥金格已经亲口说过,对于那个传统的婚姻,他不同意,堪珠老师却话里有话地说,现在情况不一样了,金格会同意的。

堪珠老师这些话,到底暗示着什么呢?

71. 您的孩子就是您的依靠

陪其加在学校住过一天,苏拉便回自己的学校去了。我则匆匆赶往麦麦草原的东边草场。

刚刚进入草场的垭口处，就见前方有一个大男孩，站在一辆摩托车旁，见我从远方来，他从怀中抽出一条洁白的哈达，双手恭敬地托起，在迎接我。他是小尺呷。

　　小尺呷满脸荡漾着笑，人还在远处，就听到他的声音朝我扑过来："老师，我接您来了。"

　　"哦呀小子，原来是你，我还以为是你班哲阿叔呢。"我故意这么说，因为我内心还是有些诧异，班哲和五娃子怎么没有来接我呢？

　　小尺呷手脚麻利，从摩托上抽出一块地垫，往草地上一铺，对我说："老师，您辛苦了，这么长的路程您也累了，我们先坐下休息一会吧。"

　　急于想见班哲和五娃子，我哪里还能感觉累嘛，但是小尺呷却自顾坐下来了，两瓶雪碧利索地拧开，他一瓶，我一瓶，看样子他一时是不想走了，我只好陪他坐下。

　　"老师，您的摩托骑得太快啦，远看就像一匹烈马。"小尺呷瞧着我的摩托车说。

　　"哦呀，找不到车，我这是借了格桑的摩托。"我解释。

　　"您还是从前的风格！"小尺呷笑道，"我记得从前您有一匹烈马。"

　　"那是列玛。"我心不在焉地回答，开始催促，"哦呀，你快快喝吧，喝完我们快点赶路。"

　　小尺呷则像是没话找话："天气还不错，老师，我们要不要到前方的经幡阵去转经？"

　　我把目光投向前方，看那经幡阵距离我们这边还是有一段不短的路程,并且范围也很大,超过了一个足球场的面积。那要是转三圈,肯定得花去不少时间,而此刻我归心似箭!

小尺呷看出我的心思来了,踌躇一下,提醒说:"要不就转一圈嘛。"说完,他自顾朝着经幡阵走去。

我只能随上他。

沿着经幡阵,小尺呷边转边感慨:"老师,在草原上,只有一个地方,即使你失去光明,你也能辨识方向,就是这经幡阵——你即使看不见,你也能依靠它摸索着前进。"

"小子,你啥时知道这么多呢!"听小尺呷这话,我惊讶了,但更多还是内心深处隐约发出的不安,就是那种能想到却说不出的预感——为什么班哲和五娃子没来接我呢?

"老师,不是我知道多,"小尺呷解释,"是班哲阿叔说过的话嘛。"

"哦——那你告诉我,为什么你的班哲阿叔不来接我?"我盯住小尺呷问,心里已在揣摩堪珠老师说过的话——现在情况不一样了,金格会同意的——就是说,班哲这次回草原,是要以传统的名义,替金格撑起这个家?

那为什么他要向我隐瞒这件事呢?是担心我会因此难堪,难过吗?我不会的,是不是?不但不会,我还要为他祝福呢。

所以我这么对小尺呷说:"小子,你别跟我绕弯子了,不就是你的班哲阿叔回草原有婚事嘛,这个事我早就知道啦。"

小尺呷听我这一说,愣了一下。

"没事没事,小子,你阿叔终于有了归宿,我高兴着呢。虽然他选择了那样特殊的方式，但我是理解的。"

小尺呷才点头了："哦呀，老师，我知道，你和班哲阿叔，你们的情义，已经超出了爱情。"

我点头。

却看到小尺呷面色变得复杂起来。"老师……"他忽然欲言又止。

"哦呀?"我盯住小尺呷，等他继续。

"老师……"小尺呷语气有些艰难，问，"之前，您到加都时，和阿叔通话，您是怎么说的?"

小尺呷陡然问这样的话，他想表达什么呢?

"当时，我是这么问他——如果两个特别想念的人，他们被生命隔开，那是不是非常痛苦?"我一边回想一边说。

"他是怎么回答您的?"小尺呷紧跟着问。

"信号不好，他好像没有听清我的话。"

"他没听清，之后您又是怎么说的?"

"之后我跟他说，如果一家人在一起了，不管是天堂还是人间，是不是就会幸福?"

"再后来呢?"

"再后来……让我想想啊……"小尺呷一个紧接一个的问话把我的回忆搅乱了，抑或，是我先前的预感跌入了更深的担忧。我想起来了，当时我说过——这里余震不断，很危险! 然后说，哦呀，再见! 然后就挂了电话，进山去了。后来，我跌进茫茫大山，没有信号，与班哲失联了三天!

"啊!"想到这里,我一声惊呼,脑海中瞬间映现出一个场景:在月光下,我看到有一条紫黑色的虫子,从班哲的鼻孔里悄然地往外爬,但爬出半天,也见不到它的尾巴……

"你的阿叔,他……他莫不是病了!"我一把抓住小尺呷,语气慌张。

小尺呷既没肯定也没否定,却是沉入了一段充满感慨的叙述:"没有人能够体味那种在生死关头却联系不上的心情,何况您的问话中隐含着那么大的绝望——如果一家人在一起了,不管是天堂还是人间,是不是就会幸福——这像是暗示:阿嘎全家没有了!更让人焦虑的是,说完这话后,连您自身竟然也音讯全无!阿叔以为,您和阿嘎,是因为他的支持才离开,你们的生死,是由他一手牵起的。那几天,那几夜,我陪在阿叔身边,亲眼看到阿叔的眼睛,在绝望的等待中慢慢失去光泽,头发也慢慢变白……"小尺呷声音开始颤抖了,"一夜之间失了光明、白了头发的情景,突然发生在我面前,我还以为是假的……直到去拉萨的医院,才听医生说,这与阿叔长期流鼻血也有关系……"

天色渐渐暗下来,起风了,巨大的经幡阵在风中发出哗哗声响。前方,我们的摩托一前一后,像两匹失群的矮马困在路边。再前方,黑色的牦牛帐篷东一处西一处,散落在高低起伏的草原上。这一切就在眼前,都那么真实地存在着,但是刚才小尺呷所说的,都是假的,不是吗!我知道,人处在极度崩溃的等待中,身心会遭受极大摧残,不说失明和一夜白发,患上精神疾病也是常有之事;但这些都不会出现在那么理智、那么干练的班哲身上，不是吗！除非是他那流血的病魔和我失信的心魔，它们同时撞击了他……

这时的小尺呷，多像一个男子汉的模样！他一把搂住我，他的有力的双臂安抚着我瑟瑟发抖的身子，他的话语既温和也有力："哦呀老师，您不用太多难过。我觉得只要生命还在，其他都不重要。您不记得吗，过去您自己都说过，人只要拥有生命和灵魂，就拥有了一切——生命还在，阿叔还是好好的，您还难过什么嘛。"

见我无反应，小尺呷有些竭力了："住在拉萨，做不了工作，阿叔又伤感又急躁，那样的生活对他的眼睛并没有好处，回草原是最好的选择。拉萨的一切，您的孩子，阿叔的工作，有我在呢，您要放心！"

我终是伏在小尺呷的肩上，倚靠着这个大男孩，哽咽了："我的母亲，经常和我说这样的话——嫌儿得嫌儿力。什么意思呢，就是一个妈妈生了几个孩子，她最疼爱的那一个，不见得将来是可以给她依靠的人；她总是嫌弃的那一个，也许正是她生命中的顶梁柱，会帮她撑起一片天空。对不起，小子，曾经那些日子，我是多么偏爱阿嘎，总会特别地培养他，给他的关怀和教育总是比你多出一些。你那时啊，调皮，不听话，我对你总是不抱希望。"

"老师，别说了。"

"那时上课，你在课堂上捣乱，我就会一把抓你上讲台，让你整节课都罚站。"

"老师！"

"那一次，我肯定是冤枉你了，有人在院子里丢脏，我第一个想到的就是你。我为什么不去想,那也许就是阿嘎呢!"

"老师,请别再说了。"

"我那么爱护的孩子,我那么惜爱的人,如今呢,他们却离我而去……去就去吧,他们还做得那么体面,让我除了心生恭敬,不能抱怨,不能思念……"

"老师?"

"那个夜晚,你以为,我真的不知那黑夜里的灯火,是何人点亮吗?"

"老师?"

"你以为,没有人领路,我就真的攀不上那座山崖吗?"

"老师……"小尺呷震惊地瞧着我,他以为是班哲的病搅乱了我的思路,让我混乱了。

我却在向着他——不,是在向着远方那些延绵的雪山,吐出这样的话:"只是,就算我攀上山崖,进了你的地方,又能怎样呢,除了朝拜,我已无依无靠!"

小尺呷终是听明白了——我这是在借一个痛,说另一个痛。他便微微地耸了下肩,我倚靠在他肩头的脸面也跟着微微地动了下。我听他在这么说:"为什么要说无依无靠,老师,现在您不是靠在我的肩上吗——您的孩子就是您的依靠!"

72. 她的帐房

傍晚时分,我终于见到阔别多日的五娃子,他趴在帐篷前方的一处洼地上,洼地的高处非常潮湿,低处全是泥水。他头面背着我的方向,两只小脚一上一下地扑打着洼地深处的泥水,泥水溅了他一身。"没人看管他吗,任他这么闹腾,要是感冒了怎么办!"我慌慌赶上前,一把抱起五娃子。五娃子肯定是在想:这从身后突然抱起他的人,是攻击他呢还是亲近他?要是攻击,他就要咬他一口——他体内的小魔兽时刻都是处在这样的千钧一发的状态;何况我是那么慌乱地赶上前,突发地抱起他!他在我的怀中双手双脚腾空飞舞,好比一只被人猛然抓起的螃蟹;头部则像是被惹怒的马蜂,朝着我的手臂决绝地撞过来。只一瞬间,剧痛就钻进我全身的每一处神经,叫我双手不由自主地颤抖。在因疼痛而不断晃闪的视线里,我看到班哲就坐在前方的帐篷旁,一动不动。他没有赶过来——他看不见,怎么赶过来呢!

小尺呷已经替我抱过五娃子。"衣服全都湿了,我们回帐篷换掉吧。"他这么说,挟制着还在胡闹中的阿弟往帐篷走去。我拖沓在他后面,双脚就像绑上了两块石头,沉重,走不动。班哲已经立起身来,他可能是从声音上判断,我朝他走近了,他站在那里等待。但见他身穿一件藏蓝色的氆氇,外套汉式小西服,下身穿的深蓝色牛仔裤,脚蹬一双黑亮的皮鞋,看起来清爽又干净。我想起来,他这一身装扮,还是我第一次上麦麦草原时看到过的。那时,他初次见我便是热情大方,拉住我的手,拖着我跳锅庄,因为带动得太快,我感觉天旋地转,被他把持着整个人在飘晃。

现在,我的视线也在飘晃,飘晃在他脸上那一副漆黑的墨镜上。我听到自己发出刻意伪装的、爽朗的声音,在这么说:"嗨,班哲,戴起墨镜还是挺帅嘛!"

班哲朝我点头,微笑:"哦呀。"他应声,转脸指着帐篷,"进里面坐吧,青措已经为你烧好了酥油茶。"

青措是他的嫂子,过去他喊嫂子,现在他对嫂子直呼其名了。

我和班哲好多日没有见面,但各自只说了一句话,然后我就进帐篷了。

班哲嫂子——不,还是叫她青措吧——见我进帐篷,双手扑扑身上的氆氇,上前拉过我一把坐下。

"哦呀扎西梅朵,你辛苦啦。"青措说,一碗热气腾腾的酥油茶已经递上来。一侧,小尺呷正在手忙脚乱地帮着五娃子脱掉湿衣。五娃子在他阿哥怀里扭拧着,不肯换。我放下茶碗,揽过五娃子。可能是脱下湿衣后身子单薄有些冷了,五娃子卧进我暖和的怀里,任着我抱起来。

青措已经利索地拿出一件干爽的衣裳过来,却是大人的衣裳,她一边帮着给五娃子穿戴,一边跟我解释:"最近这娃好像和水交上朋友了,只要一放手,就要钻进泥水里打滚儿,一天要弄湿好几套衣裳嘛,娃儿没那么多,我们大人的就可以给他换上——你放心,我是不会让他感冒的。"

"阿姐,谢谢你了!"

"哦呀。"青措表示接受这个谢谢,但随后则这么说,"扎西梅朵,你把这娃留给我们吧,有班哲在,你也放心。这娃也是喜欢班哲的,我已经问过他了,他也同意。"

"但如果一直这样不好,他就需要进医院治疗呢。"我提醒青措。

354

青措点头应道:"你说的也是我想过的,总是这样不好,不说对别人,对他自己的身体也是伤害。"

"哦呀!"

"哦呀!"

我和青措相互应答着,有点心照不宣的感觉。是的,虽然我们见面不多,但在送五娃子去医院治疗这件事上,我们的意见是一致的。我说过了,不论是不是病着,五娃子一直就是神一样的存在——我和青措的话题始终会围绕着五娃子,这也把我们之间最为尴尬的话题模糊掉了,让我们不但免去了戒备,也更为亲切了。

到夜晚,我们睡在同一张地铺上,我感觉青措已经对我完全放下了戒心,我们的话题聊得更为深入了。但听她在意味深长地诉说:"扎西梅朵,你当真以为班哲会心甘情愿地回草原吗?他的性格我是知道,即使眼睛看不见,但嗓门还是好好的对吧,他怎么舍得放下他那么热爱的藏戏嘛。但是现在他确实回来了,我很感激,是他,至少让我可以再见到金格了!"

提到金格,我也是白天在路上才听到小尺呷半遮半掩地说,金格犯事了,因为草场纠纷,他误伤了人,之后怕公安抓他,逃跑了。我询问金格伤人的程度,小尺呷却又不说。

现在我正要询问青措这个事,却听她在直言:"金格犯的事大了,那受伤的人两天后就死了,是金格的一个伴儿伤了人家,但金格是参与者,这下如果被抓,坐牢是肯定了!"

我张着嘴,不知如何接话。

青措则滚身贴近我的铺盖来,悄声地说:"扎西梅朵,你也不是什么外人，跟你说个秘密吧——在金格没有自首之前，这是秘密！他已经给堪珠老师打过电话了，他就是放不下这个家嘛，悄悄给堪珠老师电话，打听我和娃儿的消息，问过得好不好。堪珠老师就劝他回来自首——现在通讯这么发达，他却不能随便给家人打电话，更回不了家，那就永远见不到家人了；如果自首，好好争取减刑的机会，至少家人还可以到监狱去探视。当时金格听堪珠老师这样劝导后，提出要考虑几日。后来就是十几天前，金格又给堪珠老师电话了，说他就是担心这个家，只要班哲肯回草原担负起这个家，保护好我和娃儿，他就去自首。堪珠老师就把话传给班哲了。班哲一听，哪能不回来嘛！这就赶回来。现在，我们就是在专门等待金格的出现！”

我心中掀起了波澜——怪不得堪珠老师之前用那么隐晦的神态说：这次金格会同意的。原来他是接到金格的秘密电话了，但那时班哲并没有回草原，金格也没有决定去自首，他心中一时并不能确定预期中的事情，所以才瞒了我的。我还能说什么呢！其实，过去因为搜集文化，又亲身经历大吉的事，我对这种事已经少去了平常人应有的惊讶，唯有感慨！

随后，我听青措忽然这么问我：“扎西梅朵，我们明天去温泉洗澡好吗？”

“哦呀。”我想也没想，答应她。钻进铺盖里，从帐篷的天缝间凝望上方那一线夜空，我看见，在夜晚天光的映照下，夜空变得很小很小，就像一块挂在帐篷顶端的深蓝色的冰块。这样的场景对于我，熟悉，触手可及。我想起巴桑来了。第一次上草原，我投住在巴桑家，她家的帐篷，夜晚的时候就是这个模样。而巴桑家也正是兄弟共着一个家呢。巴桑十八岁时经人介绍,嫁给邻村的泽仁青年。泽仁在家排行老大,下面还有两个弟弟——达吉和尼玛。巴桑嫁到泽仁家后,按传统规矩,达吉和尼玛便是心照不宣地跟着过日子。他们一家,大哥泽仁在雪山背面的农区种地,收获的青稞正好供应牧区口粮。二哥达吉下草原经商,把农区多出的青稞和牧区多出的酥油卖出去,再换回农牧两区必要的生活用品。小弟尼玛则留在草原上和巴桑女人放牧。

现在,夜色如旧,班哲也将回到草原,以传统的名义,替金格撑起他的家。我知道,这样家庭中的女人青措,她真正的婚姻只有一次,就是多年前和金格在草原上举办的那场既传统又隆重的婚礼。现在班哲回到草原,只是跟着过日子而已,不会再有任何仪式;而青措约我明天去泡温泉,那已是最为明显的暗示:沐浴更衣,和班哲团聚。

73. 令人心碎的回报

第二天,果然是个好天气。青措已经为我备了一匹马,她在忙着帮我调换马鞍子。我抽身返回帐篷。走近我的包裹,虽然这里面一直收藏着我的珍爱,并且藏在深处,从不外露;但只要目光触及包裹,心中总会映现它的模样。现在我拿出它来,细细端详——依然是由九颗玛瑙珠子,和着一些藏银粒子,被一条丝线带子串联起来的念珠!九颗玛瑙珠子,内敛的深灰色调,一半透明一半圆润,其间潜藏着一些水波图纹,恰好地展现了它的内部,那莫名深刻的隐含……它很珍贵,对我来说又不仅是"货真价实"的珍贵,而是一种既珍贵也无法完美的拥有。

如果自身不能完美,能不能成人之美?想到此,我把它揣进口袋里。

我和青措策马来到草原深处的温泉。这是一处敞开的泉池,也就一个篮球场的大小,像一面圆形的镜子落在草地上。分为上池和下池。上池是男人的泉池,下池供女人洗浴,中间隔着一排只有两三尺高的木栅栏——这并不是用来遮羞的,是用来挂衣裳。因为只要是大人,不管是男是女,都会裹着衣裳下水。女人会是全身裹着内衣,只有在擦背的时候才会背对着上池,褪一下上衣。男人一般都是赤裸着上身,下身穿一条内裤。我们去时,上池里已经有人在洗澡,是几个十五六岁的大男孩,他们穿着内裤光着膀子,在泉水中扑腾戏闹着,露出酱紫色的健康油亮的上身。见我们到来,个个像是劲头十足的小牛。"阿姐!阿姐!"他们在朝着我们叫喊。

"小牦牛,谁是你阿姐!"青措从地上捡起一块石子,朝他们丢过去,他们便像一条条灵活的鱼儿钻进水中,翻腾几下,又钻出水面,嬉笑声不绝于耳。

我们绕过上池朝下池走去。

"我担心会感冒,不下水了。"我站在泉池边对青措说。

"天气这么好,没事嘛扎西梅朵,我还指望你帮我擦背呢。"青措劝道。

要是别人这样说,我肯定还是拒绝的,因为这是露天温泉,确实有些担心感冒,但是由青措说出来,就好像隐隐当中欠了她什么一样,我就开始脱外衣了。

青措已经裹着内衣下水。水雾蒸腾中,她的头发湿漉漉的,脸面上浮动着晶亮的水珠,浑身荡漾在清澈见底的泉水中,可以清晰地看见——她那有些下坠,但依然不失饱满的乳部;有着柔和线条,可以像水草一样顺着水流自由摆动的腰身;微微凸起,像是时刻都在等待再一次孕育生命的小腹。她撩起湿漉的长发,黑亮的脖子露出来,除了一根五色丝线带子编织的护身符,那脖子上似乎还是缺点什么。

"我肯定有一个月没洗澡了,你帮我好好擦个背吧。"青措直言。

我朝她走过去。泉水在缓缓地流动,温暖而柔和,荡漾中,水汽冉冉。我的手搓揉在青措的脖子上、肩膀上,感觉她的后背既结实又富有弹性。她在我的搓揉中舒畅地晃动着身子,随着我双手向前推动,她也向前浮动;我向后退,她也后退;我俩就像是在透明的冰面上跳着一场优雅的探戈——是这样不适时宜的想象,它混乱了我的视线——揉着揉着,我看到自己的双手不再具备女人的柔和,而是坚实、有力——这还是我的双手吗?不,这是班哲的双手!

青措跟着叫起来了:"扎西梅朵,你可以轻一点吗?"

我听到的则是:"班哲,你可以轻一点吗?"我的手在颤抖。

青措扭过身来,她有些惊讶:"扎西梅朵,你不舒服吗?"

"哦呀是。"我说,"我要先上岸了。"

"那你不需要我擦背了吗?"青措问。

"哦呀。"我边说边慌慌爬出水面。

直到裹好外套,站在池沿边时,我的心才得以稍许安定;便下好决心,拿出念珠,我朝青措招手:"阿姐,过来。"

青措撩着长发朝池沿边走来。

"阿姐……"我拿出念珠,套进她的脖子,"这个,送给你了。"我说。

青措一阵惊讶,连忙爬出水面,睁着一双湿漉漉的眼睛,她浑身也是湿漉漉的,内衣紧绷绷地裹在身体上,就像她的身子是个胚胎,被丢进模具里,再脱胎而出的那种,又圆润又紧致的诱人模样。她在用手捻着珠子,见是一串老色的玛瑙念珠,"这太贵重了,"她有些震惊,"这么好的珠子,扎西梅朵,我不能收下!"青措欲要还我念珠。

"阿姐,最吉祥的礼物要配得上最圆满的人,请收下吧!"

"可是我要用什么回报你呢?"

"你肯收下来,就是回报我了。"

青措到底有没有明白我的良苦用心,我不知道,但是她非常喜爱这串念珠,我看得出。"肯定班哲也会喜欢。"我看她惜爱地捻着珠子,这么说。雾气蒸腾中,她的脸上荡出了大片红润,就像是被清水洗过的紫红色的苹果,清亮、饱满,又结实。

但是从温泉回来,只是一夜过后,青措就离开了帐篷。我问班哲青措去了哪里,他轻描淡写地说:"清晨她回阿妈家去了。"青措的阿妈家也在东边草原,并不远,可是她却没有跟我打招呼就走了,这让我有些奇怪,但我没有追问班哲原因,因为自从他回草原后,我们彼此都在尽量地减免正面对话。这不算是回避。应该是我们在心间都已经认清:这一切都是命运的安排。那么,就应该把已经发生的事实努力地做到圆满,干脆利落。

我来到青措阿妈家。青措并不在帐篷里,她的阿妈指着草场下方的一处林卡说:"她在那里放牛。"我就朝林卡赶过去。果然青措在那里,她见我过来,就要还回我的念珠。

我当然不会收的,她就在问,是陡然地责问:"扎西梅朵,从来没人敢再提起你的月光,但是今天我要问你,你还能得到他吗?"

这要是在往常,我会黑起脸来什么都不回答,扭头走掉的。但是现在我不能,我强压着情绪站在她身旁,踌躇了好久,我这么说:"可能是因为失明,班哲有些自卑了,你给他一些时间吧。"

青措朝我叫起来:"不!在这方面,他和你一样!"

我知道青措是指情感方面。班哲肯定是在昨夜拒绝青措了,并且肯定是用最为决绝的方式拒绝了她,才导致她抑制不住暴露了伤感。是的,我想班哲回草原,可能不仅是因为他的失明,也不仅是因为他曾经提过要延续传统的婚姻,而是因为金格和这个家!我的脑海中就映现出金格阿爸的模样来了——老人家从帐篷里拖出一袋子酥油,满脸真心实意的笑,对我说:"汉姑娘,这些酥油你带回去,让娃娃们也好好吃上一顿,我们家的班哲,就是吃着酥油长大的!"老人家这番感叹,让我想起了我的母亲曾经说过一句话——生的父母丢一边,养的父母大似天。什么意思呢,大致就是说,亲生父母因为是血亲,抚养孩子是应有的义务,孩子们只要做到应有的孝敬,就会很好。但收养孩子的人与孩子并没有血缘关系,他们的抚养就特别伟大,需要特别地敬重他们。现在的班哲,也许就是带着这样的一颗赤子之心,尽兄弟之情,回报金格家来了。

可是糊涂的青年,这是一个多么令人心碎的回报!是的,你想以你的感恩之心,守护养育你的这个家,你为什么不能用你的怀抱温暖这个家呢?

"那还有什么办法,让一切都好起来?"我瞧着青措,"阿姐,我能为你做些什么吗?"

青措扭身往自家的草场走去,一边走一边说了句不相干的话:"堪珠老师刚才来电话了,他今天要到我们家去。"

74. 深暗的选择

返回班哲家帐篷时,我看到一个特别心痛的场面——五娃子竟被拴在牛桩上!他一整天弄湿了五套衣裳,还不准人去换,谁换就咬谁。小尺呷无奈,就用拴牛的绳子把他拴在牛桩上了!我想起在加都的山里,那被拴在废墟上的孩子,他是阿妈没了,无人看管才落得那般境地。五娃子也是阿妈没了,但他不是还有我吗?!他明白的时候不是还会喊我阿妈吗?!

可是现在我在哪里呢?为什么我总会丢下这个孩子,弃他不顾?

我双手捂住脸面,蹲下身,没有哭,也没有走过去放开五娃子,只是蹲在地上——我想把身子收缩成五娃子那么低矮,把思想扭成一根绳索,捆住自己,我在想象被捆住的感觉——那像是在一头被拴的饿兽前方投下猎食,它再挣扎,它也尝不到;更像是一只被拴在即将屠宰的母羊身旁的小羊,它再扑腾,它也救不了母羊……

它们要怎样才能挣脱这磨人的束缚呢?

是的,我想起金卓玛来了。我记得之前她曾跟我说过,她有一个医生朋友。当即便给她打电话,向她描述五娃子的病情——不错,是时候了,我要送五娃子进医院治疗!

金卓玛在电话那头情绪激动,看得出她非常支持:"梅朵,你早就应该这样做了。行,我这就帮你联系我的医生朋友!"

"好,我等你信。"我回道,放下电话时,见班哲已经摸到我身边来。

"五娃子不能带走!"班哲说,语气坚定。

不等我应话,一旁青措就在替我反对他了:"只有医院才能治好他的病,你不让他走,难道是要一直这么拴着他吗?"

"你不了解,别乱说话!"班哲对青措语气生硬。

"我不了解?你又有多少了解!"青措也气上心来。

"我们在拉萨住了那么久,我对他心有底数!"班哲坚持道,面色和语气都非常不好。

二人因此争执起来,你一句我一句,不得停歇。毕竟是女人,又敏感又多愁善感,最终,青措就以为,这是班哲在借五娃子与她过不去了,当场委屈得掉下泪来。

我处在二人中间,不知是要责备班哲,还是要安慰青措。也许此刻最需要关怀的人是我自己呢——没有人能够体会此刻我对五娃子的心怀:内疚?疼爱?眷念?难舍?担心?说不清的感觉!

正当我陷入感情的泥沼,我们的救星——堪珠老师到班哲家来了。我看他面色既深沉又欣慰,他来,是要亲自找班哲和青措谈话的。金格又来电话了,听说班哲已经回到草原,他也做好了要去公安局自首的准备;但在这之前,他想确认一下,班哲是不是真心回草原定居。那就只有一个办法,堪珠老师已与金格约好,由他亲自来班哲家,召集大家一起与金格通个话,两边当着长者的面做个证实,这样金格就会心无牵念地去自首。

由德高望重的堪珠老师主事,这件事很快就圆满地完成。

之后,就谈到五娃子的事。我、班哲、青措,我们三人的思想都是坚定的,谁也无法说服谁。堪珠老师只好把我们分开,每人单独进行商谈。他先是同班哲单独谈,从班哲僵持的背影看来,我知道他主意不改。之后堪珠老师又叫过青措,远远地,我看到青措在一边流泪一边说话,说了很长时间,最后,她竟向着堪珠老师深深地鞠躬行礼。

这之后,堪珠老师来到我这边,却避开谈五娃子,这么对我说:"刚才青措对我说了很多。总结起来就一个意思:她已经从心底深深地感受到你对她,和对班哲的情义。你们其实就是亲姐妹一个模样,所以她说,以后她的家也是你的家;包括她的孩子,也是你的孩子。"

"请替我谢谢她,堪珠老师,我的家在五娃子那里;我的孩子,是五娃子。"我说,虽说得有些偏执,但确实是我此刻的心声。

堪珠老师自是听出了我的话意,他就把话挑明了——原来他和班哲对这事早就统一了意见。"你不能带五娃子去遥远的地方,扎西梅朵!"堪珠老师语气激动,"他是草原的孩子,生在草原,长在草原,他要是离开草原就不是他了。另外,就是留在草原上,他也不能再跟随你这样东奔西走——动荡不定的生活并不利于他的病情,你应该明白的。他现在最需要的就是安稳地生活在一个地方。你看吧,过去班哲没有回草原,那是没办法;但现在班哲已经回到草原,这娃也就有家了!"

我愣愣地盯着堪珠老师,第一次,我感觉面前这位令我无比敬重的长者,他不再像是长者,而像是带着断绝后路的心思,向我讨债的人——他要讨回的并不是我身上的所有物质,乃至身体,他是要抓走我的心!

所以我的语气非常不好,几乎是用愤慨的声音,在这么说:"如果他一直这样不好,不管生活在哪里,他也不能感知那是他的家!"

"如果他的病被治好,不管生活在哪里,他也已经不再是他自己!"堪珠老师紧跟着反击。

"这只是您个人的想法,堪珠老师!"我大声说,这也是第一次,我对令我尊敬的长者,这么失礼。

"格桑和我也是一个想法!"堪珠老师坚持道。

这位文化委主任,他竟拿我的孩子在和我说事,一定是被我逼急了。

而我的双目,已经被我心头涌出的复杂情绪弄得有些润湿——那是对堪珠老师的愧疚,对五娃子的揪心,对班哲的无能为力。

堪珠老师肯定也是从我的脸面上感受到了这点,他的语气才又缓和了:"哦呀扎西梅朵,我们谁也做不了主。先带他回格桑那里,我们再商量。"

75. 夜色苍茫

　　傍晚时分,我和堪珠老师把五娃子带到了麦麦乡政府。在临近文化站时,我的手机响起来,是金卓玛打过来的。她在那边语气冲动,几乎是在用劝导的口气对我说:"梅朵,我已经联系好了医生朋友,你尽快带五娃子去找他吧。他的那家医院也是疗养院,五娃子先是在那里治病,但他这个病是一生脱不了身的,所以他治好后就可以在那里疗养。"

　　"那就是说,我们可以把五娃子托付给医院了?他会在医院里生活?"

　　"是。"金卓玛回答。

　　"那会有什么样的结果?"我在问,分明是明知故问,但我仍然不死心——我需要亲耳听到别人对这个问题的不尽人意的答复,只有这样我才有力量给自己更多勇气,选择我最终想要的结果。

　　金卓玛那边停顿许久,最终艰难地说:"这样的孩子你应该知道,只有药物才能保证他未来可以安静地生活。"

　　"安静,意味着什么?"我反问。

　　金卓玛不说话了。这果然应验了刚才堪珠老师的话——如果他的病被治好,不管生活在哪里,他也已经不再是他自己!是的,我怎么可能不明白这点呢,我正是太过于明白这点,才让我刚才在堪珠老师面前那么冲动、失礼。现在,我所有窝在心头的憋屈,不能对班哲、对青措、对堪珠老师发泄,那就只能委屈金卓玛了。于是,我的质问声像一条小鞭子,抽向了她:"你知道五娃子开窍的时候,是多么智慧,多么可爱吗!"

金卓玛仍不说话,她在默默倾听。

"那一次,我们的秋贞老师故意逗他玩,让他数出地面上的小狗仔,我们数的都是八只,他却说九只。我们不懂,他就从大门背后抱出一只——你说,不正常的孩子,能这样有心吗!

"那一次,在拉萨车站,我们的班哲说要回家,五娃子立马朝着公交车跑,他是记住了我曾带他坐过的公交车,他是知道,坐那个样子的车可以回家——你说,不正常的孩子,会有这样的记忆吗?"

我忍不住声音也颤抖了:"安静,就是让他被药物控制,让他从此只有一个面孔、一副表情,再不会思考、记忆,再不会叫我阿妈、阿姐,再不会数出星星、月亮,是吗!"

金卓玛无奈地回道:"对于他,这是宿命,没有比这更好的办法。"

"不,我要改变主意了!"我说。

"啊?"金卓玛在那边不置可否。

"我要重新考虑,还要不要送他去医院!"

"啊?"

"有一种感受你可曾体会:如果你牵挂的人正在承受苦难,而你在快乐地生活,你还能感觉那是快乐吗——那是受罪!只有你和牵挂的人共同携手,你们共同承受苦难,这时的苦难就不是苦难,而是默默地相依,你明白吗?"

"哎呀,这道理还需要你来……"

"何况，"我打断金卓玛的话，"他也不是永远都在病中，只是间隙地病着，他安宁的时间，比他胡乱的时间多多了！"

"唉梅朵……"

"别说了好吗！"我突然朝金卓玛叫起来了，好像这一切都是她弄来的，是她在故意折磨我，"不是你在疼着他，不是你在朝夕相处，你怎么会知道他的感受、他的需要呢？现在这样的境地对他是最好的，对我也是最好的——没有再好的办法让我心安了，我的心安就是不离不弃，时刻地担心、不安……"

我的话越说越乱了是不，好了，我已经说不下去，只能挂电话，捂着嘴跑开了。

穿行在傍晚时分的草原上，我感觉身子与草地混在了一起，就像一根枯萎的蒿草，没有知觉地混于大地。唯有风的到来，掀起遍地尘埃，裹着它飘浮在草丛上方，像个游魂一样。

76. 他的信物

我像个游魂一样在草原上晃荡。夜幕已经来临。草原的夜幕，深暗、沉寂。没有月光，也没有夜晚时分惯有的那种浅露和薄雾。天地间的一切都像是静止的。包括前方的雪山，那是白玛雪山。我看到几缕藏蓝色的云彩飘浮在它的顶峰上。不，不是飘浮，它也是静止的，像一抹落在雪峰上的丝绢。它有种沉静的、神秘的美，除了夜晚时分的白玛雪山，所有山峰也不能拥有它。

而我是何时来到了这里，我已经记不得了。我只记得三年前我曾跪在这里痛哭，面对雪山，我在呼唤，请求它，能不能给我一个启示，一个方向，让我找到月光。

现在，我不用再这么痛切地呼唤了。我也不用再去寻找他。因为在我心中，他就是那座雪山。是的，当我的双膝再一次跪倒在地，我所乞求的，不再是拥有，而是放下。

唉，雪山，我来，是想问你：人们都说，时间是一直向前流动的。雪山！你也这么认为吗？

我却觉得时间有时是静止的，就像我的父亲，他最后静止的脸；就像我的哥哥，我唯一的哥哥，十一岁时他撇下母亲，睡在河弯东边的山林里。我从未见过他，所以不会有太多牵挂。我很奇怪，我的母亲也从不去看他。她的心底埋着深暗的痛，因为这，她的眼里也不会有泪水。后来这种痛也传到了我的身上。是的，八年来，我从不敢看父亲，他凝固在墙上的笑容，一看心就有一种被锥子扎过的疼痛。我痛不起，就不看，一直回避；但是雪山，我还能回避多久呢？我还能坚持多久？

是的，当我无法坚持的时候，时间就不再是静止的，它变得混沌不堪！它在颠覆我的生活，混乱我的时光；就像时好时坏的五娃子，他让我无法分清过去和现在。

雪山！这样的混乱，难道只是错觉？

可现在怎么办呢——我的心中装着父亲，装着草原，装着五娃子，我离不开他们，可又怎么办呢？我的身体总是好不起来，终有一天，不是他离开我，就是我离开他……

我的话说得有些混乱了是不？

就像现在我的视线,也在越发混乱——现在我眼前映现的,又不是父亲了,也不是五娃子。

终究是什么? 我说不好。

可是雪山,我说得再乱,你也会明白,不是吗! 就像五娃子,堪珠老师说他是大地的孩子,我何尝不是呢? 在你的面前,我就像大地上松散的泥沙……泥沙,生来渺小,生来就是流失的命运……泥沙……雪山……是你洁白的妆容,再也容不下它……

我感觉我的话越说越语无伦次,最后连我自己也听不懂了。

这时,就听身后传来堪珠老师惊喜的声音:"梅朵老师,原来你在这里!"

我转过身,就见堪珠老师满目庆幸又气喘吁吁:"哦呀,我已经找了你好久,幸好找到了!"

望着堪珠老师的脸面被汗水打湿,呼吸急促,上气不接下气,我的眼睛便有些湿润。

这位老师,是拖着我跌入回忆的一根魔杖。一看到他,我就会被他熟悉的一举一动拖入过去的时光里。想起那年大雪,我和孩子们在雪地上艰难穿行。半途中,我们遇到堪珠老师,他带领几位工作人员,背上酥油和洋芋,正要冒雪赶往我的学校。看到我和孩子们都很安全,他感动不已,一把抱住孩子,说:"好,好,你们都出来了就好,一切都没事了!"风雪中,他把我们带到乡政府,安排住进政府的大厨房。他在一边忙着为孩子们烧火取暖,一边又忙着统计草原灾情。没有电,他是借着酥油灯的亮光在工作;所以等我吃饱,手脚暖和之后,我便开始替他抄写报表,统计数据。那时,在那样的特殊时刻,我的心和堪珠老师的心是一样的——在最无助的时候,我们除了相互帮忙,相互取暖,还能做什么呢!

这样的回忆让人心存温暖,也让人感觉无比地踏实可靠。

是的,再坚韧的心灵,当它陷入困厄,坠入自身无法摆脱的深渊,这时,它需要找到一个真实可信的人,来为迷失的心灵点亮一盏灯——不管你是自觉地依赖他了,还是依然充满迷惑,他那踏实可靠的怀抱都会向着你展开!

这也使得我一头扑进堪珠老师的怀里,忍不住地抽泣起来。

"堪珠老师,我……"

"好了,一切都会过去的。"堪珠老师在这么安慰我,轻轻地拍着我的肩,招呼,"夜深了,我们回去吧。"

我们便越过草原,默默地往乡里走。

在快要临近格桑的住处时,却听堪珠老师陡然地问一句:"我记得,过去东月(月光)是送过你一串珠子吧?"

"哦……呀,是。"我回答,十分意外。

"你知道它的价值吗?"

我朝堪珠老师愣住神了,不知要怎么回答这个问题。

堪珠老师就在自问自答:"草原人的一串祖传珠子,是凝聚了多少代人的血汗才能置办,东月家也不例外。他的那串珠子,除了可以买下很多头牦牛外,它更是东月家的全部财产。但我听说,你把这么珍贵的珠子送出去了?"

"哦……呀,是送给青措了。"

"送出珠子,那时起不就已经放下了吗?"堪珠老师突然这么说。

77. 月光映照雪莲花

夜已经深了,但我却是清醒的,就像我清晰地听见堪珠老师在说:"送出珠子,那时起不就已经放下了吗?"是的,该放下的似乎已经放下。孩子们也已经长大。苏拉就要回到草原。班哲终是有了归宿。一切都圆满了。那么,我也应该离开了吗?

站在碉房顶端的平台上,我朝着天空抛出一枚钢镚儿,想以此决定我的去留。是的,很多时候,人陷入最困难、最难以选择的境地,就会向着天空抛出一枚钢镚儿,那命运就会在翻腾中,因一次偶尔的触地而生了根。我和五娃子也是这样的——是该到我选择的时候了。五娃子的家应该在草原上呢,还是医院里?选择的时间一晃而过,不容我一丝闪失;但等我低头寻看时,那枚钢镚儿却跳跃着掉下去了,掉进高耸的碉房下方,钻进一处旮旯里,不见踪影!

我抽身跑下平台,但我没有去寻找那枚钢镚儿。我迅速钻进内屋,作了简单收拾,留了简单告别的字条——我要离开五娃子,离开这里的一切!

确实,当你无法两全,连把希望压在钢镚上,它也不会给你带来启示,这时,最好的办法就是什么也别想了,跟着自己的脚步走路,它走到哪里,你跟到哪里。于是我的脚步领着我悄悄地离开了格桑的住处,在半夜的时候。不去叫醒五娃子,也不再去寻望雪山,我已经迅速地离开,向着麦麦草原南边的公路方向走去。在这条草原公路上,只要天一亮就会有各种动静。牦牛会穿越公路,到更远的山坡上寻找茂盛的草丛;来乡里办事的牧民也会骑上高大的摩托,在公路上呜呜地穿行;运送干牛粪的拖拉机会像体形笨重的母牛,自各处草场爬上公路。最重要的,从远方县城开过来的长途班车,每天都会在太阳出山之前经过那条公路。

我要赶上那趟班车!也许三年前离开麦麦草原,面对月光发出那样的生死誓言,那时起我就已经不属于草原了。要不然,堪珠老师为什么会说"送出珠子,那时起就已经放下了"呢?我穿行在深夜的雾气里,雾露打湿了我的衣裳。不管怎样,到衣裳里的湿气被行走的热量吸干的时候,我就能走到公路上。

我疾步穿行,听到脚步压着草丛发出嚓嚓声响,此刻它就是我浑身释放的力量之声,它在鼓动着我越来越快地行走。我也已经在身体内部安上了一道闸门,它已在恪尽职守——把除了行走之外的一切私心杂念堵在身体之外,不让它干预我前行的脚步。

不能回头。

草原的路真是漫长啊,我感觉已经走过了很长很远的路程,但雪山却一直没有摆脱我的视线。转过一道山梁,它在前方;越过一片草坝,它在前方;翻过一道垭口,它依然还在前方。而越来越高的海拔已经让我喘不过气来。这时,我看到视线前方出现一座更为高耸的雪山,在它的冰川之上,朵朵雪莲正在月光下怒放,看起来像是一片冰清玉洁的海洋。再往前走出几步,我就看到,在那片雪莲的海洋的前方,立着一个孩子,竟是五娃子!他的脸面被月色雪莲的皎洁光芒映照着,但他不说话,只用深黑的眼睛盯住我,那像是一潭深暗的水！这叫我浑身不由哆嗦了下。我上前去,摇晃着五娃子小小呆滞的身子,正要向他解释我为什么要这样悄悄地走掉,这时,却听他突然大叫一声:"嘎玛!"

我定神一看,原来五娃子真的就在身边!但我们此时却不是站在雪山之下,而是坐在碉房的平台上;我也没朝着天空扔出什么钢镚儿,只是五娃子,他从睡房跑出来了,坐到了我的身边。

真是神奇了,在班哲家那几天,这孩子总是分不出白天黑夜,也分不出邋遢干净,一直就在泥水中闹腾;但是现在他却安静地坐在我身边,身上的衣裳也是穿得整整齐齐的。我搂过了他,就像是在寒冷的夜间相互抱着取暖的母鹿和它小小的幼崽,我们紧紧地依偎在一起,在凝望夜空。这是我们最为熟悉的生活。以往在这样的时刻,我们总是会不厌其烦做着相同的事:望着夜空,数着星星。

今夜也不会例外。

月光下,五娃子昂着头,小手举得高高的,已经在朝着天空指点:"一颗,两颗,达娃,嘎玛。一颗,两颗,达娃,嘎玛。"他在数着,但数来数去都是两颗。

"哦呀,达娃是月亮,只有一颗。嘎玛是星星,有许多许多颗。"我教起五娃子,"你再来念一遍。"

"嘎玛是月亮……只有一颗。达娃是星星……有许多许多颗。"五娃子尝试着念道。

"不,嘎玛是星星,达娃是月亮。"

"嘎玛是,达娃……达娃是,嘎玛……"五娃子想必是绕不过这个弯,急得突然哇的一下哭了。

我慌忙哄起他："哦呀,嘎玛也不是,达娃也不是,都是五娃子,你看,满天空都是五娃子。"

五娃子才又止了哭,指着夜空继续数道："一个,两个,三个,五娃子。"

顺着五娃子手指的方向,我凝望夜空,果真看到,满天空都是五娃子了!

夜,慢慢地越来越深,深得不见底色。这时的草原,夜露混着月光,映照着远方清寒的雪山,像一面流动的、巨大深厚的岩画——雪山高耸在它的顶端;冰川逶迤在雪山脚下;朵朵雪莲,盛放在冰川之上。月光,夜露,流沙一样的薄雾,萦绕其间,让它显得虚无缥缈,如梦如幻——当我再次凝望夜空,我发现,先前那满天空的五娃子,已经变成朵朵雪莲。而天地在我的面前像拉焦距那样地,在无限地收缩,又在无限地放大。收缩的空间里,雪山的身影越变越小,最终,它也变成了一朵雪莲,绽放在草原上。放大的空间里,我看到前方的草地上,班哲拉着五娃子正在朝着天际奔跑,一边跑一边高歌,声音如同高空中飞翔的神鹰,越过草原,越过雪山,飞向远方……

> 雪山,在月光下泛出清朗的光辉,
> 我的思念啊,就像冰川上的雪莲。
> 微风轻轻荡漾湖面,
> 什么时候才能看到你打马经过草原?

落日的余晖,映上脸面。

离去的悲伤,化作了雪。

前方的山路,落在云间。

可有桑烟的梯子,连接断路的山岩?

夜的凝露浸湿心田,

我的眼泪啊,是夜晚的繁星点点。

你的胸怀就像晶莹的冰川,

你的笑脸就像盛放的雪莲。

我愿作一缕萦绕雪山的薄雾,

默默地陪在你的身边。